KB122591

Safehouse Anthology

차례

서문

현대 프랑스의 대표적인 문화 비평가이자 사회학자인
에드가 모랭은 대중문화의 핵이라고 할 수 있는
'스타'에 대한 거의 최초의 이론을 《스타》라는 책을 통해
전개했습니다. 50년대에 쓰인 이 책은 90년대에 번역되어
우리나라에 소개된 이후로 스타에 대해 뭔가 언급하려는
사람들에 의해 자주 소환되었습니다.

'대스타'라는 키워드로 공모전을 진행하게 된 제가 모랭의
책에서 찾은 구절은 다음과 같습니다.

"스타는 확실히 하나의 신화인데, 그것은 단지 몽상이
아니라 힘 있는 관념"이라고 합니다. 모랭의 저 말은
스타가 현대 사회에서 차지하고 있는 위상과 역할 그리고
그 기능까지를 함축적으로 표현하고 있는 말이라고
생각했습니다.

신화는 좁은 의미에서 온갖 신들과 영웅들이 고대인의 상상을 통해 활약하는 이야기를 뜻하지만, 넓은 의미로 보면 현재의 일상 어디에서나 발견할 수 있는 이야기입니다. 여러 사례가 있겠지만 그중에서도 가장 강력한 신화는 대중 미디어를 통해 널리 알려지고, 그로 인해 막대한 영향력을 행사할 수 있는 인물인 스타라고 할 수 있습니다. 스타는, 그 시대가 원하는 어떤 것을 몸소 나타내는 신적 존재입니다. 그러한 스타 중에서도 특히 희소가치가 높은 대스타는 어떤 사람들일까요? 실력뿐만 아니라 당대의 사회 구성원들이 동경할 만한 그 무엇 혹은 그들이 감동할 만한 서사를 보유하고 있어야 합니다. 우리는 그 서사를 스타성 혹은 스타덤이라고 부르기도 합니다. 스타덤은 팬들에 의해 생산되고 유지되는데, 이런 현상을 팬덤이라고 부르지요. 팬덤이 만들어 내는 신화 즉 이야기를 바탕으로 한 신전에 스타가 위치하며 그들은 실로 어마어마한 힘을 사회에 선보입니다.

다만 과거에는 스타와 팬의 구분이 명확했습니다. 스타가 스타라고 불린 이유는 단어 그대로 도저히 닿을 수 없는 하늘의 별이자 보이지만 만질 수 없는 사막의 신기루 같은 존재였기 때문입니다. 요즘은 점차 그런 구분이 흐려지고 있습니다. 스타라는 단어의 쓰임새가 대중문화뿐만 아니라 사회 전 영역으로 확대되고 있습니다. 영화배우, 가수, 스포츠 선수 등의 전통적 인기인만이 아니라 정치인, 의사, 학자, 하다못해 연쇄살인범, 그리고 유튜버, 그냥 일반인까지도 어떠한 계기만 있다면 한순간에 스타가 될 수 있는 시대입니다.

그렇기에 안전가옥 스토리 공모전에서는 다섯 번째 키워드로 '대스타'를 선정했습니다. 스타라는 익숙한

단어에 담긴 다양한 재미와 의미를 소설이란 형식으로
되짚어 보고자 했습니다. 그리고 언제나처럼 우리의 예상을
뛰어넘는 이야기들이 도착했습니다. 이전보다 더욱 강화된
심사를 통해 그중에서 총 다섯 편의 이야기를 선정할 수
있었습니다.

근미래의 새로운 스타가 되는 법을 다룬 〈대리자들〉, 팬덤과
스타의 관계성을 다룬 〈스타 이즈 본〉, 아이돌 스타 시스템의
미래를 다룬 〈x Cred/t〉, 스타가 되지 못한 사람의 이야기를
다룬 〈형사 3이 죽었다〉와 올 여름 MBC 드라마로도 소개될
예정인, 스타 이미지 소비의 섬뜩한 이면을 다룬 〈증강
콩깍지〉까지. 이렇게 멋진 작품들을 선보일 수 있게 되어
기쁜 마음입니다.

부디 독자분들께서도 이 별처럼 빛나는 이야기들을
즐겁게 읽어 주시길 바랍니다.

감사합니다.

안전가옥 스토리 PD
윤성훈 올림

대리자들

- 심너울 -

<세상을 끝내는 데 필요한 점프의 횟수>로
SF 어워드 2019 중단편 부문 대상을 받았고,
《땡스 갓, 잇츠 프라이데이》와 《나는 절대 저렇게 추하게
늙지 말아야지》, 《소멸사회》 등의 책을 냈다.
이름에 자부심이 있어 본명으로 활동 중인데 대부분의
사람들이 필명으로 아는 것이 고민이다.

"이 세상은 하나의 무대요, 모든 인간은 제각각 맡은 역할을 위해 등장했다가 퇴장해 버리는 배우에 지나지 않죠."

- 윌리엄 셰익스피어, <뜻대로 하세요> 중

강도영은 여섯 살 때부터 다른 사람들의 눈에 띌 만큼 아름다웠다. 깊이를 가늠할 수 없는 동그랗고 커다란 검은 눈은 티끌 하나 없는 새하얀 피부와 완벽한 대비를 이뤘다. 그의 굳게 앙다문 입술에 떠도는 침묵은 그 어떤 말보다도 깊은 뜻을 품고 있는 것처럼 보였다.

자연스럽게 도영은 아이스크림 프랜차이즈 광고의 모델로 발탁됐다. 귀족적인 분위기가 도는 깔끔한 옷을 입은 도영이 작은 컵에 든 초콜릿 아이스크림을 떠먹는 광고가 전국 각지에 퍼졌다. 도영의 부모는 쏟아지는 섭외 때문에 질식할 뻔했다. 다행히도 그들에게는 나름대로의 계획이 있었고, 그걸 실현할 만한 근성도 있었다. 그들은 도영을 영화배우로 만들고 싶었다.

본업을 포기하고 도영의 매니저가 된 그들은 실패하지 않았다. 열한 살 때까지 도영은 세 편의 한국 영화와 두 편의 헐리우드 영화에 출연했다. 다섯 영화들은 다들 적당한 성공을 거뒀다.

위대한 배우가 되기 위해 강도영이 대단한 연기력을 선보일 필요는 없었다. 단지 그 커다란 눈을 또렷이 뜨는 것만으로도 충분했다. 스크린에 가득 찬 눈동자를 보고 사람들은 저항할 수 없는 신비를 느꼈다. 세상의 수많은 사람들이 강도영을 알았다. 길거리를 걸으면 모두가 도영을 알아보았다.

도영은 세상이 자신을 결코 배반하지 않으리라 믿었지만 그것도 잠시였다. 2030년, 그가 열한 살이 되었을 때 세상의 냉소가 그에게 닥친 것이다. 일정 소화 차 부산으로 가던 강도영과 부모는 고속도로에서 끔찍한 교통사고에 휘말렸다. 앞자리에 앉아 있던 부모는 즉사했고, 도영은 너덜너덜해진 채로 살아남았다. 재활을 끝마치는 데만 꼬박 5년의 시간이 걸렸다. 겉으로는 흔적이 남지 않았지만, 속에는 평생토록 이어질 둔탁한 통증이 남았다.

도영은 순식간에 자기가 살던 세상에서 유리되었다. 삐걱대는 육체와 울부짖는 사춘기의 정신을 애써 추스르며 사회로 천천히 걸어 나왔지만, 아무도 그를 찾지 않았다. 재능 있고 아름다운 사람들이 끊임없이 출몰했고, 몇 년의 부재 동안 사람들은 이미 열광할 다른 배우를 찾았다. 아무도 그를 알아보지 못했다.

가끔은, 그토록 빛나던 순간이 있었다는 게 모두 우스운 거짓말 같았다.

*

대학로의 한 소극장, 오늘의 마지막 연극이 끝났다. 모든 조명이 꺼졌다. 옹기종기 앉은 관객들은 어둠 속에서 다급히 움직이는 사람들의 인기척을 느꼈다. 어둠을 틈타 연극에 출연했던 배우들이 하나씩 무대 위로 올라오고 있었다.

곧 무대 전체에 조명이 들어왔다. 관객들은 잠시 눈을 찌푸렸다가, 배우들이 조명 아래 서 있는 것을 보았다. 배우들은 다들 싱글벙글 웃었다. 관객들은 박수로 화답했다. 참석한 모든 관객들이 박수를 치고 있는데도 소리가 별로 우렁차지 않았다. 도영은 빠르게 관객들을 세 보았다. 배우가 관객보다 많았다. 도영은 쓴웃음을 지었다. 아마 저 관객들은 배우들의 친구거나, 아니면 연극을 하는 또 다른 배우일 터다. 품앗이의 전통이 2041년의 연극판에서 재현되리라고 누가 상상이나 했으랴.

적은 관객들마저 썰물처럼 빠져나간 이후에야 배우들의 얼굴에 수심이 떠올랐다. 무대 위에 뒤늦게 올라와 어수선한 판을 정리하기 시작한 조명이나 연출 담당도 얼굴이 잔뜩 굳어 있긴 마찬가지였다. 도영은 뻐근한 몸을 움직였다. 나름대로 열심히 한다고 했는데, 이번에도 제 연기가 전혀 마음에 들지 않았다. 무슨 일이라도 도우면서 죄책감을 덜고 싶었다.

그때 누가 그의 등을 쿡쿡 찔렀다. 도영은 고개를 돌렸다.

"선배. 우리 도망치자."

극단의 막내인 권나영이 도영에게 살짝 몸을 숙인 채로 속삭였다. 도영은 자기보다 키가 한 뼘은 큰 나영을 올려다보았다. 항상 서글서글 웃는 그 얼굴이 보였다. 사고 이후 딱히 의지할 데 없었던 도영에게 있어 나영은 거의 유일한 친구였다.

"도망친다고?"

"오늘 분위기 보니까 회식해도 멸치에 소주 까겠는데. 완전 적자잖아. 선배, 병원 가야 한다 하고 튀어나와. 나도 나름대로 변명 만들어서 나갈게."

도영은 고개를 끄덕였다. 도영도 극단의 다른 사람들과 모두 모여 와자지껄 떠드는 것보다는 가까운 사람인 나영과 조용한 데서 맥주나 조금씩 마시며 투덜대는 편이 훨씬 좋았다. 극단 분위기가 구시대적이지 않아서 회식 중간에 빠져나오는 일이 가능했다.

두 시간 뒤 강도영과 권나영은 으슥한 곳의 닭집에서 만났다. 음식은 맛이 없고 식품위생법 준수와는 상당한 거리가 있지만, 술을 싸게 판다는 장점 하나로 오랫동안 장사를 끌어 가는 곳이었다. 통닭과 맥주 피처 하나를 시킨 뒤 그들은 구석 자리에 앉았다. 곧 점원 한 명이 음식과 술을 그들의 식탁 위로 날랐다.

"오늘은 알바비 들어왔으니, 내가 살게."

호기롭게 말한 나영이 맥주를 자기 잔에 따르더니, 반을 들이켜고 나서 다시 쑥덕였다.

"선배도 각본 받았을 때부터 망할 줄 알았지? 수십 년 전에 유행하던 코미디를 지금 시대에."
"왜, 나는 재밌던데."

별로 힘이 실리지는 않은 반론이었다.

"무슨 장면이 제일 좋았는데?"
"어, 그, 그게."

나영은 도영이 답을 찾을 때까지 기다리지 않았다.

"자기도 모르면서. 나도 별로 열심히 할 생각 안 들더라고. 에휴, 저번에도 적자, 이번에도 적자…."
"사람들 탓만 할 수 있나. 연극 해서 돈 벌겠다는 거 자체가 좀 많이 헛된 생각이지."
"아, 예, 예, 선배님. 그렇지, 뭐. 우리들 다 바보야. 선배도! 나도! 인터랙티브의 시대, 가상현실의 시대! 컴퓨터로 만들어지는 세상이, CGI가 현실과 완전히 구별되지 않는데, 세상에 즐길 거리가 이렇게 많은데 무엇 하러 연극을 하나!"

고뇌하는 햄릿처럼 과장된 어조로 말하는 나영을 보고 도영은 피식 웃었다. 저런 말을 하는 와중에도 나영의 표정은 그럴듯하게 움직였다. 도영보다 두 살 어린 나영은 초등학생 때 학예회에서 나무 역할을 맡았을 때부터 연기에 눈을 떴다고 했다. 예고를 박차고 나와서는 곧바로 대학로를 돌아다녔다나. 그의 재능은 아직 완전히 다듬어지지 않아 모난 부분이 보였는데, 그것이 오히려 젊고 생생하게 느껴졌다.

"그나저나, 저번에 본 오디션은 어떻게 됐어?"

하지만 그 재능이 합당한 대우를 받은 적은 없었지. 질문을 받은 나영의 표정이 어두워졌다.

"잘 안됐지, 뭐."
"그놈의 영화 뭐가 그리 대단하다고. 더 좋은 기회가 있을 거야."
"말은 잘하네. 됐어, 요즘 영화 마음에 안 들어."

나영이 고개를 절레절레 저었다.

"왜, 또?"
"독립 영화는 연극보다 더 구질구질하고 힘든 판이라고 그러고, 요즘 큰 영화들은 다들 비슷하잖아. 실패하지 않을 만한 무난한 이야기에 컴퓨터 그래픽으로 떡칠한 테마파크나 다름없고. 영화배우들 녹색 세트에서 허공에 손짓하면서 연기하기도 하고. 그런 거는 딱 질색이야. 어떻게 그런 상태에서 연기를 해? 아무리 컴퓨터 그래픽이 사실적이고 신기해도, 나는 그런 장면을 보면 녹색 세트부터 떠오른다구. 아니, 선배가 더 잘 알겠지. 영화 몇 편 찍었으니까."

너 그거 정말 포도의 산미에 대한 고급스러운 취향을 아주 갑작스럽게 보이는 여우 같은 발언이라고 도영은 말하고 싶었다.

"어… 그런가? 사실 어릴 때 찍은 거라 잘 기억이 안 나. 그때 했던 걸 연기라고 할 수 있나. 그냥 어른들이 시키는 대로 놀았던 거지."

"선배."

"응?"

"마셔."

나영이 혼자 맥주 3리터를 마시는 동안, 도영은 맥주 두 잔을 간신히 마셨다. 하지만 인사불성이 될 정도로 취한 쪽은 도영이었다. 쌩쌩한 나영이 정신을 못 차리는 도영을 질질 끌고 가 그의 자취방에 집어넣었다. 인기 없는 연극 배우가 사는 방치고는 꽤 괜찮은 방이었으나, 대다수의 원룸처럼 보통 사람들의 생활 기준에는 한참 미달했다.

나영은 흐린 전구 빛으로 가득 찬 방구석에다가 도영을 대충 구겨 넣었다. 시선을 드니, 벽에 액자 몇 개가 걸려 있었다. 어린 시절의 도영이 담겨 있었다.

"부럽다, 야. 이런 시절이 있다는 게."

도영은 신음을 흘렸다.

"어린 시절에 내가 뭘 연기했는지 기억도 안 나. 그땐 운이 좋았던 거지. 지금은 제대로 할 줄 아는 연기가 없는데도 극단에 붙어 있잖아. 그때의 같잖은 기억에 매달려서…. 그래, 너처럼 꿈을 향해 달리는 사람에게는 이런 삶이 기만이겠지. 하지만 이제 난 너무 많이 달라졌어."

"야, 강도영."

도영은 감겨만 가는 눈꺼풀을 간신히 떠받친 채로 나영을 바라보았다. 나영이 그의 얼굴을 양손으로 붙잡고 두 눈을 똑바로 쳐다보며 말했다. 온기가 느껴졌다.

"네가 달라지긴 뭘 달라져. 다 그대로야. 특히 눈이, 커다란 눈이."

나영은 거기까지 말하고 도영의 얼굴을 놓았다. 거의
동시에, 잠이 쏟아졌다.

*

불타는 햇살이 블라인드 틈새를 헤집고 방 안에 쏟아
졌다. 귀청이 찢어질 것 같은 코 고는 소리가 집 전체에
울렸다. 도영은 터질 듯한 머리를 부여잡고 상반신을 살
짝 든 채로 방을 둘러보았다. 나영이 방의 맞은편 구석
에 구겨진 채로 잠들어 있었다. 그동안 여러 차례 들어
본 커다란 소음을 내면서. 도영은 무심한 표정으로 조용
히 일어났다. 잘못된 자세로 자서 그런지 목이 결렸다.

도영은 화장실로 기어가 세면대 앞에 섰다. 물을 한
번 얼굴에 끼얹으니 바짝 정신이 들었다.

그는 거울 속에서 자신을 응시하는 커다란 눈을 보
았다.

끝을 알 수 없는 깊고 새까만 눈동자. 도영은 어린 시
절의 자신이 기록된 무수한 영상과 사진들을 보았지만,
그 속에 있는 신비한 아이와 자신의 닮은 점이라고는 눈
하나뿐이었다. 사춘기를 지나 재배치된 도영의 이목구
비는 이전에 풍기던 중성적인 매력을 조금도 보이지 않
았다.

사고가 없었다면 여전히 빛나고 있었을까? 도영은 확
신하기 어려웠다. 어린 시절의 도영은 찬란히 빛났으나,
진지하게 연기하지는 않았다. 단지 카메라를 가만히 주

시하기만 해도 어른들은 그 신비한 표정에서 수백 가지의 감정과 수천 가지의 비밀을 추론해 냈다. 성장한 뒤 얼굴이 변해 버렸으니, 사고가 없었더라도 잊히는 속도는 별다를 바 없었을지도 모른다.

하지만 어쩔 수 없었다. 거울 속에서 빛나는 자신의 눈을 볼 때마다 마음속에 숨겨 두었던 집착이 되살아났다. 도영은 스크린에서 다시 빛나기를, 길거리에서 사람들이 자신을 알아봐 주기를, 대중이 자신의 사진을 공유하기를 바랐다. 그것은 합리와 이성으로는 어떻게도 설득할 수 없는 강렬한 바람이었다. 그리고 이 좁은 원룸에서도 탈출하고 싶었다! 병원에 돈을 쏟아붓지 않았다면 이런 데서 살지 않아도 되었을 텐데. 이제 와서 다른 일을 할 수도 없었다. 어린 시절부터 다른 사람과 전혀 다른 삶을 살아온 그는 돈을 벌어 먹고사는 일반적인 방법에 대한 지식을 아무것도 갖추지 못했다.

언제나처럼 숙취와 아무 소용 없는 후회를 20분 정도 되새긴 뒤에, 도영은 화장실 밖으로 걸어 나왔다. 씻는 소리를 듣고 어느새 깬 나영이 멀뚱히 그를 올려다보았다.

"깼네. 나가서 우동이라도 먹을까."
"야."

나영의 목소리에는 얼이 한참 빠져 있었다. 도영은 의아한 표정으로 그를 바라다보았다. 맥주 몇 잔 마셨다고 저럴 사람이 아니었다.

"응?"
"있잖아…. 진짜 미안한데, 내가 네 휴대폰을 봤어. 잠금을 안 걸어 놨길래. 아니, 그렇다고 해서 네 잘못이란

거는 아닌데. 내가 뭐라는 거지, 참. 미안하다. 내
가…"

횡설수설하는 나영을 보고 도영은 무덤덤하게 답했다.

"아냐, 뭐, 그럴 수도 있지. 어차피 너 아니면 연락하
는 사람도 없는걸."

하지만 나영은 손을 휘저었다.

"그런 게 아니라… 중요한 메일이 왔길래…."
"중요한 거? 카드 값은 꼬박꼬박 냈는데."

도영은 성큼성큼 나영에게로 걸어갔다. 나영이 손을
살짝 떨면서 그의 오래된 휴대폰을 건네주었다. 권나영
의 말이 맞았다. 휴대폰의 쨍한 화면에 정말 새 메일이
떠 있었다. 정크 메일이라면 분명히 프로그램이 잘라 냈
을 텐데. 도영은 메일을 훑어보았다.

'[비나인 스튜디오]

안녕하세요, 강도영 배우님. 비나인 스튜디오의 신작
영화 <서울살이>의 주연직을 제안합니다. 저희 비나
인 스튜디오는…'

강도영은 방금 전에 권나영이 느꼈던 것보다 더 강렬
한, 아득한 비현실감과 아찔한 현기증을 동시에 느꼈다.

*

비나인 스튜디오는 테헤란로에 다닥다닥 붙어 있는
유리 빌딩 중 하나에 입주해 여섯 개의 층을 쓰고 있었
다. 빌딩 내부는 지나치도록 깔끔하게 마감되어 있어서,

온갖 더러운 것을 밟은 운동화를 신고 온 도영은 감히 걷기가 망설여졌다. 퇴물 배우가 돌아다니기에는 너무 신성한 공간이었다. 다행히도 안내 로봇은 도영의 옷차림에는 전혀 신경 쓰지 않고 그를 무덤덤하게 성영원의 개인 사무실 앞으로 안내했다. 사무실 앞에 있던 인간 비서가 그를 알아보고 비켜섰다. 도영이 문을 열고 들어가자 정면에 책상이 보였다. 세 개의 모니터가 놓인 그 책상 앞에 간소하게 차려입은 중년의 여성이 앉아 있었다.

성영원 상무였다. 인기척을 느낀 그가 살짝 고개를 들고 도영을 잠시 동안 바라보더니 천천히 일어났다. 둘은 잠시 마주 보았다. 마침 사무실에 난 창으로 햇빛이 쏟아져 들어와 영원의 뒤를 밝게 비췄다. 영원은 지금껏 도영이 본 그 어떤 영화사의 임원들보다 더 다부져 보였다. 도영은 이미 압도된 기분이 들었다.

"반가워요, 강도영 씨."

카랑카랑한 목소리로 말한 영원은 앞쪽의 의자를 가리켰다.

"네, 안녕하세요."

도영은 침을 꿀꺽 삼키고 그의 앞에 앉았다. 예의를 차린 인사를 끝낸 다음, 성영원은 이런저런 잡담을 늘어놓았다. "진작 연락을 드렸어야 하는걸.", "그나저나 눈은 정말 옛날 그대론데요." 도영이 먼저 질문을 꺼냈다.

"저, 그런데 상무님. 제안하신 건은…"

영원의 표정이 확 진지해졌다.

"네, 메일에 쓴 그대로예요. 저희 스튜디오 새 작품에 주연으로 출연해 줬으면 해요. 첨부한 시놉시스는 보았나요?"

"<서울살이> 말씀이시죠. 서울에서 태어나 서울에서 살아가는 한 조용한 사람의 일생을 어린 시절부터 중년기까지 쭉 훑는 시놉시스요."

"맞아요. 우리 회사는 이제까지 블록버스터 액션 위주로 해 왔거든. 좀 작고 아기자기한 이야기도 한번 시도해 보려고 해요. 마침 도영 씨의 필모그래피랑 딱 맞는 것 같고."

"아…."

도영은 고개를 끄덕였다. 비나인 스튜디오는 원래 컴퓨터 그래픽 회사였다. 영화에 들어갈 특수 효과를 제작하는 일을 했는데, 2020년에 영화사 한 개를 아예 인수한 뒤부터는 한국에서 이제껏 볼 수 없었던 화려한 시각효과로 무장한 블록버스터 영화들을 찍어 내는 것으로 명성을 얻었다. 20년 넘는 세월 동안 임원들은 다른 욕심도 품게 된 걸까.

"저야, 제안 메일을 받고 너무 감사했지요. 사고 이후로 출연한 영화가 하나도 없는데, 어떻게 알아주시고."

"배우님이 딱 맞아요. 메일에서도 말했지만, 나도 젊을 때 배우님 팬이었다니까요. 사인도 받아 놨는데 기억할지 모르겠네."

영원은 환히 웃으면서 책상 서랍에서 무언가를 꺼냈다. 어린 시절 도영의 사진이었다. 사진의 뒷면에는 도영이 기억하지 못하는 조잡한 선이 그어져 있었다.

"영광이네요. 그나저나 저랑 닮은 아역 배우가 있나보죠?"

잠시 대화가 멈췄다. 그 어떤 대화에서도 권장되지 않는 싸늘한 정적에 도영은 당혹했다. 무슨 말실수라도 한 걸까? 하지만 아무리 분장을 한들 어른이 아이 역을 맡을 수는 없잖아? 분명 시놉시스에선 어린 주인공의 이야기가 아주 큰 비중으로 묘사된다고 했다.

"도영 씨, 아역은 없어요."

"예? 하지만 주인공의 어린 시절부터 시작하는 이야기 아닌가요?"

도영은 잠시 카메라 앞에서 아이의 흉내를 내는 자신의 모습을 상상해 보았다. 아무리 내가 키가 작아도 그렇지, 말도 안 돼.

"그런 문제는 별거 아니에요. 배우 키가 작으면 애플 박스 위에 올려놓으면 되고, 감정 표현이 밋밋하면 촬영을 교묘하게 하면 되죠. 눈동자에 빛 몇 개만 찍어 줘도 사람들이 배우를 얼마나 칭찬하는데요. 도영 씨가 지금 어리지 않다는 건 문제가 아니에요."

"무슨 말씀이신지 잘 이해가…."

영원은 자신만만하게 웃었다.

"알고 계시겠지만, 비나인 스튜디오는 원래 컴퓨터 그래픽 회사였어요. 그리고 CGI가 얼마나 발달했는지 알고 계시죠?"

도영은 고개를 끄덕였다.

"아무리 눈썰미가 좋아도, 이제는 현실과 CGI를 완벽히 구별할 수 없어요. 40년 전에는 최대한 사실적인 그래픽이 대우받았지만, 요즘이야 그 정도는 아마추어도 얼마든지 만들 수 있어요. 달라진 판도에 발맞춰서 우리 회사는 경제성에 집중했죠. 최대한 싼 가격에 만들 수 있도록 연구를 한 거예요. 우리 엔지니어들이 다들 능력 있는 사람들이거든요. 올해 봄 즈음에 우리 간부들이 꿈꾸던 것이 실현됐어요.

이제 적어도 우리 스튜디오에서는, 고전적인 촬영보다 컴퓨터 그래픽 제작 단가가 더 싸요. 촬영 로케이션을 잡고, 수많은 사람들의 일정을 조율하고, 감독의 쓰잘데기 없고 구질구질한 예술적 자아 때문에 밤늦게까지 똑같은 장면을 찍고 또 찍고, 그렇게 열심히 찍은 물건들이 포스트 프로덕션 중에 반 토막이 나고…. 다 헛짓거리죠. 앞으로 우리 영화는 처음부터 끝까지 컴퓨터로 만들 거예요. '진짜로 찍은' 것과 구분할 수 없을걸요."

그는 말을 한 박자 쉬어 극적인 효과를 부여했다.

"그러니, 도영 씨는 그 얼굴을 쓸 권리만 우리한테 빌려주면 돼요. 한 시간 정도 스캔만 하고 나면 더 이상 연기 때문에 골치 썩지 않아도 돼요. 우리가 세밀하게 조정한 인공지능이 얼굴을 빌려 대신 연기를 할 거예요."

도영은 영원의 말을 듣는 내내 아랫입술을 깨물고 있었다. 그는 입안에 감도는 피 맛을 느끼면서, 입을 열었다.

"그, 그렇다면, 하지만, 제가 어릴 때의 모습은…?"

영원은 방금 전에 보여 준 도영의 사진을 들어 올렸다.

"어릴 때 도영 씨가 얼마나 스타였어요. 지금까지 남아 있는 영상들과 사진들이 너무나 많아요. 그 데이터들만으로도 충분해요. 지금의 모습과 어릴 때의 모습으로 보간♣하면 청소년 시절의 얼굴도 아무 이상 없이 구현해 낼 수 있고요."

"아…."

"어때요, 정말 거부할 수 없는 제안이죠?"

도영은 영원의 얼굴을 멍하니 바라보다가, 고개를 천천히 가로저었다. 그는 허벅지 위에 올려놓은 두 손을 살짝 떨면서 말했다.

"글쎄요. 새 영화에 나올 수 있다는 건 좋지만…. 아뇨. 상무님, 저는 연기를 하고 싶은 것이지 영화에 나오고 싶은 게 아니에요."

"어머, 배우님 젊으시네. 꿈을 좇으시고. 잠깐만요, 기다려 봐요."

영원이 손으로 입을 살짝 가렸다. 눈 옆으로 얕은 주름이 퍼졌다. 그는 일어나더니 자기 앞에 있는 모니터 하나를 도영이 볼 수 있도록 180도 돌렸다. 그 다음, 그는 무언가를 빠르게 타이핑했다. 도영은 자기를 향한 모니터에 동영상 하나가 떠오르는 것을 보았다.

"봐요, 이게 저번에 슈퍼 히어로 영화 촬영할 때 모습이거든."

형광 빛의 초록색 세트 위에 한 배우가 화려한 원색으로 된 쫄쫄이 유니폼을 입고 서 있었다. 온통 초록색인 세트와 극도로 대조되는 색상의 유니폼을 입고 서 있는 배우의 모습은 우스꽝스러웠다. 배우는 그 상태에서 나름대로 진중한 표정을 지으며 대사를 읊조렸다. '정의', '지구', '수호'가 들어간 문장을 몇 개 말한 다음 그는 세트 뒤쪽으로 돌아가 질주하더니, 뛰어올랐다. 물론 영화 속의 슈퍼 히어로와 달리 배우는 1m도 채 솟지 못하고 앞으로 쓰러졌다. 꼴사나운 모습이었다.

"고전적인 방식이라면, 이렇게 촬영을 해서 그래픽을 덧입혀야 하거든."

세트가 저렇게 촌스러운 형광 빛 초록색으로 도배되어 있는 것은 지극히 실용적인 이유 때문이었다. 배경에 그래픽을 씌울 때는 촬영된 배경을 잘라 내야 하는데, 화면의 어느 부분에도 쓰이지 않을 색을 배경색으로 고르면 쉽게 잘라 낼 수 있다. 곧 영원은 그 장면에 그래픽을 덧씌운 영상을 화면에 띄웠다.

기분 나쁜 초록색으로 번들거리던 공간은 어느새 빙하가 솟아오른 남극의 시퍼런 바다로 변해 있었다. 어설프기 짝이 없던 배우의 몸짓은 하나하나 절도 있게 바뀌었다. 마지막에 뛰어오른 그는 볼썽사납게 쓰러지지 않고 하늘로 솟아올랐다. 영원은 입술이 살짝 벌어진 도영의 얼굴을 주시하며 미소 지었다.

"이런 데서 연기하는 거 진짜 힘들거든. 몰입도 안 되고요. 우리랑 함께 일하는 배우들도 다 힘들어해요. 그 사람들이라고 연기에 뜻 없었을까."
"상무님, 하지만, 이번 영화는 이렇게 많은 그래픽이 필요한 건 아니잖아요?"
"도영 씨. 촬영하는 것보다 전부 그래픽으로 만드는 게 훨씬 싸게 먹힌다니까. 이전부터 중요하지 않은 역할의 인물은 CG로 만들고 있었어요. 요즘 연극 하고 있죠?"

"어떻게 아셨죠?"

"찾아가서 보았지요. 저는 개인적으로 도영 씨의 오랜 팬이에요. 그런데 사고 이후로 묻혀 버린 게 너무 안타까웠어요. 연극도 좋지만, 요즘 시대에 누가 연극을 보나요. 이건 제 개인적인 욕망이에요. 스크린에서 그 커다란 눈이 빛나는 걸 다시 보고 싶다는 거. 나 같은 생각 하는 사람 많을걸요. 과거에 스타로 살던 때가 그립지 않나요? 나는 도영 씨가 그때처럼 유명해졌으면 좋겠는데."

도영은 숨을 헛들이켰다. 성영원이 하는 말이 완전히 거짓인 것 같지는 않았다. 자기를 기억해 주는 것만으로도 고마운 일이기는 했다. 하지만 이 제안은 본질적으로 모욕이었다. 그의 가슴이 묵직한 납을 채워 넣기라도 한 듯 끝없이 무거워졌다. 당장이라도 그 납덩이가 가슴을 뚫고 바닥에 내리꽂힐 것 같았다. 도영이 바로 답하지 못하자 영원이 다시 싱긋 웃으며 말했다.

"아, 내가 돈 이야기를 안 했네요. 그게 제일 중요한데. 일단, 계약금은…" '원'과 붙기에는 상당히 어색하게 느껴지는 숫자가 흘러나왔다. "이 정도로 생각하고 있어요."

강도영은 바들바들 떨면서 고개를 천천히 끄덕였다. 배우보다 적은 수의 관객이 찾던 소극장을 떠올렸다. 다시는 기회가 없을지도 몰랐다. 차마 더는 대항할 수 없었다. 그는 이다지도 약한 사람이었다.

*

영화 제작에 도영은 딱 47분 23초 참여했다. MRI를 닮은 원통 안에 들어가서 신체 형태 스캔을 기다리고, 지시된 문장을 그대로 따라 읽으면서 녹음을 한 게 다였다. 비나인 스튜디오에서는 새로 얻은 자료와 어린 시절의 정보를 뒤섞어 재현한 도영의 청소년기 얼굴과 목소리를 보내 주었다. 도영으로서는 인정하기 싫었지만, 실제 자신의 과거와 전혀 차이가 없는 모습이었다.

영화가 제작되었던 지난 10개월간, 도영은 촬영을 핑계로 극단에서 나와 세계를 한 번 일주했다. 비나인 스튜디오에서 준 돈으로 촬영 알리바이를 만들고자 했을 뿐인데, 여행을 다니다 보니 스트레스도 많이 풀리고 체력도 한결 좋아진 느낌이 들었다. 예전에는 도무지 마실 수 없었던 술도 잘 들어갔다.

그동안 도영과 한국을 이어 준 유일한 끈은 권나영이었다. 영화 촬영이라는 기쁜 소식을 가장 처음 전해 준 사자인 나영이 도영에게는 특히 각별했다. 그 사이 나영도 나름대로 경력을 이어 갔고, 재능을 알아본 사람들 덕에 더 이름난 극단으로 적을 옮겼다.

도영은 자신이 왜 서울로 가지 못하는지, 정확히 어디에 있는지 나영에게 자세히 설명할 수 없었다. 대신, 성영원이 신경 써 마련해 준 알리바이를 써먹었다. 영화사에서 촬영, 아니 렌더링한 장면의 스냅 샷을 조금씩 보내 주곤 했던 것이다. 그 사진들을 늘어놓으며 비밀 유지 조항 이야기를 하면 충분히 둘러댈 수 있었다. 영화 배경이 서울인데 촬영지는 영남이라니, 좀 우습긴 했지만.

비나인 스튜디오의 신작 <서울살이>는 2042년에 개봉했다. 서울의 한 소년이 성인이 되어 가는 과정을 그린 담담한 성장 드라마였는데, 아트하우스에 어울리는 물건이었다. 템포도 조금 느렸고 주제도 성찰적이었으며 액션은 전무했다. 비나인 스튜디오의 기존 행보와 맞지 않는 작품에 사람들은 당황했다.

하지만 그런 건 아무래도 괜찮았다. 훌륭한 이야기가 있었고, 그 이야기를 잘 받쳐 주는 그림이 있었다. 핵심은 컴퓨터 그래픽으로 재현된 어린 도영이었다. 비나인 스튜디오가 광고한 그대로였다. 시야를 꽉 채운 화면의 중앙에 자리한 도영의 눈동자, 그 눈동자는 모든 것을 빨아들일 것처럼 까맸다. 영화는 상업성과 작품성을 동시에 잡은 흔치 않은 수작의 반열에 드는 데 성공했다.

그리고 성인이 된, 진짜 강도영. 10여 년 만에 돌아온 그는 잘 컸다고 할 만했다. 타고난 매력은 감쇄했지만, 그래도 스크린 속의 그는 충분히 성숙한 모습으로 연기를 잘 해냈다. 사람들은 화면을 뚫고 나올 듯한 강도영의 강렬한 정서를 보면서 감탄했다.

도영은 귀국하고 2주 동안 눈코 뜰 새 없이 바쁜 하루하루를 보내야 했다. 여러 이름난 개인 방송인들과 방송국들이 그를 찾았다. 방송에서 도영은 이제 얼굴도 잘 기억나지 않는 부모의 이야기를 하며 눈물짓고, 재활하느라 정신이 없었던 성장기의 고민을 적당히 창조해서 털어놓았다. 이번에도 진실성은 전혀 문제가 되지 않았다. 사람들은 사연이 있는 유명인을 좋아했다.

그런 인터뷰나 방송 출연 따위가, 도영이 한 일 중 일반적인 배우가 하는 일에 그나마 가까웠다. 그것까지 그래픽으로 때울 수는 없었으니까.

도영이 구질구질한 옷을 입은 채로 편의점에 맥주를 사러 가던 어느 밤의 일이다. 정확하게 도영을 향해 누군가가 달려왔다. 그의 간절한 눈을 본 도영은 자기 뒤에 붕어빵 장수라도 있나 싶어 슬쩍 뒤돌아보았는데, 아무도 없었다. 그 사람은 도영의 앞에 서서 간절하게 그를 바라보았다.

"강도영 배우, 맞죠?"
"어, 네. 그런데요."

도영은 멋쩍게 웃었다. 그 사람은 반짝이는 표정으로 도영을 바라보고 서 있더니, 품속을 뒤적여 태블릿을 꺼내 햅틱 펜과 함께 건넸다.

"혹시 사인 하나만 받을 수 있을까요?"
"아, 물론이죠."

도영은 여전히 쑥스러워하며 답했다.

"감사합니다, 정말요."
"아뇨, 뭐. 제가 감사하죠."

도영은 태블릿 위에 날렵하게 서명을 그려 넣었다. 어릴 때 쓰던 사인이 있었지만 잘 기억이 나지 않아, 카드 결제를 할 때 쓰는 서명을 조금 더 흘려서 썼다. 도영의 팬은 태블릿을 소중하게 바라보더니 몇 마디를 더 묻고 다시 가던 길을 갔다.

그가 시야에서 사라지기 전에, 도영은 한번 뒤돌아보고 씩 웃어 주었다. 그제야 자기가 가치 있는 사람이 되었다는 확신이 들었다.

*

　1년 만에 도영과 나영은 밤의 강남에서 재회했다. 도영은 사람들의 눈을 피해 마스크를 끼고 나타났다. 서로 눈이 마주치자, 나영은 반가움에 큰 미소를 지었다. 온라인으로 미주알고주알 온갖 이야기를 나누어 왔지만, 실제로 만난 둘은 현실의 묵직한 무게감에 한동안 침묵했다. 곧 둘은 어느 바에 들어갔다. 서로 얼굴을 마주하는 게 좋을 것 같아 테이블 자리에 앉았다. 도영은 도수가 상당히 높은 칵테일을 주문했다. 나영이 그 꼴을 보고 핀잔을 줬다.

　"선배. 재기했다고 너무 기고만장한 거 아냐, 술도 못하면서?"

　테이블에 설치된, 여섯 개의 로봇 팔을 가진 바텐더 로봇이 정밀하게 움직이는 꼴을 바라보면서 도영은 말했다.

　"요새는 그냥 취하고 싶더라고. 일정 때문에 하도 마시다 보니까 술도 세졌고."

　로봇이 완성된 술을 내놓았다. 마스크를 벗은 도영은 피식 웃으며 그의 앞에 놓인 값비싼 술을 꼴깍꼴깍 마셨다. 여섯 개의 팔이 정밀 제어를 통해 만들어 낸 칵테일은 제법 깔끔했다.

　"와, 정말 사람이 변했네. 맥주만으로도 취하던 사람이. 영화 찍으면서 술 많이 먹는 바람에 그렇게 된 거? 몸에 무리는 안 가?"
　"응? 아냐, 아냐. 스태프 분들은… 다 친절하지."

　나영은 도영이 말을 살짝 흐리는 것을 감지하지 못했다.

"난 오늘 선배 영화 3회차 했다. 한국에서 제일 좋은 아이맥스돔에서."

"뭘 세 번을 봤대, 민망하게…."

"솔직히 말해서, 선배 연극 할 때보다 훨씬 잘하던데. 역시 영화가 체질인 사람이 있나 봐."

"체질은 무슨…."

도영은 잔을 들어 살짝 손목을 돌렸다. 잔을 채운 커다란 얼음 큐브가 달그락댔다. 그는 이번에도 도수가 높은 술을 한 잔 주문했다. 잠시 정적이 돌았다. 도영은 말을 돌렸다.

"그나저나, 보고 싶었어. 오랜만에 보니까 좋네."

"이 사람이 이제야 친구의 소중함을 아네."

"그래. 너도 햄릿이지, 이제."

나영이 잔을 따라 들면서 웃었다.

"그치. 나 이제 주인공이야, 주인공."

분명 이미 들은 소식인데도 딱히 질리지가 않았다.

"나는 네가 <햄릿>에 나온다길래, 당연히 오필리아인 줄 알았어."

"요즘 세상에 셰익스피어를 누가 각색 없이 걸어."

둘은 경쟁적으로 비싼 술을 비워 대기 시작했다. 나영이 가끔씩 촬영 현장의 이야기를 물었지만, 온라인으로 연락할 때 항상 그랬던 것처럼 도영은 제대로 답하지 않고 주제를 바꿨다.

그리고 이어진 시시껄렁한 이야기들과 가볍게 스치는 웃음들. 어차피 온라인으로 항상 나누던 대화라서 새로울 것도 없었는데, 두 사람 모두 직접 만나니까 대화가 더 잘 된다는 느낌을 받았다. 알코올의 마력인지 아니면 현실감의 마력인지.

세 시간 뒤, 둘은 꽤 취한 채로 건물을 빠져나왔다. 예전 같았으면 취해도 사리 분별이 멀쩡한 나영이 도영을 질질 끌고 갔겠지만, 이제 도영 또한 균형을 유지한 채 똑바로 서 있을 수 있었다. 도영은 반듯한 자세를 유지하며 휴대폰으로 자율 주행 택시를 호출했다. 나영이 그걸 보고 준엄한 평가를 내렸다.

"오, 강도영…. 이제 내가 집까지 안 데려다줘도 되겠네?"
"그래. 너한테 그동안 폐 많이 끼쳤다, 권나영. 이제 좁은 방에서 억지로 박혀 잘 필요 없어."

짧은 침묵.

"그렇게 불편하진 않았는데. 택시 같이 타는 거지?"
"혜화?"

나영이 고개를 끄덕였다. 곧 하얀 택시 하나가 그들 앞에 부드럽게 멈췄다. 도영이 손짓하자 나영이 먼저 택시 안에 들어갔다. 도영은 뒤따라 들어가 문을 닫았다. 거리의 소음이 갑작스럽게 잦아들었다. 둘 외에는 아무도 타지 않은 택시가 부드럽게 가속했다.

도영은 나영이 자신을 뚫어지게 바라보고 있는 것을 알았다. 나쁘지 않았다.

"눈."

나영이 도영의 얼굴에 손을 뻗었다. 도영은 온기를 느

끼며 눈을 감았다.

"눈 보여 달라구."

도영은 다시 눈을 떴다. 나영은 그 눈을 보고 나직이 속삭였다.

"어떻게 이렇게 눈이 크고 깊을까. 안에 심연을 담고 있는 것 같아."
"고마워."
"이번 영화, 정말 좋았어. 저번에 네가 어린 너랑 지금 의 너랑은 다른 사람이라고 징징 짤 때, 내가 다 같은 사람이라고 말했지?"

도영은 말하지 않고 그저 고개를 끄덕였다. 택시 안은 어두웠는데 도영은 나영의 동공에 빛이 반사되는 것을 보았다. 진실인지 아니면 분위기가 만들어 낸 착시인지.

"같은 사람 맞아. 그리고, 그때보다 훨씬 나은 사람이 야. 영화에 어린 너만 있었으면 이렇게 잘 되지 않았 을 거야. 네가 한 연기도 똑같이 생생하고 아름다웠 어. 자라면서 넌 잃은 게 없어."
"나, 나는…"

나영이 말을 끊었다.

"왜 이렇게 부끄러워해? 나 네 연기 너무 좋았어. 아 직 네 전성기는 시작도 안 됐어. 어린 시절에 너무 얽 매이지 않아도 돼."

말을 끝마친 나영이 도영을 안았다. 도영은 무슨 할 말이라도 있다는 듯 잠시 움찔거리다가, 포기하고 포옹 에 화답했다. 곧바로 이어진 입맞춤은 부드럽고, 딱딱했다. 시트러스와 알코올 냄새가 풍겼다. 술을 탓하고 적당히 묻어 두기에는 너무 멀리 나간 밤이었다.

*

다음 날 둘은 거의 동시에 일어났다. 나영의 자취방에 있는 좁은 침대 위였다. 이전에 도영의 좁은 방에서 가능한 멀리 떨어져 잘 때와 비교하면 거리의 차이는 별로 없었지만, 자세가 달랐다. 잠시 기억과 현실과 세상과 하여튼 그들을 둘러싼 여러 많은 것들을 부정하던 그들은 이 상황을 받아들이기로 했다. 어쨌든 수많은 인간관계의 국면은 스위치를 껐다 켜는 것처럼 갑작스럽게 전환되곤 하고, 둘의 마음속에 어떤 불씨도 없었다고 한다면 그것도 거짓말일 테지.

어제를 1일로 해야 할지 아니면 오늘을 1일로 해야 할지에 대한 논쟁을 30분 만에 끝마친 다음 도영은 밖으로 나왔다. 대로로 나가자 그를 알아보고 수군대는 사람이 있었다. 그는 고개를 푹 숙였다. 너저분한 상태를 사람들에게 드러내고 싶진 않았다. 그런 와중에도 뿌듯했지만.

그런데, 아무래도 아직은, 좀 어색했다. 언젠가 이런 일이 있을 거라고 마음 깊은 곳에서 생각하고는 있었지만. 나쁘지 않았지만. 아니, 상당히 기분이 좋고 설레지만… 찝찝했다. 씻지 않았기 때문일까?

도영은 막 호출한 자율 주행 택시에 올라탔다. 주소를 입력하자마자 주머니 안에 있는 휴대폰이 울렸다. 도영은 휴대폰을 꺼내 화면 전면에 떠오르는 이름을 보았다. 성영원이었다.

"여보세요. 도영 씨? 한국이죠? 얼마 전에 방송에서 봤는데."

일전의 그 카랑카랑한 목소리가 다시 들려왔다. 그러고 보면 도영은 스캔을 끝낸 이후 한 번도 그를 다시 본 적이 없었다. 둘은 서로 연락도 하지 않았다. 하긴 그도 그럴 것이, 도영은 영화의 완성된 각본도 받아 보지 못했다.

"아, 네, 상무님. 돌아온 지 좀 됐어요."

"그렇군요. 덕분에 일이 아주 잘되고 있어요. 내 생각엔 아카데미에서 외국어 영화상을 탈 것 같은데? 요즘 도영 씨 부르는 사람들이 많죠?"

"네. 제가 상무님한테 감사하죠."

"나는 그저 팬일 뿐이지, 뭐. 자기가 잘난 거지…. 아, 그런데 지금 자기 혼자예요?"

방금 전까지 명랑하던 목소리가 일순 바뀌는 것을 듣고 도영은 등줄기가 싸해졌다. 이 사람은 급격한 분위기 전환을 왜 이렇게 좋아하는지 모를 일이었다.

"네, 혼자예요."

"<서울살이>의 반응이 상당히 좋아요. 회사 사람들은 도영 씨랑 계속 일했으면 하고요."

"어, 일 이야기인데 만나서 하지 않으시고."

"자기랑 만나기 전에 간략히 이야기해 두려고 그러지. 일정도 잡고. 일정 관리 본인이 한다고 들었는데."

"별것도 아닌걸요."

"좋아요. 2주 뒤에 집 앞으로 모시러 갈 테니, 식사나 하면서 이야기하자고요. 준비해 둔 게 많아요. 후속작도 있고, 새 영화도 있고."

영원의 목소리가 멀어지는 것을 느끼고 도영은 다급히 말했다.

"잠깐만요, 상무님, 제가 지금은 조금 힘들 것 같은데."

"왜, 계속 일 안 할 거야?"

"아뇨, 그런 건 아닌데. 음… 제 말은."

왜 내가 멍청한 짓을 하고 있지? 강도영은 답답했다. 비나인 스튜디오와의 거래에서 밑질 일은 없었다. 한 시간 정도 신체를 스캔하고 나면, 알아서 영화가 뚝딱 만들어졌다. 아니, 후속작부터는 스캔을 할 필요도 없을 것이다. 이제 스튜디오의 인공지능은 도영보다 더 도영의 몸에 대해 잘 알고 있을 테니까. 도영은 머리를 한 번 흔든 다음 휴대폰에 대고, 숨을 한 번 가다듬고는, 말했다.

"상무님, 혹시 다음엔 제가 진짜로 연기를 해 볼 수 있을까요?"

도영은 자꾸 엉뚱한 말을 하는 스스로를 이해할 수 없었다. 혼란스러운 와중에 하나 확실한 건 마음속에 계속 권나영의 얼굴이 떠오른다는 것뿐이었다.

성영원의 코웃음이 들렸다.

"도영 씨, 그런 사람으로 안 봤는데 유치하네. 연기는 무슨 연기야. 우리 스튜디오엔 이제 그런 거 하는 사람들 없어요. 쓸데없는 지출에 찬성할 임원도 없고. 이제 새 시대가 열리는데 언제까지 카메라 잡고 있을 거예요. 얼굴에 대한 권리만 넘기면 돈 준다는데 그게 싫어요?"

"전, 저는 그런 게 아니라… 저는 배우인걸요."

"이 봐요. 도영 씨는 운 좋은 거예요. 언제까지 얼굴을 빌려주는 사람이 필요할 것 같아요? 이 세상에 없는 사람 얼굴, 만들려면 얼마든지 만들 수 있어요. 지금은 과도기라 알려진 배우들의 얼굴을 쓰는 거고. 시쳇말로 하면 도영 씨 지금 운 좋게 꿀 빨고 있는 거잖아? 여기서 누가 갑인지 한번 잘 생각해 봐요. 그럼 2주 뒤에 봅시다."

*

"어, 저 사람 배우 닮았다. 그 영화에 나온⋯."

소근거림이지만 내용이 다 들리는 목소리를 뒤로 한 채, 도영은 고개를 푹 숙이고 빨리 걸어 오피스텔 로비 현관문을 열었다. 도망치듯 엘리베이터에 탄 후 잽싸게 닫힘 버튼을 눌렀다. 이내 엘리베이터 문이 열리고 현관이 보였다. 종종걸음으로 집 안에 들어갔다. 이사 온 지 얼마 되진 않았지만 보금자리로 돌아오니 좋았다. 세상이 너무 핑핑 돌아 당장이라도 길거리에 쓰러질 것 같았는데 그 요동이 조금은 잦아들었다.

지저분한 몸을 씻고 나서 도영은 침실 안으로 들어가 침대에 쓰러지듯 누웠다. 천장을 잠시 주시하다가, 눈을 잠시 감았다. 다시 눈을 뜬 도영은 상반신을 일으켜 머리판에 몸을 비스듬히 기댔다. 벽면의 고급 범용 스크린 옆에 사진 액자가 예닐곱 개 보였다. 어린 시절의 사진들이었다. 이제는 얼굴도 잘 기억나지 않는 어머니의 품에 안겨 카메라를 바라보고 있는 여덟 살의 도영, 6.25 직후의 사회상을 재현하느라 누더기를 입고 있는 열 살의 도영, 사고가 일어나기 며칠 전에 찍은, 평상복을 입고 활짝 웃는 열한 살의 도영.

그는 입을 열어 인공지능 비서에게 명령했다.

"디스크에 있는 〈서울살이〉 보여 줘."

"네. 시행합니다. 조명을 끌게요."

스크린이 번쩍이고 로고 몇 개가 지나가는 동안 도영은 냉장고에서 캔 맥주를 하나 가져왔다. 침대에 다시 기댄 그는 영화를 관람했다. 익숙한 장면들이 스쳐 지나갔다. 스크린 속의 강도영은 자신보다 더 진짜 같았고, 영화 속의 세상에 정말로 존재하는 것처럼 보였다.

그 강도영은 현장에서 칭얼거리지도 않고, 바닥에 드러누워 엄마를 찾지도 않고, 갑자기 열이 펄펄 치솟아서 일정을 엉망으로 만들지도 않았으리라. 상당히 극단적인 장면에도 문제없이 등장시킬 수 있었을 테고, 외우기 힘든 긴 대사를 손쉽게 늘어놓게 할 수도 있었겠지.

어른의 모습이라고 다를 바는 없었다. 영화 속의 그는 너무나 자연스러웠고, 도영은 거울 속의 자신을 볼 때는 전혀 감지할 수 없었던 어떤 아우라를 느꼈다. 마음의 한 구석에서 솟는 질투심에 도영은 잠시 당황했다.

시각 효과가 영화 제작자들의 표현 폭을 넓히고 장면을 다채롭게 꾸미는 역할을 넘어, 영화 그 자체가 된 것이었다. 도영은 소리 질렀다.

"꺼, 꺼. 보기 싫어."

방 안이 어둠으로 가득 찼다. 도영은 이불 속으로 파고들었다.

그때 휴대폰이 울렸다. 도영은 이불 밖으로 한 손을 꺼내 머리맡을 더듬어 휴대폰을 잡아챘다. 집에 잘 들어 갔는지 묻는 권나영의 메시지가 화면에 떠 있었다. 도영 은 그것을 잠시 멍하니 바라보았다. 그제야, 지금 느껴 지는 찝찝한 기분의 근원이 무엇인지 깨달았다.

어차피 그는 연기를 좋아한 적이 없었다. 좋아하지 않 으니 잘할 수도 없었다. 어릴 때는 연기가 좋았던 게 아 니라 인기가 좋았던 거고, 재활이 끝난 다음에는 자신이 인기와 연기 중 무엇을 좋아하는지를 착각해서 연극을 한 것 뿐. 하지만 권나영은? 도영이 보기에 그는 자신 이 가지고 있지 않은 그야말로 진정한 열정을 가지고, 진짜를 추구하는 사람처럼 보였다. 연극에 후처리 효과 를 도입할 수는 없는 일이다.

하지만 깨달았다 한들 누군가한테 조언을 구할 수도 없었고, 나영에게 비밀을 털어놓을 수도 없었다.

*

일주일이 지났다. 초연의 막을 올리기 한 시간 반 전 에 도영이 도착했다. 휴대폰으로 메시지를 보내자 나영 이 살짝 빠져나와 극장 밖의 로비에 있는 그를 찾았다. 손을 든 도영을 보고 정장을 입은 나영이 성큼성큼 다가 왔다. 허리춤에 찬 권총집이 조금씩 흔들렸다. 어깨까지 내려오는 머리를 뒤로 질끈 묶은 채였다. 그는 도영 앞 에서 세련된 자세로 한 바퀴 빙글 돌았다.

"어때? 너를 구하러 온 공주 같아?"

도영은 미소 지었다.

"네가 햄릿이라는 거 빼고 아무것도 안 가르쳐 주더니, 완전 현대극으로 재창작한 거야? 정장에, 권총에. 어쨌든 멋있다. 너 연기하는 거 1년 만에 보게 되네. 얼마나 발전했는지 볼까?"

"직접 보고 판단해. 나 들어가 봐야 하니까, 빨리 사진 찍자."

권나영이 도영의 어깨를 오른쪽 팔로 감쌌다. 키가 훨씬 큰 나영이 그렇게 조이고 들자 도영은 약간 숨이 막혔다. 켁켁거리면서, 도영은 주머니에 있던 휴대폰을 꺼내 셀카를 한 장 찍었다. 사진 속에서는 둘 다 웃고 있었다. 사진을 확인한 뒤, 나영이 도영에게 속삭였다.

"나, 그리고, 충격적인 소식 하나. 진설후 감독한테 메일 받았다. 이번에 나 보러 온다고! 내 연기가 너무 마음에 든다는 거야!"

도영의 눈이 동그래졌다. 그도 최근 들어 유명해진 그 영화 감독의 이름을 익히 들어 잘 알고 있었다. 도영은 살짝 목이 멘 채로 말했다.

"나영아, 너무 잘됐다. 진짜 잘될 줄 알았어. 네가 얼마나 열심히 하는데…"

"흐흐, 고마워. 오늘 잘 봐 둬. 예전에 봤던 나랑 확연히 다를 테니까."

"다르다고?"

나영은 답하지 않고 도영에게 얼굴을 들이밀었다. 위에서 갑자기 내려오는 나영의 얼굴에 도영은 정신을 차리지 못했다. 순식간에 재빠른 입맞춤이 끝났다. 언제나처럼 시트러스 향이 났다. 나영과의 관계가 어떻게 달라지든 이 강렬한 시트러스 향은 평생 잊지 못할 것 같다는 느낌이 들었다.

그리고 나영은 바람처럼 사라졌다. 도영은 그의 잔상을 떨치지 못하고 멍하니 서 있다가, 겨우 정신을 차려 관객석 안으로 들어갔다. 어두컴컴한 곳에 있는 것이 좋았다. 성영원과 통화한 이후로, 누군가 자신을 알아보는 게 이상하게 마음에 들지 않았다.

*

커다란 무대 위에 깔끔하게 정장을 차려입은 권나영이 섰다. 변호사 같은 옷차림이라고 도영은 생각했다. 다른 배우들도 마찬가지였다. 하지만 그들은 뻔뻔하고 예스러운 어조로 대사를 주고받았다. 나영의 옆에는 또 다른 배우 한 명이 서 있었다. 그는 햄릿의 오랜 친구인 호레이쇼 역할을 맡았다.

나영의 연기는 1년 전에 보았을 때보다 훨씬 나아져 있었다. 도영은 무엇이 그런 차이를 만드는 건지 콕 짚어 낼 수가 없었다. 다만 분명한 것은, 이전에는 그저 열심히 연기하는 아마추어 같았던 그가 이제는 재능 있는 배우로서 자연스럽게 빛나고 있다는 것이었다. 도영은 무거운 마음으로 찬탄했다.

100명 남짓 되는 관객들이 모두 알고 있는 장면이 곧 시작되었다. 햄릿과 호레이쇼가 억울하게 죽은 왕의 유령을 직접 만나고, 복수를 부탁받는다. 원작의 이야기 자체를 크게 바꾼 것 같지는 않았다. 후에 햄릿은 동생이 자신을 죽이고 왕위를 찬탈했다는 유령의 말을 믿을지 말지 번민하고, 복수에 성공하지만 결국 파멸하겠지.

하지만 세부적인 부분은 원작과 달랐다. 호레이쇼는 무대 위의 랩톱 앞에서 뭔가를 빠르게 타이핑하더니 말했다.

"공주님, 드디어 발견했습니다!"

갑작스레 무대 위에 입체 홀로그램 영상이 나타났다. 푸르게 번뜩이는 여왕의 모습이었다. 이미 2030년대에 고전적인 기술이 된 홀로그램이지만 관객들은 잠시 숨을 멈췄다.

권나영, 혹은 햄릿이 그것을 보고 외쳤다. 상당히 과장되어 있고 어쩌면 우스꽝스러울 수도 있는 대사였지만, 그 무대 속 세계에서 사는 이라면 정말로 그렇게 외칠 법한 말이었다.

"그대는 누구인가? 사람인가, 인공지능인가? 그대 모습을 보니 차마 말을 걸지 않을 수가 없구나. 오, 그대를 덴마크의 여왕, 햄릿이라 부르리라. 햄릿이여, 대답하라. 나를 의혹에 빠뜨리지 말고, 죽어서 땅속에 묻힌 사람이 어찌하여 사이버 스페이스에 접속 중인가?"♣

홀로그램이 조금씩 움직여 손짓했다. 그 손짓을 따라 알 수 없는 URL이 나타났다. 관객들은 그 장면을 보면서부터 각색의 방향을 제대로 이해하게 되었다. 단지 인물의 성별만 바꾼 것이 아니라, 현대 세계와 교묘히 접합하여 각본을 재창작한 것이었다.

호레이쇼가 안 된다고 만류했지만, 햄릿은 그 주소로 접속했다. 그러자 랩톱의 화면이 갑자기 무대 전체에 떠

♣ 작품 내의 모든 인용문은 셰익스피어 연구회 역의 《셰익스피어 5대 희곡》,

올랐다. 덴마크의 여왕, 햄릿의 어머니가 햄릿의 이모에게 살해당하는 동영상이었다. 영상이 끝나자 홀로그램이 말을 이었다.

"비겁하기 짝이 없는 네 이모에게 복수하라." 그리고 길게 이어지는 죽음의 이야기들. "스크린이 불길하게 깜박이는 것을 보니 배터리 용량이 다했나 보구나. 잘 있거라, 내 딸. 나를 잊지 말거라."

홀로그램이 흐려지자, 햄릿이 무릎을 꿇고, 하늘을 보며 원통하다는 듯 소리 질렀다.

"그대를 잊지 말라고? 그러마. 내 기억의 여백에서 하찮은 기억들일랑 지워 버리자. 격언이며 지식, 과거의 인상들은 지워 버리고 오로지 그대의 명령만을 기억의 갈피에 남겨 두리라. 진정으로 하늘에 걸고 그토록 악독한 여인이 있는가! 내 수첩에 똑똑히 적어 두리라. 그 악당, 얼굴에 태연하게 미소를 띤 그런 악당도 있다는 것을."

도영은 나영이 기나긴 대사를 오차 하나 없이 외우는 것을 보고 감탄했다. 지루할 수도 있는 과장된 말들이 나영의 풍부한 표정과 인상 깊은 목소리를 입으니 우아하고 세련된 느낌을 주었다. 멋들어진 공간과 무대는 이전의 소극장들보다 훨씬 큰 그릇이었고, 나영은 만개한 자신의 재능을 더욱 화려하게 뽐낼 수 있었다.

그 후 극은 원래의 <햄릿>과 비슷하지만 분명한 차이를 유지하면서 전개됐다. 햄릿은 어머니의 복수를 이루기로 다짐하며 기회를 얻기 위해 미친 척을 하지만, 동시에 홀로그램을 의심한다. 본 극에서 햄릿이 악마가 아

버지의 모습을 취하지 않았나 의구심을 품었다면, 이 극
에서의 햄릿은 그 홀로그램과 살해 영상이 모두 조작된
것이 아닐까 의심하기 시작하는 것이다.

도영은 의문을 품었다. 그렇다면 조작 여부를 어떻게
확인한단 말인가? 본래대로라면 햄릿이 살해 장면을 재
현한 연극을 보여 주고 용의자를 동요케 할 것이다. 그걸
어떻게 각색했을까? 서부극 스타일의 권총 결투를 벌일
까, 아니면 SNS에 구구절절한 이야기를 올릴까?

그 답은 햄릿의 방백으로 직접 들을 수 있었다.

"맞아, 살인죄는 비록 입은 없어도 행동으로 실토한다
지 않는가? 애니메이션 회사에 시켜 어머니의 살해 장
면을 이모 앞에서 재현하도록 해 보자. 그때 안색을 살
펴 급소를 찔러 보자. 움찔한다면 망설일 필요가 뭐 있
겠어. 하지만 그렇지 않다면 그 홀로그램과 영상은 해
커의 악행인 거야. 요즘 세상에 영상은 너무나 쉽게 조
작될 수 있는 법이지."

*

강도영은 한창 연극이 진행되는 도중에 극장 밖으로 뛰
어나왔다. 그는 제일 앞자리에 있었고, 분명히 권나영이
알아보았겠지만 도저히 참을 수가 없었다. 그 자리에 계
속 있다가는 가슴이 터져 버릴 것 같았다. 그는 홀 바깥의
벤치에 앉아 애써 구토감을 견뎠다. 아직 대낮이었다. 지
나가던 대학생들 몇몇이 그에게 시선을 모으는 것이 느껴
졌다. 도영은 고개를 숙였다.

하지만 학생들은 그를 가만두지 않았다. 누군가 그의 이름을 불렀다.

"강도영 맞죠?!"

관심에는 얼마나 큰 전염성이 있는지. 사람들이 웅성거리면서 그에게 몰려왔다. 도영은 고개를 살짝 들었다. 열 명 남짓한 사람들이 보였다. 그들 모두가 도영을 알지는 못하는 것 같았지만, 어쨌든 이 기회에 유명인 한 번 보면 이야깃거리라도 하나 더 생기는 거니까. 도영은 억지로 입꼬리를 올렸다.

"네. 맞아요."

학생들 중 하나가 유난히 나섰다. 시네필이라도 되는 건지, 그는 오래 전의 작품들까지 언급하면서 좋아했다.

"배우님, 저 진짜 꼭 한 번 보고 싶었어요. 이번 영화도 너무 좋았어요. 실물이 완전 더 나으시다."
"그건 기술자 분들이 다 했는데…."

학생은 새어 나온 진실을 들은 척도 하지 않았다. 들었다 해도 이해할 수 없었을 것이다.

"계속 지켜보고 있거든요, 사인 좀 해 주세요. 차기작은 뭐 나와요? 네?"

도영은 가방에서 태블릿을 꺼내는 학생의 모습을 뜨악한 표정으로 쳐다보았다. 그건 전부 사기에 지나지 않는다고, 지난 1년 동안 신나게 여행이나 다녔다고 외치고 싶었다.

도영은 억지로 웃으면서 학생들에게 사인을 해 주고, 하나하나 사진도 찍어 주었다. 다들 눈을 크게 떠 달라고 부탁했다. 도영이 그들에게 줄 수 있는 것은 그 눈뿐이었다. 그 모습을 보고 다른 학생들도 다가와서 모두를 상대하는 데 시간이 꽤 걸렸다.

슬슬 사람들에게 해방될 즈음, 도영은 홀에서 걸어 나오는 사람들을 보았다. 아마도 막 연극을 보고 나오는 사람들이리라. 도영은 권나영을 상상했다. 영화 속 도영을 보고 그를 동경하고 선망하고 사랑하는 사람의 모습을 떠올렸다. 나영은 자기가 말한 대로 예전과는 달라져 있었다. 어쩌면, 영화에 나온 도영을 보고 어떤 자극을 얻었을지도 모른다. 전부 사기일 뿐인데.

그렇게라도 영화에 꾸꾸이 기어 나온 게 얼마나 어처구니없는 짓이었는지를 새삼 절감했다. 도영의 전성기는 열한 살에 끝났다. 하지만 전성기가 있었다는 것만으로도 이미 충분한 행운 아닌가? 방금 전까지 무대 위에 서서 찬란한 재능을 뽐내던, 이제 내 연인이 된 후배는 이제야 조금씩 세상에 알려지고 있는데, 정작 나는 가짜 자기를 만들어서 진짜 훌륭한 사람의 존경을 받다니. 이건 기만이다. 도영은 비명을 지르고 싶은 충동을 간신히 참았다.

그 모든 것이 사기에 지나지 않는다고 하면 얼마나 화를 낼까. 아니, 분노는 아무렇지도 않았다. 정말로 무서운 것은 경멸과 혐오였다. 나영은 진짜고, 도영은 가짜니까. 돌려놓아야 했다. 진짜가 인정받는 정의로운 세상으로.

강도영은 휴대폰을 꺼내 들었다. 성영원의 이름을 찾아 전화를 걸었다. 뚜, 뚜, 뚜. 곧 익숙한 목소리가 들려왔다.

"어, 도영 씨."
"상무님, 저…"

"사과하려고 전화한 거야? 됐어. 벌써 잊었어. 내가 다 이해해. 이제 스물세 살이죠? 원래 그 나이 때는 이상한 생각도 하고 그럴 때야. 가슴속에 열정이 펄펄 끓죠? 현실이랑 타협하는 법을 배워야 크는 거예요. 일주일 뒤에 내가 맛있는 거 먹여 줄 테니까, 다…"

도영은 가슴속에 담아 둔 말을 꺼내야 했다.

"상무님. 저 다음 계약 안 할 거예요."

"뭐?"

"저 얼굴 못 드린다고요. 인공 배우 만들어서 쓰든가 하세요."

잠시 동안 아무 목소리도 들려오지 않았다. 도영은 기가 차 휴대폰을 바라보고 있는 영원의 얼굴을 떠올렸다. 한 방 먹인 것일까? 짜릿했다.

"하, 얘가 진짜…. 이 봐요, 도영 씨. 당신이 뭐 잘나서 당신한테 컨택한 줄 알아?"

"그랬겠죠. 제 얼굴이 필요해서 연락한 걸 테니까. 언제는 팬이라면서요?"

"어처구니가 없네. 이름난 배우한테 함부로 제안했다가 욕볼까 봐 당신한테 말한 거거든. 당신 경력 완전히 으깨져 있어서 불쌍한 사람 하나 구해 준다 하고 우리가 도와준 건데, 선의를 이렇게 갚아요?"

"예, 예. 제가 잘못했네요. 알아서 하세요."

"나중에 실컷 후회하세요. 연극 할 때 보니까 연기도 형편없더만. 다른 배우들은 다 하는…"

도영은 전화를 끊지 않은 채 휴대폰을 주머니 안에 넣었다. 영원이 소리를 바락바락 지르는지 주머니 안에서 진동이 다 느껴졌다. 도영은 씩 웃었다. 불안감이 많이 가셨다. 멍청한 짓이 이렇게 시원하다면, 앞으로도 멍청하게 살고 싶었다. 보기엔 현명하지만 뛰어들면 불안한 일에는 손도 대지 않고.

그는 나영을 떠올리며, 홀 쪽을 바라보았다. 듣기로 관객과의 대화 시간이 있다고 했다. 지금 들어가면 이야기할 수 있을 터였다. 이제 솔직히 말하고 싶었다. 나는 연기 잘 못하고, 어릴 때 운이 좋아 반짝한 퇴물일 뿐이고, 나야말로 너를 선망한다고.

최악의 결과가 벌어질 수도 있겠지. 하지만 평생 속이고 사는 것보다는 그 최악을 맞는 것이 더 나을 듯싶었다.

*

관객석 뒤쪽에 내린 어둠에 스며든 채로 도영은 나영을 바라보았다. 관객과의 대화가 끝난 뒤, 약간 어수선한 분위기 속에서 나영은 가슴에 붉은 피를 묻힌 채로 진설후 감독과 이야기를 한창 나누고 있었다. 그 붉은 핏자국을 보니 아마 공연이 칼싸움 대신 총격전으로 끝났으리라고 짐작할 수 있었다. 이야기가 잘되고 있는지, 나영은 중간중간 환한 웃음을 지었다.

보기 좋았다. 잠깐 동안은 그 표정 때문에 또 번민이 들기도 했다. 진 감독이랑 좋은 이야기를 막 마치고 최상의 상태가 되었는데 내가 기분을 망쳐 놓는 건 아닐까? 하지만 또 다르게 생각해 보면, 기분이 좋으니까 평소보다 이해를 잘 해 줄지도 모르지. 타인의 반응을 아무리 재 보고 가늠해 봤자 한계가 있기 마련이었다. 직접 부딪쳐 반응을 보는 수밖에.

곧 진 감독과 나영이 인사를 나눴고, 진 감독은 웃는 표정으로 극장 밖을 향해 걸어 나갔다. 어둠 속에 몸을 숨기고 있던 도영이 천천히 환한 무대 쪽으로 걸어갔다. 반쯤 걸어 내려갔을 때, 둘은 눈이 마주쳤다. 나영의 표정이 급격하게 일그러졌다. 도영은 멈춰 서서 나영이 그에게 달려오는 것을 보았다.

뛰어온 나영이 도영의 앞에 섰다. 도영은 고개를 들어 그를 올려다보았다. 나영이 다급하게 말했다.

"미안해, 도영아. 내가 잘못했어."

도영은 생각지도 못한 말에 당혹했다. 당연히, 왜 중간에 나갔냐고 다그치는 게 먼저일 거라고 예상했으니까. 벙찐 도영은 입을 살짝 벌렸다. 염두에 두었던 대본이 어그러졌다. 나영이 그의 두 팔에 양손을 올리곤 말했다.

"내가 생각이 짧았어. 힘들었지? 내가 네 부모님 생각을 했어야 했는데."

도영은 그제야 갈피를 잡았다. 어려서 부모를 잃은 기억 때문에, 어머니를 죽이고 어쩌고 하는 이야기에 충격을 받아 중간에 나간 거라고 나영이 착각을 하고 있는 것이었다. 이미 그 기억은 도영에게 티도 안 나는 흉터일 뿐이지만.

"아냐, 괜찮아. 나는 괜찮아. 내가 끝까지 못 본 게 미안하지. 꼭 다 보고 싶었는데….'

나영을 안으면서, 도영은 속으로 쾌재를 불렀다. 머릿

속에서 계산기가 빠르게 돌아갔다. 자신이 먼저 관용을 보였고, 나영은 지금 상당히 기분이 좋은 상태일 테니, 용서받기 딱 좋은 상황일 것이다.

"고마워."

둘은 떨어졌다. 도영은 웃으며 물었다.

"웃어, 바보야. 방금 전에 진설후 감독이랑 이야기하는 거 봤다. 잘된 거지?"
"응. 나 구체적인 이야기 듣고, 만날 날짜도 잡았어."
"그래, 그러니까 내가 너는 된다고 항상…"

나영이 도영의 한쪽 팔을 잡았다.

"야, 다른 사람들 보겠다. 따라와."

그는 도영을 질질 끌었다. 다른 사람들이 보고 있을 때는 못 할 짓을 하려는 모양이었다. 도영은 미소 지으면서 그를 따라갔다. 곧 그들은 커다란 홀의 가장 으슥한, 아무 조명도 직접 닿지 않는 곳에 섰다. 역시 입맞춤이었다. 벌써 익숙해졌지만 매번 새로운 그 느낌과 그 시트러스 향. 언제나처럼, 도영은 나영의 몸과 입술이 너무나 부드러우면서도 살짝 뻣뻣하고 딱딱하다는 느낌을 받았다. 그 독특한 느낌이 좋았다. 나영이 그의 귀에 부드럽게 속삭였다.

"나도, 강도영 너처럼 명배우 될 거야."

그 말이 도영의 가슴에 비수처럼 파고들었다. 도영은 충동적으로 나영을 떨쳐 냈다. 그는 숨을 몰아쉬면서 나영을 올려다보았다. 빛이 희박한 공간이었지만, 나영이 의아해하고 있는 것을 도영은 알고 있었다. 말해야 했다. 언제까지나 오해를 유지할 수는 없었다. 좋다, 조금 전 말은 시트러스 향이 마지막이었다 해도. 더 이상 기만을 유지할 수는 없었다.

말을 더듬으면서 도영은 조금씩 털어놓았다.

"나영아. 난 너처럼 잘하지 못해. 솔직히 말할게, 그건 내가 연기한 거 아냐. 다 거짓말이었다고. 내가 영화 촬영 때 뭐 했는지 알면 어처구니가 없을걸? 그건, 그 건… 제발, 듣고 날 미워하지 말아 줘. 나는…"

도영이 말을 더듬으며 눈물을 흘리는 와중에, 나영이 도영의 입술 앞에 검지를 가져다 댔다.

"쉿, 무슨 말 하려는지 알아. 이해해."

이게 대체 무슨 말이지? 강도영은 얼이 빠진 채로 자기보다 한 뼘은 키가 더 큰 권나영을 올려다보았다. 나영이 도영의 오른손을 잡더니, 그 손을 자기 뺨 위에 대었다. 도영이 그 자세로 멍하니 서 있자 나영은 그 손으로 자기의 입술과 눈 위와 광대를 만지도록 했다. 여느 때처럼 조금은 딱딱한 느낌이 들었다. 나영이 어둠 속에서 속삭였다.

"너 촬영하는 동안 나도 너처럼 되고파서 큰맘 먹고 했어, 페이셜 임플란트. 걱정 마, 커다란 영화사에서는 암암리에 쓰고 있다지? 나도 간신히 소개받았어. 영화배우들 사이에서도 잘 안 알려져 있지만, 연극 판에서는 아마 최초일걸? 나는 허리에 자세 보조 장치도 설치했어. 티 잘 안 나지? 좀 딱딱한 거 말고는."

"나는, 나는 무슨 말인지 잘…"

나영이 싱긋 웃더니 주머니에서 휴대폰을 꺼내 들었다.

"오, 대배우님은 안 한 거야? 진짜 아직 잘 모르긴 하나 보다. 그래도 한 번쯤 들어 봤을 거라고 생각했는데?"

나영이 휴대폰을 조작하자 그 위에 어떤 인터페이스가 떠올랐다. 나영이 그것을 조작하면서 한 손으로 자기 얼굴을 가렸다. 휴대폰 액정의 빛이 얼굴의 윤곽을 흐릿하게 밝혔다.

표정이 나타나고 있었다. 도영이 조금 전 공연장에서 보았던 그 풍부한 표정들이. 아무 자극도 없이 만들어지는 그 자연스러운 표정은 이 상황에서 지독할 정도로 위화감이 컸다. 나영은 휴대폰을 끄고 다시 옅은 미소를 띠웠다. 굳어 있는 도영을 보고 나영은 말을 이었다.

"정말 처음 듣는 거야? 비나인 스튜디오 정도 되는 회사면 쓸 거라고 생각했는데."

처음 듣는 말이었다. 비나인 스튜디오의 스태프들과 마주친 적도, 이야기를 한 적도 없었으니까. 도영은 더듬대며 답했다.

"아, 아니, 그런 건 아니지. 나는…"

나와는 다르게, 너야말로 진짜라고 생각했어. 그래서 너를 우상처럼 여겼는데. 도영은 입안에 맴도는 말을 차마 내놓지 못하고 다른 질문을 했다.

"요즘 영화들 그래픽 때문에, 녹색 세트에서 연기하는 게 참 싫다고 네가 그랬는데. 이것도 뭔가, 그거랑 비슷한 것 같아서."

"맞아. 그런데 너 촬영하는 동안 보내 준 사진 보고 생각이 바뀌었잖아. CG로 재현된 네 옛날 모습을 보니까

참 놀랍기도 하고, 또 이런 생각이 들더라. 아, 어차피 연기라는 건 현실을 재현하는 일인데, 순수하고 순수하지 않은 게 뭐 따로 있겠나 싶더라고. 좋은 기술 있는 세상에서, 고리타분하게 기술을 안 쓸 이유가 뭐야? 따지고 보면 분장이랑 다를 바가 뭐 있겠냐고. 표정이 왜 그래?"

도영은 억지로 입꼬리를 들어 올렸다. 기괴한 모습이 겠지만 짙게 내린 어둠이 일그러진 표정을 조금이나마 감춰 주어서 다행이었다. 나영은 길게 생각하지 않고 말을 이었다.

"일단은 무대 정리 도우러 갈 테니, 좀 있다 봐!"

나영이 도영의 뺨에 제 볼을 맞춘 다음 무대 쪽으로 사라졌다. 도영은 멍하니 그 뒷모습을 바라보았다. 익숙한 현기증을 느낀 도영은 바닥에 주저앉았다. 그는 마음속에서 질문을 곱씹었다. 나는 왜 너를 내 이상에 끼워 맞추고, 네가 당연히 그 이상대로 행동할 거라 착각하고 있었지?

아직 나영에게 진실을 전부 말하지는 않았다. 하지만 더 이상 솔직할 필요가 없을 것 같았다. 이 모든 바람과 기만이 지독하게 멍청하고 이기적이라고 생각하기는 했지만, 도영은 어떻게 해야 상황이 좀 더 나아질지 알 수가 없었다. 그는 두통을 견디며 멍하니 앉아서, 무대 저편에서 나영이 재잘거리는 모습을 바라보았다. 여전히 아름다웠지만 이제는 어딘가 달라졌다는 느낌이 들었다.

도영은 휴대폰을 꺼냈다. 강도영은 갈라지는 목소리로 휴대폰에게 속삭였다. "성영원 상무에게 전화 걸어!"

영원의 말이 맞았다. 도영은 자신이 '꿀 빨고' 있다는 사실을 전혀 부정할 수 없었다. 하지만, 얼굴을 빌려줄 만한 다른 배우를 찾아내는 일은 성영원에게도 귀찮은 일일 것이라고 도영은 마음 속으로 자위했다.

제발, 무슨 말을 해도 좋아. 전화만 받아 줘.

뚜, 뚜, 뚜. 발신음은 1분간 지속되었다. 도영은 식은땀을 줄줄 흘리면서 초조하게 빌었다. 아무도 응답하지 않았다.

스타 이즈 본

- 배예람 -

잔인하고 끔찍한 이야기를 즐겨 쓴다. 밤마다 침대에
누워 내일 무엇을 쓸지 상상만 하는 게 세상에서
제일 재미있는 지독한 게으름뱅이. 게으름을 이겨 내고
한 줄이라도 쓰는 것이 매일매일의 목표.

1.

상미의 하루는 그의 '오빠'에게 편지를 쓰는 것으로 시작됐다.

오빠, 어떻게 지내요? 날씨가 많이 추워졌어요. 오빠는 추위 많이 타니까 따뜻하게 입고 다니셔야 해요. 맞다, 어제 <세븐 라이어즈> 시즌 2 마지막 회를 봤어요. 엔딩이 정말 마음에 들었어요, 오빠는 어떻게 생각해요? 드라마 때문에 살도 많이 빠졌는데, 이제 꼭 잘 챙겨 드세요! 오빠, 오빠, 오빠….

꿈과 현실의 경계에 애매하게 걸쳐 있는 상태로, 감기는 눈꺼풀을 애써 들어 올리면서 하얀 종이를 빼곡하게 채워 나가는 일은 상미에게 일종의 의식이었다. 경건한 마음으로 편지를 쓰면서 오빠의 하루가 무사하기를 바라는 의식. 편지 한 장이 완성되면 상미는 편지를 곱게

접어 봉투에 넣었다. 깔끔하게 봉인된 편지는 유명한 쿠키 회사에서 크리스마스 한정판으로 낸 쿠키 케이스 안으로 들어간다. 원래의 내용물을 잃은 채 편지 보관함이 되어 가고 있는 쿠키통은 상미의 오빠, '한경'이 팬미팅에 참석한 팬들에게 주었던 선물 중 하나였다.

쿠키가 사라지는 게 그렇게 아까워서 하루에 딱 하나씩만 입에 넣고 그 달콤함을 음미했던 때가 떠올라 상미는 미소 지었다. 상미는 매일 편지를 써서 통 안에 넣는다. 쿠키 부스러기 하나 없는 통은 이제 상미가 한경을 위해 쓴 편지들로 가득하다. 통 안에 든 수십, 수백 장의 편지들이 사라지는 날은 상미가 한경을 만나는 날이었다. 행사장에 가거나 촬영장을 방문하는 등, 한경을 만날 수 있게 될 때마다 상미는 그동안 썼던 편지를 모조리 한경에게 주었다. 처음엔 몇십 통의 편지를 직접 들고 가서 한경에게 주는 일이 가능했지만 한경이 바빠지면서 그렇게 하기가 어려워지자 상미는 방법을 바꿨다. 한경을 만날 수 있는 기회가 생기면 쌓인 편지들은 박스에 담아서 한경의 소속사로 부치고, 한경을 만나는 날 아침에 쓴 편지만 직접 건네준다. 갓 나온 따끈따끈한 설렘이 가득 담긴 한 통의 편지. 상미는 한경을 만날 때마다 편지를 주었고 한경은 상미의 편지를 꼬박꼬박 읽었다.

상미는 오늘 아침 완성한 편지를 쿠키통에 넣지 않았다. 대신 통 안에 쌓여 있던 수백 통의 편지를 종이 박스 안에 모조리 털어 넣었다. 오후에 한경의 팬 사인회가 열릴 예정이다. 원래의 계획대로라면 편지들을 어제 부쳤어야 했건만, 아르바이트 대타를 뛰느라 너무 바빴던 게 변명이라면 변명이었다. 그래도 사인회에 못 가는 것보

단 나왔다. 상미는 박스를 테이프로 감싸면서 흘러나오는 웃음을 삼켰다. 박스 한가득 편지가 쌓인다는 건 상미가 한경을 만나지 못한 지 그만큼 오래 되었다는 뜻이다. 한경은 요즘 바빴다. 그냥 바쁜 게 아니라 엄청나게 바빴다.

상미는 화장을 고치고 또 고쳤다. 한경이야 자다 깬 모습으로 가도 예쁘다고 웃어 줄 위인이었지만 좋아하는 사람 앞에서 잘 보이고 싶은 건 어쩔 수 없는 팬의 마음이다. 부쩍 싸늘해진 공기에 몸이 덜덜 떨렸지만 오랜만에 치마도 골랐다. 20시간 치의 시급을 쏟아부은 치마는 팬 사인회에 당첨된 날 큰맘 먹고 주문한 것이다. 유명한 브랜드에서 요즘 잘 나간다는 치마는 가격에 맞게 고급스러웠고 색은 한경이 좋아하는 빨강이었다. 오늘 이 치마를 발견한다면, 한경은 분명 제가 좋아하는 색이라며 잘 어울린다는 말을 덧붙일 것이다. 한경은 그런 사람이었다. 전 세계가 주목하는 대스타임에도 팬들을 향한 마음이 한결같은 섬세한 사람. 상미는 집을 나서기 전, 마지막으로 트위터에 글을 올렸다. 팬 사인회에 간다는 것을 한껏 드러내면서, 너무 자랑하지 않고 깔끔하고 담백하게. [오빠 만나러 출발! 😊 날씨가 춥네요, 다들 따뜻하게 입고 오세요 XD] 좋아, 완벽해. 상미는 무거운 박스를 겨우 품에 안고 집을 나섰다. 걸친 것이라곤 얇은 스타킹이 전부인 다리와 무거운 박스를 지탱하는 두 팔이 떨렸지만 행복했다.

팬 사인회는 모 백화점의 이벤트용 광장에서 열렸다. 느긋하게 도착한 상미는 당첨 문자를 보여 준 뒤 사인회 번호표를 받았다. 시간을 죽일 생각으로 근처 카페에 앉아 휴대폰을 들여다보고 있노라니 상미와 마찬가지로 번호표를 쥔 사람들이 지나간다. 이미 번호표 배부는 끝이 났다. 펜스 밖에서 서성거리며 자리를 잡고 있는 사람들은 당첨되지 못한 팬들, 혹은 한경의 얼굴이 대문만하게 박힌 가벽이 세워진 것을 보고 걸음을 멈추기 시작한 일반인들이었다. 상미는 번호표를 펄럭이며 승리의 미소를 지었다.

이 번호표 하나를 얻기 위해 얼마나 많은 돈을 써야 했던가. 상미는 팔자에도 없는 남성용 화장품을 100만 원어치 정도 구매했던 기억을 떠올리며 얼굴을 구겼다. 아르바이트 하는 곳 사람들에게 나눠 주고, 인터넷에 중고로 판매해도 그놈의 스킨과 로션은 번식이라도 하는지 줄지를 않았다. 결국 상미는 한경이 상큼한 미소를 짓고 있는 패키지에 담긴 스킨과 로션들을 옷장 한 구석에 밀어 넣어 버렸다. 아무리 한경이 좋아도 이 짧은 순간을 위해 100만 원을 넘게 썼다는 건 뿌듯하면서도 가슴이 아픈 일이었다. 8,350원이라는 얄팍한 시급을 받는 입장이라 100만 원을 모으기 위해 오랜 시간이 걸렸기에 더 그랬다.

그래도 뭐 어때. 오빠 만나기가 쉽지 않은걸. 옛날 같았으면 이런 팬 사인회 정도야, 응모하지 않고 그냥 멀리서 보는 것만으로 만족했을지도 모른다. 하지만 한경이 상미 기준 '우주 대스타'가 되어 버리면서 그를 이렇게 가까이서 볼 수 있는 기회는 줄어들고 또 줄어들었다. 오늘 상미가 부친 박스는 지금까지 보낸 것들 중에서 제일 무거웠다. 한경이 그만큼 오랜만에 한국에 들어왔다는 증거였다. 오랫동안 기다렸을 팬들을 위해서인지, 시차 적응이 끝나기도 전에 팬 사인회를 한다는 소식에 상미는 또 한 번 한경에게 감동했다. 오빠는 어쩜 저렇게 한결같을까, 사람이 저렇게 완벽할 수가 있나? 진짜 사람이 아닐지도 몰라. 상미의 생각은 곧 어마어마한 함성 소리에 묻혔다. 백화점 천장까지 울릴 듯한 함성 속으로 한경이 손을 흔들며 걸어 나왔다. 오빠. 상미는 목구멍까지 올라온 말을 꿀꺽 삼켰다. 얼마 만에 보는 얼굴이던가, 괜히 눈물이 울컥 흘러나왔다.

　기다림은 지루하지 않았다. 상미는 제 앞에 있던 사람들이 어느새 줄어든 것을 보며 긴장을 풀려 애썼다. 한경과 이야기를 나누는 게 이번이 처음이 아닌데도, 한경과 이야기를 제일 많이 해 본 팬을 꼽는다면 상미가 다섯 손가락 안에 들 것이 분명한데도 긴장되는 건 어쩔 수가 없다. 상미는 서둘러 옷매무새를 가다듬고 손에 쥔 편지를 다시 한번 확인했다. 한경에게 건넬 말들도 점검했다. 한경이 출연한 넷플릭스 드라마의 마지막 회 이야기도 잠깐, 한경의 해외 스케줄 이야기 잠깐, 앞으로 한국에서 예정된 스케줄 이야기도 잠깐, 그리고 시간이 남으면, 상미가 입고 온 치마 이야기를 할 수 있을지도 모른다. 어느새 상미의 앞에는 단 한 사람이 남아 있었다. 상미는 먼발치에서 능숙하게 사인을 하는 한경을 바라보았다.

　말하기도 입이 아프지만, 한경은 언제 봐도 참 잘생겼다. 적당히 그을린 피부에 시원시원한 이목구비가 매력적이다. 180cm를 거뜬히 넘는 키는 기본이고, 길쭉길쭉한 팔다리는 보너스다. 거기에 듣기 좋게 깔리는 중저음의 목소리까지. 게다가 영어 실력까지 출중하다. 덕분에 넷플릭스 유명 드라마의 주연 자리를 꿰찼고, 시즌 2 촬영이 끝난 뒤 할리우드 영화에 캐스팅되었다. 그렇게 몇 개월에 걸친 촬영을 마치고 돌아오자마자 팬 사인회에 참석해 진심을 다해 웃고 있다니. 상미는 자신이, 이 세계가 받아들이기엔 한경이 너무 과분한 사람이라 생각했다. 저렇게 완벽한 사람은 존재할 수가 없다. 지구에만 머무르기엔 아깝다. 상미는 진심이었다.

자신의 차례가 되자 상미는 씩씩하게 테이블로 다가갔다. 한경이 환하게 웃으면서 상미를 맞았다. 아, 저 백만 불짜리 미소. 모든 근심 걱정이 날아가는 기분이었다. 100만 원을 들여 얻은 팬미팅 번호표도 17만 원짜리 치마도 생각나지 않았다. 오빠, 안녕하세요. 상미는 수줍게 인사를 했다. 네, 안녕하세요. 한경이 웃으며 답을 한다. 손가락이 아팠는지 주무르며 마사지를 하고 있던 한경은 곧 펜을 잡았다. 상미가 <세븐 라이어즈>의 충격적인 엔딩에 대해 이야기하기 위해 입을 여는 순간, 한경이 해맑게 물었다. 이름이 뭐예요? 상미는 잠시 숨을 멈췄다.

뭐지? 상미는 재빠르게 머리를 굴렸다. 너무 오랜만에 만나서 까먹었나? 그것도 아니면… 그냥 기억이 안 난 건가? 만난 지가 오래됐으니 장난을 치는 걸지도 몰랐다. 하지만 그렇게 생각하기엔 눈을 깜빡이며 상미의 답을 기다리고 있는 얼굴이 너무 진지했다. 상미는 어… 하고 말을 흐렸다. 어떤 것도 정답이 될 수 없었다. 상미가 한경에게 자신의 이름을 처음 말했던 건 4년 전이었고 한경은 그 이후로 한 번도 상미의 이름을 잊은 적이 없었다. 사인회에서 상미의 이름을 묻는 법이 없었다. 인사를 하자마자 상미가 조잘조잘 떠들기 시작하면, 한경은 그 말에 맞장구를 치면서 자연스럽게 사인 아래에 상미의 이름을 적었다.

이름 정도야 기억 못할 수도 있는 거잖아, 안 그래? 상미는 서운함과 당황스러움을 꾹꾹 눌러 참았다. 시차 적응도 안 돼서 피곤한 상태일 텐데, 고작 이름 하나 기억 못했다고 이렇게까지 서운해하면 안 된다. 최상미요. 대답하자 그제야 한경의 펜이 움직인다. 최, 상미… 반가워요. 이름 옆에 귀여운 이모티콘을 그려 주고 상미를 보며 웃는다. 상미는 심장이 떨어지는 기분이었다. 이건 100%였다. 한경은 자신을 기억하지 못했다. 전혀 기억하지 못했다. 세상이 무너지는 일이었다.

이름을 알려 준 이후로 대화는 상투적으로 흘러갔다. 드라마 잘 봤어요. 아, 정말요? 영화 촬영 잘하셨어요? 네, 엄청 힘들었어요. 피곤하시겠어요. 괜찮아요, 이제 쉬면 되죠! 저번 사인회 때도 손가락 아파하시던데, 오늘도 그런가 봐요. 네, 조금 저리네요, 저번에도 왔어요? 미안해요, 못 알아봤네. 아니에요, 괜찮아요. 상미는 평범하게 웃으려고 노력했다. 이상했다. 이건 말이 되지 않았다. 한경과 자신은 4년이라는 긴 시간을 공유했다. 4년 동안 스타와 팬이라는 돈독한 관계를 차곡차곡 쌓아 왔다. 지금 한경은 그 4년이 존재하지 않았던 것처럼 말하고 있었다. 아무래도 이상했다. 말이 되질 않았다. 한경이 아니라 다른 사람인 것 같았다. 한경의 뒤에 서 있던 관계자가 흠, 하고 헛기침을 하며 눈치를 줬다. 한경이 자연스럽게 대화를 마무리하고 손을 내밀었다. 상미는 악수를 하고 출구를 향해 터덜터덜 걸었다. 한경이 무언가를 했는지 어깨 너머로 함성 소리가 여러 번 들렸다. 상미는 그대로 백화점 문을 열고 밖으로 나갔다. 멍하니 주저앉자 편지 봉투가 바닥으로 툭 떨어졌다. 한경에게 주지 못

한 편지는 상미의 손안에서 잔뜩 구겨져 버렸다. 상미는
양손으로 편지를 찢으려다, 한경과 악수를 한 손가락에
서 이상한 것을 발견하고 손바닥을 펼쳤다. 벌레? 먼지?
·············· 슬라임? 손톱만 한 크기의 이상한 물체는
물컹이는 점액들이 뒤섞인 형태였다. 색은 한경의 피부
처럼 그을린 살색이었고, 내부에는 피처럼 붉은 점액들
이 꿈틀대고 있었다. 살색과 핏빛의 조화 때문에 마치
떨어져 나간 살점 같았다. 상미는 숨을 멈추고 '살점'을
손가락으로 쿡 찔러 보았다. 질척이는 점액들이 손가락
에 엉기며 뭉개졌다. 상미는 진저리를 치며 점액 덩어리
를 땅바닥에 문질러 닦았다. 오늘은 정말로 모든 게 다
이상했다.

2.

'한경 손', '한경 악수', '한경 점액', '한경 사인회', '한
경 기억'….

상미는 화면을 두드렸다. 여러 가지 키워드로 검색을
하고 또 했지만, 트위터에선 쓸 만한 내용을 찾을 수 없
었다. 그나마 참고가 되는 트윗을 보여 준 키워드는 '한
경 기억'뿐이었다. 오늘 한경이 기억하지 못한 건 상미
의 이름만이 아니었던 모양이다. 그래도 상미의 이름만
큼이나 큰 건 없었던지, 몇 안 되는 트윗 모두 섬세한
한경의 기억력을 감퇴하게 만든 살인적인 스케줄을 욕
하느라 바빴다. 상미는 손가락을 펼쳤다. 착각이었을
까? 착각이라고 넘기기엔, 여전히 바닥에 찰싹 붙어 있
는 점액 덩어리가 마음에 걸렸다. 상미는 네이버를 켰

다. '점액 증상', '점액 병', '살점 떨어지는 병'… 원하는 내용은 나오지 않았다. 한경이 정보를 찾을 수 없을 정도로 희귀한 병에 걸린 건 아닐까? 키워드를 바꿨다. '기억력 감퇴'. 지식 백과에서 정보가 떴다.

[기억장애]: 새롭게 알게 된 사실을 기억하지 못하거나, 사물이나 사람의 이름을 기억할 수 없거나, 과거의 경험을 생각해 내는 일이 어려운 상태 혹은 불가능한 상태.

상미와 한경의 인연은 4년 전, 2월의 어느 날 시작되었다. 그때 상미는 스물한 살이었고, 재수를 실패하고 방황하던 연극영화과 입시생이었다. 사흘 밤낮을 울기만 하다 발 닿는 대로 걸어 도착한 곳이 하필 비참하게도 혜화였다. 상미는 길을 걷다 마음에 드는 포스터를 발견하고 티켓을 끊었다. 공연장은 작았지만 사람이 꽤 많았고, 무대는 좁았지만 섬세하게 꾸며져 있었다. 마치 한경처럼. 별로 유명하지 않은 연극이었고 한경은 그 연극에서 등장이 많지 않은 조연이었다. 하지만 짧게 등장하는 순간마다, 한경은 모두의 시선을 빼앗았다. 한경에게는 열정과 풋풋함 외에도 더 큰 매력이 있었다. 노력으로 가질 수 없는 것. 스타들만이 가지고 태어나는 그 무언가. 무대 위의 한경을 본 순간 상미는 자신은 무대에 설 수 없다는 걸 깨달았다. 열정과 풋풋함만 가지고는 무대에 설 수 없다. 무대는 그런 곳이다. 한경과 같은 스타들만 그 위에 발을 딛을 수 있다.

상미는 한경의 공연을 본 그날, 연기를 포기하기로 마음먹었다. 대신 알바를 지원했고 돈을 벌기 시작했다. 혜화에서 알바를 구한 상미는 일주일에 두세 번은 꼭 한경의 공연을 보러 다녔다. 공연을 일곱 번째로 봤던 날, 상미는 한경의 퇴근길을 기다렸고 준비한 편지와 선물을 건넸다. 한경은 팬이 생긴 것이 처음이라며 당황스러운 얼굴로 웃었고, 상미의 이름을 물었다. 최상미. 한경의 1호 팬. 상미는 그 후로도 매일 한경의 퇴근길을 지켰다. 공연이 길어지면서 팬들이 하나둘 늘어났고, 마지막 공연 날에는 인사를 하기 위해선 한 시간을 기다려야 할 정도가 되었다.

상미의 눈은 정확했다. 한경에겐 '스타'만이 가질 수 있는 무언가가 있었다. 한경은 유명한 연출가가 연출을 맡은 연극에 주연으로 캐스팅되었고, 말 그대로 '신들린 연기력'을 선보여 그해 신인상을 받았다. 그 후로 드라마, 영화, 해외 진출까지 속전속결이었다. 4년 만에 이루어졌다고는 믿을 수 없을 정도의 커리어였다. 모두가 한경을 주목했고, 팬은 늘어나다 못해 차고 넘칠 지경이 되었다.

그래도 한경은 상미를 기억했다. 상미가 행사란 행사는 모조리 참여하기 때문이기도 했고, 한경의 1호 팬이기 때문이기도 했다. 지금까지 한경의 생일 맞이 조공은 모두 상미가 주도했다. 덕분에 상미는 한경의 매니저와도 안면을 튼 사이였다. 시간이 흐르고 입지가 달라졌어도 한경은 상미를 기억했고 항상 고마움을 표현했다. 4년 전 작은 공연장 앞에서 첫 인사를 했던 때와 똑같았다. 상미는 부지런히 편지를 썼고 한경은 정말로 그 편지들을 모조리 다 읽었다. 상미에게 편지를 받을 때마다, 저번에 받은 편지에 대한 내용을 먼저 이야기하는 한경이었다.

그래서 더 믿을 수가 없다. 상미는 미친 듯이 휴대폰을 두드리며 끓어오르는 울음을 삼켰다. 아무리 피곤하다고 해도, 아무리 시차 적응을 못했다고 해도 4년이란 시간을 통째로 잊을 리는 없다. 무언가 잘못되어도 단단히 잘못된 거다. 상미는 트위터 화면을 거칠게 아래로 넘기기 시작했다. 쓸모 있는 정보는 하나도 없었다. 찬바람이 매섭게 상미의 몸에 부딪혔다. 상미는 결국 휴대폰을 바닥에 내려놓고 울기 시작했다. 무언가 잘못된 건 분명한데 뭐가 어떻게 잘못된 건지 알 수가 없었다. 상미는 눈물을 닦으면서 다시 검색을 시작했다. 서럽고 눈물이 나도 할 건 해야 했다. '한경 팬 사인회', '한경 병', '한경 손바닥', '한경 이상', '손바닥 살점', '살점 점액'…………

무언가 신경 쓰이는 트윗 하나가 눈에 들어왔다. 무려 6년 전 글이었다.

[ㅇㅎㅈ 사인회, 상태 악화. 점액질이 육안으로 확인됨. 사인회 중간에 잠깐 나갔다가 다시 돌아왔는데, 손가락에 붕대를 감았음]

상미는 트윗 내용이 이해가 되지 않아 몇 번이고 반복해서 읽었다. 상태가 악화? 점액질? 손가락? 붕대? ㅇㅎㅈ은 또 누구지? 구글 검색창에 ㅇㅎㅈ라고 쳤다. 자음으로 인물이나 연예인을 찾아 주는 사이트가 떴다. 스크롤을 열심히 넘겼다. 익숙한 이름이 하나 있었다. 이해준. 반짝 떴다가 소리 소문 없이 사라졌던 남자 배우였다. 상미는 검색창에 배우 이해준을 쳤다. 마지막 작품 활동을 한 게 5년 전이었고, 지금은 배우 생활을 그만두고 이민을 간 탓에 소식을 알 수 없었다. 상미는 이해준의 프로필을 보다가 눈을 크게 떴다. 소속사가 한경과 같았다. PCS 엔터테인먼트. 우연일까?

상미는 의문의 트윗을 올린 계정으로 다시 돌아왔다. 가입 일자는 2014년 3월 17일. 마지막으로 트윗을 올린 날짜는 4년 전이었다. 프로필 사진도, 소개글 한 줄도 없는 싸늘한 계정이었다. 2014년부터 4년 전인 2016년까지 일정한 기간을 두고 올라온 트윗은 모두 무언가에 대한 보고, 혹은 관찰에 가까운 글뿐이었다. 그중에서 상미가 그나마 이해할 수 있는, 혹은 지금 상황과 조금이나마 유사한 글들은 이런 내용이었다.

[기억력 손상, 피부 변화, 전형적인 증상 지속 > 3개월?]
[증상이 어느 정도 호전됨. 기억력 정상, 언어/신체 능력 정상]

그 외에 이해가 가지 않는 이상한 트윗들도 많았다.

[결혼, 이민, 유학, 병, 사고] [소속사와 접촉한 시기의 센터 거래 기록 확인 필요] [대외용으로 사용하던 계정 하나가 폭파당함, 이 계정도 주의]

상미는 이 이상한 계정을 팔로우했다. 0명이었던 팔로워 수가 1로 늘어났다. 프로필 사진 옆의 자그마한 메시지 아이콘을 꾹 눌렀다. 채팅창이 떴다. 무슨 말을 해야할까. 상미는 손이 덜덜 떨리고 있는 걸 그제야 눈치챘다.

[저기요] 2019.11.19. 오후 8:11
[저기요 안녕하세요] 2019.11.19. 오후 8:15
[여쭤볼 게 있는데 꼭 연락 부탁드립니다, 제발요.]
2019.11.19. 오후 8:20

30분이 지나도 답은 오지 않았다. 상미는 갤러리를 열어 사진 하나를 띄웠다. 혹시 몰라 찍어 둔 사진이었다. 바닥에 뭉개진 점액질들이 클로즈업된 사진. 채팅창에 사진을 전송했다. 심장이 미친 듯이 뛰는 게 느껴졌다. 제발. 상미는 덜덜 떨리는 몸을 웅크렸다. 답장을 기다리며 습관적으로 들어간 인스타그램에는 환하게 웃는 한경의 사진이 있었다.

　[오랜만에 팬 사인회😊기나긴 해외 촬영 기다려 준 우리 팬분들! 항상 고맙고 미안해요. 곧 또 만나요 우리! XD]

　웃고 있는 얼굴도, 정성스레 남긴 말도 다정했다. 습관적으로 게시물에 하트를 누르며 상미는 또 울고 말았다. 한경 오빠 큰 병이면 어떡해, 죽으면 어떡해, 기억력 부패, 손가락 손상, 소속사와 접촉한 시기의 증상…. 조금 전 보았던 문장과 단어들이 뒤죽박죽 섞이기 시작했다. 지잉, 손에 쥔 휴대폰에서 진동이 울렸다. 상미는 눈물을 닦았다. 답장이 와 있었다.

*

　여자의 방은 좁았다. 안 그래도 좁은 방이 수십 권의 책과 용도를 알 수 없는 물품들로 가득해서 발을 디딜 틈이 없었다. 상미는 벽에 붙어 있는 사진들과, 병에 담긴 정체 모를 액체들로부터 시선을 거두려고 노력했다. 여자는 용케도 자리를 마련해 상미를 앉히고, 김이 나는 차한 잔을 건넸다. 상미의 짧은 치마와, 그 아래로 덜덜 떨리고 있는 다리를 본 후의 결과였다.

"… 아는 게 하나도 없네?"

여자의 목소리는 차가웠다. 상미는 콧물을 훌쩍이며 앞에 놓인 차를 홀짝거렸다. 몇 시간이나 밖에 있느라 얼어붙은 몸이 좀 녹는 것 같았다. 지금 처한 상황만 아니었다면 상미는 여유롭게 차 한 모금을 누렸을 거다.

"… 사진 보내 드렸잖아요."
"그거 말고 다른 건 하나도 없잖아."

상미의 앞에 앉아서, 얼음이 가득 담긴 아메리카노를 놓고 앉은 여자는 인상이 그리 좋지 않았다. 20대 후반에서 30대 초반으로 보였지만 정확한 나이를 가늠하기 힘든 여자는 긴 머리를 하나로 가볍게 묶고 있었다. 날카로운 턱과 살짝 올라간 눈매가 상미를 주눅 들게 했다. 상미는 침을 꿀꺽 삼켰다. 여자의 답장에 다짜고짜 정보를 줄 테니 만나서 이야기하자고 한 사람은 다름아닌 본인이었다. 상미는 한 시간 전의 자신을 죽여 버리고 싶었다. 슬픔과 충격이 어느 정도 가시고 마음이 차분해지자 답은 아주 간단했던 것이다. 쓸데없는 검색을 해서 이상한 여자한테 연락을 할 게 아니라, 한경의 소속사에 연락을 취했어야 했다. 한경의 건강이 염려된다고 이야기하고 소식을 기다렸어야 했다. 충격 상태에 빠진 인간은 정말 종잡을 수 없다. 덕분에 자신은 평소라면 거들떠보지도 않았을 트윗에 홀려 낯선 사람을 마주보고 있지 않은가. 그것도 모자라 그 사람의 집 안에 들어와 있기까지 하다. 게다가 잠깐이었지만 오늘 한경이 좀 이상하지 않았냐고 트윗을 올려 볼까 하는 생각도 했었다. 말도 안 되는 일이다. 상미의 트위터는 팔로워가 몇십만 명이 넘는 한경의 팬 계정이었다. 보는 눈이 많을수록 검증되지 않은 내용은 올려선 안 된다.

"… 죄송합니다."

"아무것도 모르면서 다짜고짜 그런 메시지나 보내고, 어이가 없네."

저도 제가 어이없긴 한데… 근데 왜 반말하세요? 상미는 목구멍까지 올라온 말을 삼켰다.

"너무 놀랐어요. 어떻게 해야 할지 몰라서, 트위터를 찾다 보니 비슷한 내용이 나오길래… 죄송합니다. 그러지 말았어야 했는데…."

"뭐, 이미 부른 건 부른 거니까. 되돌릴 순 없는 거고…. 한경 팬 사인회였다고? 악수를 했는데 손에 이런 게 묻었고?"

"… 네…."

"가져왔어?"

상미는 주머니에서 주섬주섬 봉투를 꺼냈다. 다이소에서 급하게 구입한 봉투 안에 얌전히 들어 있는, 살색과 핏빛이 묘하게 섞여 있는 점액 덩어리. 여자는 봉투를 받아 들더니, 메모장을 켜서 무언가를 적었다. 넘겨보는 데 실패한 상미는 다시 몸을 웅크리며 차를 마셨다. 눈물이 말라붙은 얼굴이 따가웠다. 거울을 본 게 벌써 몇 시간 전이다. 얼굴이 엉망진창일 게 분명했다.

"귀찮게 해 드려서 다시 한번 죄송합니다. 아까는 너무 놀라서 뭐라도 하고 싶은 심정이었어요. 지금 생각하니까 정말 왜 그랬는지…."

"사과는 그만해도 돼. 어떤 마음이었을지 이해는 하니까."

"… 저기, 그래서… 이게 뭔지, 오빠한테 무슨 일이 있는 건지… 설명 못 해 주시는 건가요?"

"내 입장에선 돌아오는 게 없는데, 선뜻 말할 순 없지."

… 봉투는 홀랑 받아 놓고? 상미는 또 튀어나오려는 말을 억눌렀다. 여자는 아메리카노를 쭈욱 들이켜고, 보란 듯이 한숨을 쉬었다. 그럴 때마다 눈매가 더 매서워지는 것 같아서 상미는 어깨를 움츠렸다. 이 자리를 빨리 벗어나고 싶었다. 벗어나고 싶으면서도 머무르고 싶었다. 몸이 따뜻하게 녹을수록, 지금 제 몰골이 걱정될수록 한경에 대한 걱정이 다시 피어오르기 시작했다. 지금 한경에겐 무슨 일이 있을지 모르는데, 이렇게 여유롭게 앉아서 한담이나 나누고 있다는 게 어이가 없었다. 여기까지 온 이상 뭐라도 해야 했다.

"… 제발 부탁드립니다."

"미안한데, 안 돼."

"오빠한테 무슨 일이 있는 건지… 너무 불안해서… 어떻게 안 될까요?"

"미안."

몇 번이고 더 매달려 봤지만 여자는 단호했다. 상미는 울어 버렸다. 낯선 사람의 집 안에서 차를 얻어 마시면서 낯선 사람 앞에서 꼴사납게 울기, 최악의 하루였다. 상미는 엉엉 울며 자신에게 한경이 어떤 의미인지 줄줄 읊기 시작했다. 실패한 재수, 연기, 운명처럼 만났던 어느 작은 무대 위의 한경. 한경의 첫 번째 팬, 해외 진출, 아르바이트 월급을 몽땅 쏟아 부어도 아깝지 않은 자신의 애정에 대해. 자신의 인생 그 자체인 한경에 대해. 여자는 미동도 없었다. 상미는 천천히 자리에서 일어나 곁

옷을 걸쳤다.

"이제 어떡할 거야?"

"네?"

"이제 어떡할 거냐고."

"어…. 소속사에 연락해 볼까, 생각했는데요. 오빠 어디 아픈 건 아닐까 싶…"

"뭐?"

상미가 무슨 말을 하든 끄떡도 없던 여자의 눈빛이 갑자기 사나워졌다. 상미는 억울했다. 방금까지 눈물 콧물 쏟아 내며 애원할 때는 본 척도 안 하더니…. 상미의 목소리가 커지기 시작했다.

"아니, 제 입장에선 오빠가 걱정되니까 당연히 소속사에 연락을 할 수밖에 없죠. 트위터에 올리거나 할 수는 없잖아요, 보는 사람도 많은데. 이상한 소문이 퍼질 지도 모르고… 오빠한테 피해가 갈 테니까."

"트위터 팔로워가 얼마나 되는데?"

"10만 명 정도…?"

"뭐?!"

여자가 제자리에서 펄쩍 뛰었다. 옆집에 소리가 들리진 않았을까 걱정이 될 정도로 큰 소리였다. 깜짝 놀란 상미는 조금이라도 이상한 일이 벌어지면 밖으로 달아날 태세를 갖췄다. 역시 이상한 사람이었다. 방 안에 틀어박혀 트위터만 하면서, 이상한 소문이나 음모론에 집착하는 사람. 상미는 여자에게 DM을 보낸 것을 다시 한번 후회했다. 이렇게 이상한 사람이 만약 보복이라도 하기 위해서 한경 오빠에게 피해가 갈 짓을 한다면? 트위터에 이상한 글이라도 퍼트린다면? 거기에 자신이 관련된 것을 한경이 알게 되기라도 한다면? 상상만 해도 끔찍했다. 상미는 곁눈질로 여자의 방을 다시 한번 살폈다. 나가는 경로를 되짚어 보고, 정체 모를 물건들을 쳐다보지 않으려고 노력하고…. 시선이 한 곳에서 멈췄다. 상미는 벽에 붙어 있는 익숙한 얼굴을 잠시 멍하니 바라보았다. 오랫동안 잊고 있던 얼굴, 상미는 여자가 자신의 팔을 붙잡고 나서야 정신을 차렸다.

"트위터에 아무것도 올리지 마. 아까 그 사진은 당연하고, 오늘 팬 사인회에 관련된 건 아무것도 안 돼. 소속사에 연락하는 것도 절대, 절대 안 돼."

"네? 왜요?"

"… 설명은 못 해 줘. 그래도 내 말 따라. 아무것도 하지 말고 그냥 조용히 있어."

"아니, 어떻게 그래요! 오빠가 아픈 걸 수도 있고, 오빠한테 이상한 일이 생긴 걸 수도 있는데, 하다 못해 오빠 본인한테라도 물어봐야죠!"

"… 지금 본인이 한경이란 사람한테 도움 되는 일을 하는 것 같지? 전혀 아니야. 그러니까 그냥 조용히 있어, 그게 안전해."

"… 안전이요? ……………… 오빠가 지금 위험하다는 거예요?!"

"아 제발, 그걸 왜 그런 식으로 해석해? 그쪽 오빠 말고. 그쪽이 위험할지도 모른다는 거야."

"저요? 제가 왜요? 제가 왜 위험해요?"

"… 아무튼 안 되는 건 안 돼. 소속사에 연락하는 거, 사진 퍼트리거나 트위터에 오늘 일 올리는 거, 아무것도 하지 않겠다고 약속해."

상미는 대답하지 않았다. 쉽게 대답할 수 없었다. 대체 무슨 일인 걸까. 점액 덩어리를 처음 마주했을 때처럼, 뜻을 알 수 없는 트윗을 처음 마주했을 때처럼, 불안함과 걱정이 다시 스멀스멀 피어오른다. 상미는 자리에 앉았다. 여자의 얼굴은 여전히 단호했다. 상미는 겉옷 주머니에 손을 넣었다. 구겨질 대로 구겨진 편지가 손끝에 잡혔다. 편지를 꼭 쥐었다. 정확힌 몰라도 한경에게 무슨 일이 생긴 건 확실한 것 같았다. 그렇다면 더 이상 물러설 곳이 없다. 상미는 달아나지 않기로 결심했다. 입시를 포기하고 인생의 초점을 한경에게 맞춘 이후로, 오늘처럼 충동적이고 불안한 선택을 한 건 오랜만이었다.

"설명해 주시면 그렇게 할게요."
"뭐?"
"저도 얻는 게 있어야 하니까요. 이건 불공평하잖아요…."

상미는 여자의 시선을 피하고 싶었다. 어쩌나 무서운지 얼굴이 뜯겨 나갈 것 같았다. 참아야 해. 편지를 쥔 손에 힘을 주고 또 주었다. 한경을 위해서라면 뭐든 할 수 있었다.

"말 안 해 주시면 트위터에 올릴 거예요. 사진이랑 같이."
"… 그러시든가, 신경 안 써. 위험해지는 건 그쪽이니까."
"거짓말인 거 알아요. 보는 눈이 많은 건 저 말고 그, 그쪽도 마찬가지잖아요."

"뭐?"

"봤어요, 계정 폭파당한 적 있으시던데요."

상미는 생각나는 대로 내뱉었다. 이 말이 진실인지, 타격이 갈지는 알 수 없었다. 여자는 남은 아메리카노를 들이켰다. 좋은 신호일까?

"지금 나 협박하는 건가?"

"… 비슷해요."

"… 왜 이렇게까지 하는 거지?"

"오빠가 위험할 수도 있으니까요."

"내가 한 말은 귓구멍으로 들었어? 오빠가 아니라 당신이 위험할 수도 있다니까."

"저한텐 저보다 오빠가 더 중요해요."

여자의 생각은 알 수 없지만, 상미는 간절했다. 이 방법이 먹히길 기도하는 수밖에 없었다. 한경을 위해서라면 얼마든지 더 무모해질 수 있었다. 침묵이 흘렀다. 여자는 오랫동안 입을 열지 않았다. 상미는 여자의 등 뒤에 붙어 있는, 익숙하면서도 낯선 얼굴을 다시 한번 바라본다. 살짝 내려간 눈꼬리, 그 아래의 점, 작은 코와 환하게 웃고 있는 입술. 보는 사람마저 절로 웃게 만드는 웃음. 상미는 저 미소에 익숙했다. 여자는 여전히 허공을 바라보며 생각에 잠겨 있었고, 상미는 머뭇거리다 물었다.

"… 희진 언니 팬이셨죠?"

"뭐?"

"저 포스터요, 저도 희진 언니 좋아했거든요."

희진은 상미가 태어나서 처음으로 좋아했던 연예인이었다. 한경이 상미가 꿈을 포기하게 만든 사람이라면, 희진은 상미가 꿈을 꾸게 만든 사람이었다. 6년이란 시간을 쏟아부어도 아깝지 않았을 정도였다. 어쩌면 한경보다 더 좋아했을지도 모른다. 지금 생각하면 웃음이 나올 정도로 유치했지만, 한순간도 진심이 아니었던 적이 없었다. 상미가 열두 살일 때부터 열여덟 살이 될 때까지, 상미의 세상이었던 배우. 희진은 갑작스레 은퇴 선언을 한 뒤 결혼을 하고 이민을 떠났다. 상미는 희진을 생각하다 사소하지만 중요한 사실 하나를 떠올렸다. 희진도 이해준과 마찬가지로 한경과 소속사가 같다. 기가 막힌 우연이다.

"… 제가 처음으로 좋아한 연예인이었어요."

"…"

"사실, 연기도 희진 언니 덕분에 시작했어요. 저는 겁이 진짜 많아서… 연기를 시작해도 될지 엄청 고민했거든요. 그랬는데 무대 위에서 희진 언니를 처음 본 거예요. 누군지도 몰랐는데, 너무 좋아서, 너무 멋있어서 무턱대고 기다렸어요. 언니가 팬이 한 명도 없을 시절이었는데 제가 다짜고짜 말 걸면서 너무 멋있었다고, 팬이라고, 저도 연기해도 되겠냐고 막 물어봤는데 언니가 다 들어 줬거든요. 그때부터 팬이었어요, 아주 오랫동안. 진짜, 진짜 좋아했는데… 갑자기 은퇴 선언을 하는 바람에 몇 달을 힘들어했어요. 입시 준비하는 내내 희진 언니 보면서 버티고 있었거든요."

"…"

"팬이라면 어떤 마음인지 아시잖아요."

"…"

"제발 도와주세요."

여자가 입을 열기까지는 오랜 시간이 걸렸다.

"… 좋아."

상미는 어느새 얼굴 위로 흐르고 있던 눈물을 닦고 속으로 만세를 불렀다. 여자는 남은 얼음을 입에 쏟아 부었다. 와작와작 얼음을 씹는 소리가 살벌했다. 휴대폰을 켠 여자는 무언가를 확인하고, 상미에게 물었다. 금요일에 시간 되지? 고개를 끄덕였다. 거절할 수 있을 리가 없었다.

3.

[내일 아침 6시, 여의도 M 스튜디오 앞, 마스크 착용 필수]

여자는 설명 대신 직접 보여 주겠다 했다. 상미는 여자의 문자를 받고 걱정과 불안에 떨었지만 그 내용을 충실히 따랐다. 푸른 새벽녘에 만난 여자는 상미와 마찬가지로 모자를 눌러쓰고 얼굴을 가린 차림이었다. 여자는 많은 설명을 하지 않았다. 여자의 허락 없이 함부로 행동하지 않을 것, 오늘 일에 대해 함구할 것. 만약 오늘 아무것도 보지 못한다고 하더라도, 불평하지 말 것. 세 가지 요구에 상미는 그저 고개를 끄덕였을 뿐이다.

여자를 처음 만난 그날 이후로 상미는 하루도 제대로 자지 못했다. 혹시나 여자의 연락이 올까 휴대폰만 들여다보다가, 검색창에 이미 수백 번도 더 검색한 키워드를 또 검색했다가, 소속사 전화번호를 읽고 또 읽었다가…. 그 모든 일과가 끝나면, 한경의 얼굴을 보면서 답답함에 울기도 했다. 편지를 쓰지 못하는 건 당연했다. 쿠키통은 오랜만에 텅 빈 상태를 유지하고 있었다.

상미와 여자는 스튜디오 주차장으로 장소를 옮겼다. 한경은 오늘 여기서 스케줄을 소화했다. 저녁부터 조금 전까지 스튜디오에서 예능 촬영이 있었다 들었다. 여자는 그걸 알고 시간을 맞춰서 약속을 잡은 듯했다. 주차장을 훑던 여자가 손가락으로 거대한 밴을 가리켰다. 익숙한 한경의 차였다. PCS 차, 저거지? 묻기에 상미는 고개를 끄덕였다. 여자는 생각보다 더 아는 게 많았다. 그동안 어떤 삶을 살았을지 문득 궁금해졌다.

새벽은 추웠다. 둘은 한경의 밴 근처에 주차된 봉고 뒤에 몸을 숨기고 한경이 나타나길 기다리고 있었다. 상미는 시간이 흐를수록 심장 박동이 미친 듯이 거세어지는 것을 느꼈다. 무서웠다. 불안했다. 여자가 보여 준다는 게 도대체 무엇인지, 무엇을 보게 될지 상상조차 할 수 없었다. 한경이 위험해지는 일이 아니었으면, 제발. 상미는 두 손을 모으고 기도를 시작했다. 한 번도 믿어 본 적 없는 신이었지만, 한경이 신인상을 탈 때도 남우주연상을 탈 때도 톡톡히 도움을 줬던 신이다. 어쩌면 또 도와줄지도 몰랐다.

약속해. 얼마나 기다렸을까, 여자가 상미를 향해 중얼거렸다. 뭘요? 네 '오빠' 때문에 무모하게 뛰어들지 않겠다고 약속해. 상미는 침을 삼켰다. 약속… 할게요, 자신은 없지만. 여자는 어이없다는 듯 바람 빠지는 소리를 냈다. 이렇게까지 해야 할 정도로 좋아? 상미는 이번엔 자신 있게 고개를 끄덕였다. 그때 말했잖아요. 오빠는 제인생이에요. 비웃을 줄 알았는데 여자는 의외로 가만히한숨만 내뱉을 뿐이었다.

얼마 지나지 않아 스튜디오 입구 쪽이 소란스러워졌다. 상미와 여자는 봉고차에 몸을 찰싹 붙이고 주위를 살폈다. 사람들이 밴 쪽으로 다가오는 소리가 들렸다. 다가온 사람은 많지 않았다. 한경과 한경의 매니저, 코디였다.

피곤해? 매니저가 물었고 대답은 들리지 않았다. 코디가 대신 대답했다. 상태 안 좋아 보이는데, 세팅할게요. 그래. 매니저가 답을 하고 차 문을 열었다. 세팅? 무슨 세팅? 상미는 조용히 귀를 기울였다. 사람들이 밴 안으로 들어가는 소리가 들렸고, 삑삑거리는 기계음이 몇 번 더 울렸다. 찰박거리는 물소리, 사람들이 다시 밴에서 나오고, 문이 닫히고, 잠겼다. 우린 그럼 기다리는 동안 뭐라도 먹을까? 매니저가 물었고 코디가 그래요, 하고 대답했다. 두 사람의 발소리가 서서히 멀어졌다. 상미는 쿵쾅거리는 심장을 부여잡았다. 두 사람은 한경을 차 안에 두고 떠났다. 한경이 차 안에 혼자 있다. '세팅'된… 무언가와 함께.

봉고차를 지나 앞으로 걸어 나간 여자가 상미에게 가만히 있으라고 손짓을 했다. 여자는 몇 번이나 주위를 둘러보고 또 둘러본 후에야 고개를 끄덕였다. 상미는 천천히 밴을 향해 다가갔다. 창문이 선팅되어 있어 아무것도 보이지 않았다. 곁으로 여자가 다가왔다. 뭘 보여 주겠다는 거예요? 상미가 묻자 여자는 어깨를 으쓱였다. 오늘 못 볼 수도 있다고 했잖아. 조용히 기다려. 창문 위로 손가락을 살짝 올려 보았다. 쌀쌀한 공기에 오래 노출된 창문은 얼음처럼 차가웠다. 이 안에 한경이 있다. 상미는 죄책감이 밀려오는 걸 느꼈다. 아무리 한경이 걱정된다 해도, 주차장까지 따라다니다니 상미가 욕하던 팬들과 다를 바가 없었다.

시간이 지루하게 흘렀다. 상미는 이제 밴에 등을 기댄 채, 무언가 일어나길 기다리고 있었다. 여자는 상미를 내 버려 둔 채 망을 보느라 정신이 없었다. 상미는 초조하게 주변을 살피느라 바쁜 여자를 보면서 치솟는 궁금증을 삼 켰다. 이름도 모르는 여자는, 트위터 계정을 보아도 그렇 고 방의 상태도 그렇고 왜인지는 모르겠지만 아주 오랫동 안 '이 일'에 몰두한 게 분명했다. 얼마나 오래된 걸까? 언 제 처음 깨달은 걸까? 어떻게 알게 된 걸까? 여자의 트윗 만 떠올려 보아도 한경과 비슷한 증상을 보인 연예인은 이해준뿐만이 아니었다. 이렇게 찾아온 팬은 나밖에 없었 을까? 또 다른 연예인은 누가 있었을까? 혹시, 다른 연예 인들도 모두 한경 오빠와 같은 소속사에 있었을까?

희진 언니처럼?

쿵, 밴에 기대고 있던 등 쪽에서 무언가 울렸다. 상미 는 재빠르게 밴에서 떨어졌다. 여자를 쳐다보자 허락이 라도 하듯 고개를 끄덕인다. 상미는 천천히, 아까보다 훨 씬 더 조심스럽게 손가락을 창문 위에 올렸다. 쿵! 이번 엔 훨씬 더 크게, 밴이 흔들리기라도 할 것처럼 진동이 울렸다. 상미는 비명이 튀어나오려는 것을 막기 위해 입 을 틀어막았다. 손가락을 타고 미세한 진동이 끊임없이 느껴진다. 상미는 이번엔 천천히, 귀를 가져다 댔다. 고 요한 침묵 사이로 짐승의 소리처럼 그르렁대는 숨소리 가 간간히 들려왔다. 창문에서 얼굴을 떼어내고 여자에 게 물었다. 이거 무슨 소리예요? 여자는 대답하지 못했 다. 대신 상미의 팔을 붙잡았다. 이제 가야 해. 네?!! 상미는 소리를 질렀다.

쾅!!!!! 조금 전까지 상미가 귀를 대고 있었던 창문에 무언가가 거세게 부딪혔다. 상미는 깜짝 놀라 약한 비명을 지르며 그대로 주저앉고 말았다. 쾅, 쾅, 쾅. 무언가가 창문을 계속 두드린다. 주먹으로 내려치는 것 같았다. 밖에 있는 누군가를 부르는 것처럼. 살려 달라고, 도와 달라고 외치는 것처럼. 상미는 홀린 듯이 창문을 바라보았다. 한경이다. 한경이 자신을 부르고 있다. 상미는 자리에서 벌떡 일어나 밴의 문을 열려 했다. 여자가 상미를 붙잡으며 외쳤다.

"미쳤어?!"
"오빠가, 오빠가 갇혀 있어요⋯!"
"내가 말했던 거 잊었어? 야!"

허락 없이 함부로 행동하지 말 것. 상미는 여자의 당부를 기억했다. 기억했지만 따르고 싶지 않았다. 한경이 저 안에 갇혀 있다. 무엇인지 모를, 짐승 같은 숨소리를 가진 무언가와 함께 있다. 상미는 여자의 손에 매달렸다. 오빠를 구해야 해요. 여자는 신경질적으로 손을 뿌리쳤다. 상미는 그 틈을 놓치지 않고 밴을 향해 달려들었다. 문은 거짓말처럼 쉽게 열렸다. 이런 미친⋯! 등 뒤에서 여자가 달려오는 소리가 들렸다.

그건 검었다. 검었고 또 붉었다. 사람의 얼굴 골격을 애매하게 유지하고 있는 머리에 덕지덕지 붙어 있는 검고 붉은 점액들. 점액들은 아래로 쉴 새 없이 뚝뚝 흐르고 있었다. 차 바닥에는 물이 흥건했다. 안에는 좌석 대신 욕조처럼 생긴 기계가 있었고, 그 안에 앉아 있던 그건 가만히 상미를 바라보고 있었다. 바라보는 건지 확신은 할 수 없었다. 눈이 있어야 할 자리가 뻥 뚫려 있었기에.

"…………… 오빠?"

상미는 가만히 한경을 불렀다. 그것은, 한경은 물이 뚝뚝 떨어지는 팔을 서서히 들어 올렸다. 생기 없이 바짝 마른 피부가 달라붙은, 뼈만 남은 앙상한 팔은 비정상적으로 길었다. 기계에 앉아 팔을 뻗기만 해도 창문에 손가락이 닿을 정도로. 끈적끈적한 점액들은 팔에도 찰싹 달라붙어 있었다. 기계 안을 채우고 있던 물은 한경이 미세하게 움직일 때마다 밖으로 넘쳤다. 물은 계속해서 쏟아지고 쏟아져서 바닥을 적시고 차 밖으로 흘러내렸다. 사방으로 튄 물이 상미의 무릎을 축축히 적시기 시작했다. 한경의 손가락이 상미의 얼굴에 닿을 듯 가까이 다가왔다. 손가락 관절이 족히 여덟 개는 되어 보였다. 상미는 기계 안에 앉아 있는 한경이, 한경처럼 보이는 그것이 자신을 향해 손을 뻗기까지 채 몇 초가 걸리지 않은 것을 뒤늦게 깨달았다. 한경의 손가락 끝이 바싹 깎은 나무조각처럼 날카롭다는 것도.

달려온 여자가 상미의 어깨를 붙잡고 뒤로 당기는 순간, 한경의 손가락이 아슬아슬하게 상미의 뺨을 스쳐 지나갔다. 따끔거리는 뺨 위로 피 한 방울이 죽 흘렀다. 엄청난 힘으로 상미를 질질 끌고 가던 여자가 상처를 발견하곤 욕을 내뱉었다. 아, 씨발. 그에 맞춰 반응이라도 하듯이, 한경이, 그것이 갑자기 소리를 지르기 시작했다. 조금 전 상미가 들었던 소리와 비슷했다. 짐승의 소리 같은, 아니, 세상에 존재하지 않는 그 무언가의 소리. 끔찍하고 역겨웠다. 한경은 계속 비명을 내질렀다. 철벅, 철벽, 몸을 앞뒤로 움직일 때마다 점액이 줄줄 흘렀다. 한경이 자리에서 일어나기 시작했다. 기괴하게 꺾인 무릎이 물 위로 모습을 드러내자 피부가 녹아내리고, 붉은 살과 뼈가 보였다. 점액이 뚝뚝 떨어지면서 물은 핏빛으로 변했다. 한경이 기계 밖으로 나옴과 동시에 이상한 소리가 났다. 손톱을 칠판에 긁는 소리 같기도 했고, 자전거 페달을 역방향으로 미친 듯이 돌렸을 때 나는 소리 같기도 했다.

상미는 다리에 힘이 풀려 그대로 주저앉았다. 한경이 다가오고 있었다. 정확히 말하면 상미의 볼에 맺힌 핏방울을 향해 다가오고 있었다. 한경이 한쪽 발을 기계 밖으로 내밀었다. 피부가 거의 녹고 뼈와 살점만 드문드문 남아 있는 발에는 기괴한 갈퀴가 달려 있었다. 앙상한 발목이 힘없이 꺾이면서 한경은 그대로 차 밑으로 굴러 떨어졌다. 다시 쇳소리가 섞인 비명이 울려 퍼졌다. 붉은 핏물과 점액들이 그를 따라오며 흔적을 남겼다. 여자는 바닥에 널브러진 상미를 일으키려 애썼다. 상미는 머리가 핑핑 돌았다. 저게 한경인가? 내가 4년 동안 좋아한 그 한경이 맞나? … 저게 한경이라면 그동안 내가 만났던 사람은 누구지?

"배부르다, 너무 많이 먹었나 봐."

멀리서 매니저가 이야기하는 소리가 들린다. 씨발, 진짜…. 낮게 욕을 읊조린 여자가 상미의 팔을 붙잡고 그대로 끌고 가기 시작했다. 어마어마한 힘이었다. 상미는 질질 끌려가면서도 멍하니 중얼거렸다. 오빠? 한경은 천천히 몸을 일으키고 있었다. 갈퀴가 달린 발을 느릿하게 땅에 내딛고 중심을 잡는다. 한경의 뒤에서 점액이 섞인 핏빛 물은 홍수처럼 흐르고 있었다.

상황을 파악한 매니저와 코디가 미친 듯이 밴 앞으로 달려오기 직전에, 여자는 상미를 끌고 근처에 있던 봉고 뒤로 숨는 데 성공했다. 누구 있는 건 아닌지 파악부터 해! 매니저가 소리쳤고 코디가 차 주변을 살피기 시작했다. 아무도 없습니다! 어떻게 할까요? 코디가 다급하게 물었고, 매니저는 주저하는 듯했다. … 이유 없이 폭주하는 걸 보니 이것도 맛이 갔어, 죽이는 수밖에…. 상미는 숨을 들이켰다. 여자가 조심스레 상미의 입을 막았다. 소리 내면 안 돼. 낮게 당부하는 목소리에 상미는 입술을 꾹 깨물고 고개를 끄덕였다. 매니저와 코디가 무언가를 꺼내는 소리가 났고, 잠시 뒤에 끔찍한 비명소리가 울려 퍼졌다. 고통에 찬 울음소리였다. 처량하게 갈라지는 목소리의 끝이 한경과 닮아 있었다. 상미는 그대로 기절하고 말았다.

*

눈을 떴을 때 제일 먼저 보인 건 익숙한 포스터였다. 환하게 웃고 있는 희진의 얼굴. 여자는 상미의 얼굴에 밴드를 붙여 주고 있었다. 상미는 얼굴에 닿는 감촉에 소스라치게 놀라며 몸을 일으켰다. 여자는 말이 없었다.

"……… 뭐였어요?"
"………."
"… 그거 … 아니, 아니에요, 대답하지 마세요."

상미는 그대로 입을 틀어막았다. 검고 붉은 점액들, 뻥 뚫린 눈, 핏물. 상미는 그대로 화장실로 달려가 변기를 붙잡고 모든 걸 토해 냈다. 뼈만 남은 팔, 갈퀴가 붙어 있던 발, 상미의 뺨에 닿았던 손가락. 여자가 등 뒤에서 무심하게 말을 건넸다. … 위험할 거라고 했잖아. 상미는 자리에서 몸을 일으켰다. 부들부들 떨리는 다리가 조금 전에 봤던 한경의 다리 같았다. 이어질 말을 기다리지 않고 밖으로 뛰어나갔다. 정신없이 달리는 상미의 뒤를 희진의 눈동자가 가만히 바라보고 있었다.

*

외계인? 귀신? 괴물?

상미는 그동안 영화에서 봐 왔던 수많은 것들을 떠올리며 이해하려고 노력했다. 아, 그래. 한경 오빠가 외계인이었구나, 귀신이었구나, 괴물이었구나…. 납득이 가지 않는 추론에 더해 한경의 모습을 다시 떠올리면 뻥 뚫린 두 눈이 생각나 잠을 이룰 수 없었다. 언제나 생기 있게 반짝반짝 빛나던 한경의 두 눈이 사라지고 텅 빈 공간만 남아 있는 그 얼굴은 끔찍하고 역겨웠다. 거기까지 생각이 미치면, 자신을 향해 손을 뻗던 한경이 불쑥 나타나 온몸에 소름이 끼쳤다.

그것과 마주친 건 처음이었지만, 상미는 알 수 있었다. 그것이 자신을 향해 손을 뻗은 건 자신의 얼굴을 쓰다듬거나 머리를 토닥거리기 위해서가 아니었다. 자신을 해치기 위해서였다.

상미는 일주일 동안 악몽을 꿨다. 아르바이트는 당연히 나가지 못했고 트위터엔 잠시 쉬었다 간다는 트윗 하나를 남긴 채 잠수를 탔다. 쿠키통은 여전히 텅 비어 있었다. 지난 일주일 동안 한경이 출연한 예능이 방송되었고 한경이 찍은 드라마의 메이킹 필름이 유튜브에 올라 왔지만 하나도 볼 수 없었다. 상미가 할 수 있는 건 가만히 누워 있는 것뿐이었다. 자신을 향해 손을 뻗은 그것이, 정말 한경인지 아닌지 의미 없는 판단을 내리려고 노력하면서. 아닐 거라고, 한경은 그런 괴물이 아니라고 의미 없는 믿음을 되새기면서.

여자는 어디까지 알고 있는 걸까? 여자는 괜찮을까? 침대에 가만히 누워 일주일이 지난 후에야 상미는 여자를 떠올렸다. 무슨 말이라도 남기고 왔어야 했다. 사과라도 했어야 했다. 여자의 허락 없이 함부로 행동하지 않을 것, 자신의 '오빠' 때문에 무모하게 뛰어들지 않을 것. 상미는 어떤 약속도 지키지 못했다. 생각해 보면 그때 위험에 처한 것은 자신뿐만 아니라 그 여자도 마찬가지였다. 그런데도 자신을, 만난 지 며칠도 되지 않은 낯선 사람을 구하려고 노력한 사람은 그 여자였다. 모든 규칙을 어기고 소리를 질러 가며 한경을 자극했던 상미가 아니라.

상미는 죽고 싶어졌다. 그대로 잠수를 타 버린 자신을 찾는 전화와 안부를 묻는 트윗들로 휴대폰은 불이 났고, 그중에 여자의 DM은 없었다. 없는 게 당연했다. 보여 달라고 해서 보여 줬더니 무서워서 홀라당 내빼기나 하고, 나 같아도 그러겠다. 상미는 자조적으로 웃었다.

한경이 없는 삶은 텅 빈 쿠키통 같았다.

겉은 번지르르하지만, 속은 완전히 비어 있는 쓸모 없는 삶. 가치도 없고 쓸모도 없는, 더 이상 이어 나갈 필요가 없는 삶. 매일 아침 상미는 습관처럼 편지지를 펼쳤다. 한경 오빠에게. 처음이자 마지막 문장이었다. 그 뒤로 한 문장도 이어 나가지 못했다. 달랑 한 줄이 초라하게 쓰여 있는 편지지를 구기고 울다가 잠들고, 자신을 향해 손을 뻗은 '한경'을 발견하고 소스라치게 놀라며 꿈에서 깼다. 상미는 한경이 자신에게 얼마나 큰 의미였는지 다시 한번 깨달았다. 한경은 상미의 전부였다. 전부였고 삶이었고 목숨이었다. 한경은 상미를 이루고 있는 모든 것이었다.

*

상미는 음료수 세트를 든 채 여자의 아파트 앞을 서성거렸다. 경비 아저씨의 수상한 눈초리를 피해 기둥 뒤에 몸을 숨기고 쭈그려 앉은 채로, 여자에게 건넬 말을 적어 온 메모를 읽기 시작했다.

한경은 상미를 이루고 있는 모든 것이다. 그 사실을 다시 한번 깨달은 후로, 상미는 다른 건 신경 쓰지 않기로 마음먹었다. 지금 상미의 인생에서 제일 중요한 건 한경이었다. 외계인이든, 귀신이든, 괴물이든 간에 그때 상미가 만난 존재는 한경이었다. 설령 한경이 아니더라도, 한경을 고통스럽게 괴롭히고 있을 무언가였다. 상미는 한경을 구해야 했다. 그렇게 생각하자 마음이 편해졌다.

그래서 상미는 돌아온 것이다. 이번엔 도망치지 말아야 했다. 여자를 물고 늘어져서라도 한경이 어떤 상황에 처했는지 알아내야 했다. 상미는 메모를 다시 한번 눈으로 죽 읽고, 입으로 중얼중얼 외우면서 음료수 상자를 꼭 쥐었다. 매번 신세만 진 게 미안해 편의점에서 제일 비싼 박스를 골랐다.

상미는 아파트 안으로 들어가려다 말고, 저 멀리서 주차장 단지 안으로 들어오는 익숙한 차를 발견했다. 굳이 외우려 하지 않아도 너무나 자주 마주친 탓에 익숙해진 차였다. PCS 관계자들이 이용하는, 소속사에서 나눠 주는 차. 상미는 숨을 들이켰다. 하필 이 아파트 주차장에 PCS 차가 들어오고 있는 게 우연일까?

상미는 아파트 안으로 뛰어들었다. 여자의 집은 14층이었다. 버튼을 누르고 엘리베이터가 내려오길 기다리는 동안 심장이 뱃고동처럼 머릿속까지 크게 울렸다. 맥박이 튀어나올 듯이 뛴다. 엘리베이터 문이 완전히 열리기도 전에 상미는 몸을 비집어 넣고 14층 버튼을 눌렀다. 바쁘게 닫힘 버튼을 두드리는 동안 입구에서 목소리가 들렸다. 남자 두 명이었다. 무슨 말을 하고 있었는진 정확히 듣지 못했지만, 상미는 '한경'이라는 이름 하나 정도는 캐치할 수 있었다.

저기, 잠깐만요! 엘리베이터 문이 닫히는 것을 확인한 남자 한 명이 상미를 불렀다. 상미는 모른 척 닫힘 버튼을 다시 한번, 있는 힘을 다해 눌렀다. 다행히 남자들이 도착하기 전에 문이 닫혔고 엘리베이터는 14층을 향해 올라가기 시작했다. 상미는 손바닥으로 심장 부근을 지그시 문질렀다. 닫히는 엘리베이터 문틈 사이로, 한경의 손가락이, 관절이 여덟 개인 손가락이 밀고 들어올까 두려웠던 마음을 진정시키기 위해서였다.

엘리베이터가 14층에 도착하자마자 상미는 복도 위를 달렸다. 1403호, 익숙한 문 앞에 도착하자마자 있는 힘을 다해 문을 두드리기 시작했다. 저기요! 저기요!!!! 잠깐만요!! 저예요, 상미예요!!!!! 상미는 목이 터져라 외치면서 엘리베이터가 있는 쪽을 곁눈질했다. 시간이 없었다. 엘리베이터는 어느새 1층을 향해 달려가고 있었다.

"… 뭐야, 너."

문이 열리고 오랜만에 여자를 마주했을 때, 상미는 반가움에 여자의 이름을 크게 부를 뻔했다. 자신이 여자의 이름을 물은 적이 없다는 사실을 깨달은 것은 그 후였다. 상미는 음료수 박스를 바닥에 던지듯 내려놓고, 여자의 팔을 잡고 달리기 시작했다. 엘리베이터 반대 방향으로, 복도 끝의 비상구를 향해 달렸다. 어마무시한 힘을 자랑했을 땐 언제고 여자는 속수무책으로 끌려왔다. 뭐 하는 짓이야?! 상미는 비상구 문을 열고 안으로 들어서자마자 말했다.

"사람들이 오고 있어요."
"뭐?"
"남자, 남자 두 명인데, PCS 소속 차를 타고 왔어요, 여기로 올라올 것 같아서…."
"……… 씨발, 하여간 되는 일이 없어."

다시 문을 열고 복도로 나가려는 여자를 상미가 붙잡았다. 미쳤어요?! 지금 저기 오고 있다니까요! 어디서 많이 본 상황인데 입장이 바뀐 것 같다고 생각하면서, 상미는 자꾸만 복도로 뛰쳐나가려는 여자를 붙잡았다. 문이 열려 있어. 여자가 이를 악물고 중얼거렸다. 네? 멍한 질문 뒤로 여자가 다시 한번 외친다. 문이 열려 있다고! 상미는 그제야 문틈 너머의 복도를 제대로 확인할 수 있었다. 가만히 내버려 두면 저절로 닫힐 도어락 문이, 상미가 집어 던진 음료수 박스에 걸려 활짝 열려 있었다.

지금 그게 중요하냐고, 일단 달리고 보자고 말하려는데 여자가 선수를 쳤다. 보면 안 돼. 네? 상미가 묻자 여자가 대답했다. 저 사람들이 보면 날 죽이려 들 거야.

상미는 여자를 옆으로 밀쳐 버리고 달리기 시작했다. 달리기는 상미가 제일 자신 없어 하는 종목 중 하나였다. 멀리서 나타난 한경을 쫓을 때도, 한정판 굿즈를 사기 위해 줄을 설 때도 달리기엔 재능이 없어 밀려나는 일이 잦았던 상미였다. 한경을 위해 쓴 돈의 20% 정도는 상미가 달리기를 못하기 때문에 들인 비용이었다.

그래도 상미는 달렸다. 멍청하게 음료수 박스를 저기에 버리고 온 사람은 자신이었고, 여자의 방에 쌓여 있던 수많은 노트와, 정체 모를 병 등을 환하게 열린 문 뒤로 놔두고 도망친 사람도 자신이었다. 그것들이 무엇인지 정확힌 몰라도, 상미는 여자가 죽기를 원하진 않았다. 등 뒤로 여자가 무어라 소리쳤다. 상미는 있는 힘을 다해 달려가 음료수 박스를 발로 차 버리고, 문을 닫았다. 문틈으로 희진의 얼굴이 보였다. 여전히 환하게 웃고 있는 얼굴. 잘했어, 상미야. 희진의 두 눈은 그렇게 말하고 있는 것 같았다.

도어락 문이 잠기는 소리가 나고, 상미는 엘리베이터가 14층에 도착하는 소리를 들음과 동시에 비상구 문을 열었다. 헉헉거리며 숨을 내뱉은 상미는 여자의 팔을 잡고 계단을 내려가기 시작했다. 조금만 기다려요 오빠. 상미는 한경을 속으로 불러 보았다.

여자의 설명은 간단했다.

"사인회에서 만난 한경이랑, 주차장에서 봤던 한경은, 네가 알고 있는 그 '한경'이 아니야. 설명하기 힘들지만……… 분신 같은 거지. 한경의 분신, 또 다른 한경. 네가 지금까지 만났던 한경은 아니었어. 그래서 널 기억하지 못했던 거고."

아주 오래 전, 상미가 희진을 좋아하기도 전에, PCS 소속사에는 '그것'이 있었다. 어디서 왔는지, 어떻게 여기까지 왔는지 생각할 필요도 없고 알 수도 없는 '그것'.

PCS 소속의 대스타들은 모두 '그것'에서 태어난다. '그것'은 끈적끈적한 점액으로 덮인 거대한 알같이 생겼다. 그 알 위로 거대한 기둥이 세워지고, 나무를 닮은 괴상한 가지들이 자란다. 가지에는 끈적한 점막에 뒤덮인 사람들이 열매처럼 맺힌다. 스타는 그렇게 태어난다. 거대한 점액과 핏물을 뚫고, 모든 게 완벽한 '완성된 대스타' 그 자체로.

한 명의 스타가 '그것'에서 태어나기까지는 꽤 오랜 시간이 걸린다. 회사가 원하는 재능, 외모, 성격과 과거까지 갖춘 스타를 만드는 데는 오랜 시간과 인력이 필요하다. 인고의 시간 끝에 뱀이 허물을 벗듯 점액질 막을 뚫고 스타가 태어나면, PCS는 정해진 시나리오대로 그를 '대스타'의 반열에 올려놓는다. 외모면 외모, 재능이면 재능, 성격까지 빠지는 것이 없는 PCS의 스타들은 완벽할 수밖에 없다. 완벽해지도록 태어났기 때문이다.

하지만 완벽에도 흠이 생기기 마련이지. 여자는 그렇게 말했다. 완벽은 평생을 가지 못한다. 처음으로 막을 뚫고 세상 밖으로 나온 스타의 수명은 길어야 3~4년 정도이다. 그 기간이 지나면, 스타는 서서히 인간의 형체를 잃고 진짜 모습으로 돌아가기 시작한다. 뼈 위에 붉고 검은 점액이 덮여 있고, 두 눈자위가 뻥 뚫려 있고, 손가락 관절이 여덟 개이며, 발에 갈퀴가 달려 있고, 피를 보기만 하면 미친 듯이 달려드는 모습으로.

분신이 필요한 건 그 때문이었다. 탄탄대로를 걷고 있는 스타의 수명이 짧은 것만큼 절망적인 일도 없으니 말이다. 분신들은 처음 태어난 스타와 같이 '그것' 안에서 자랐다. 대신 분신을 만드는 데는 스타를 만들 때보다 더 많은 시간이 걸렸고, 또 스타 그 자신의 본체도 필요했다. 분신을 만들기 위해서는 스타가 '그것' 안에 들어가 분신이 만들어지는 만큼의 시간을 보내야 했다. 분신들이 자신의 모든 것을 흡수할 수 있도록.

"희진 언니가 시작이었군요."

상미의 말에 여자는 고개를 끄덕였다. 희진은 PCS가 세상에 선보인 첫 연예인이었다. 누구나 한 번 보면 잊을 수 없는 외모와, 신이 내려 주신 연기력, 선하고 다정한 성품까지 지닌, 누구나 사랑할 수밖에 없는 대스타.

"어쩌다 의심하게 된 거예요?"

"… 너랑 비슷하지, 언니가 날 잊어 가는 것 같았거든."

희진의 수명은 오래 가지 못했고, 4년 차가 될 무렵 PCS는 희진의 분신을 만들어야 했다. 분신이 완벽해질 만큼 '그것' 안에서 시간을 보내기엔 희진이 너무 바빴다. 희진은 수많은 스케줄을 소화해야 했고 그 사이에 점점 진짜 모습으로 돌아갔다. 손바닥이 벗겨지고, 얼굴에서 점액이 흘러내렸다. 소속사는 서둘러 희진의 분신을 내보냈다. 하지만 '그것' 안에서 희진과 충분한 시간을 보내지 못한 분신은 희진과 달랐다. 기억에는 듬성듬성 구멍이 났고, 손가락이나 발가락은 희진의 것보다 더 쉽게 부서지고 흘러내렸다. PCS는 본체와 분신 모두 '그것'과 물리적으로 멀어질수록 쉽게 진짜 모습으로 돌아간다는 것을 깨닫고, 일시적으로나마 그 현상을 막기 위해 '그것'의 내부와 비슷한 환경을 제공하는 기계를 만들었다. 본체와 분신은 번갈아 스케줄을 소화하면서 중간중간 기계 속으로 들어가 휴식을 취했다. 효과는 잠깐이었다. 분신은 애초에 첫 단추부터 잘못 꿴 불량품과 마찬가지였다. 첫 분신은 본체보다 수명이 훨씬 짧았고, 그 다음 분신은 더 쉽게, 또 그 다음 분신은 더 쉽게 망가졌다.

그렇게 하나의 분신이 완전히 망가지면, 다른 분신을 찾고, 다른 분신을 찾고… 악순환의 반복이 이어지자, 희진도 분신도 더 이상 세상 밖으로 나갈 수 없게 되었다. 희진은 폐기되었다. 대스타 김희진은 한창 상승 궤도에 오르던 와중에 모든 걸 그만두고 은퇴 선언을 했다. 이름 모를 사업가와 결혼을 하고 이민을 가 세상에서 사라져 버렸다. 그 뒤로도 마찬가지였다. 이해준도, 박소희도, 최수영도, 그리고 한경도.

"……… 언니가 그렇게 모든 걸 버렸다니 믿을 수 없었어. … 우리는 너랑 네 '오빠' 같은 사이였거든."

여자는 희미하게 웃었다. 혹시나 알아보는 사람이 있을까 싶어, 상미와 여자는 급하게 산 캡 모자를 깊숙하게 눌러쓴 상태였다. 사람들이 삼삼오오 모여 앉아 바쁘게 이야기를 나누고 있는 틈 안에서 여자와 상미는 그렇게 희진과 한경에 대해 이야기했다.

"그 뒤로 계속 이렇게 살았어요?"

"본격적으로 조사를 시작한 건 두어 명이 더 그렇게 사라지고 난 다음이었어. 언니랑 비슷하다… 뭔가 이상하다. 사라지기 몇 달, 몇 년 전부터 이상행동을 하거나, 기억을 못하거나, 신체적인 증상이 발견되거나…. 여기까지 오는 데 오래 걸렸지. 소속사에서 이제야 날 눈치채기 시작한 게 다행일 정도야."

"희진 언니가 사라지기 전에… 폐기되기 전에, 만난 적 있어요?"

"만났어."

"……… 어땠어요?"

"… 괴로워했지. 그땐 왜 그랬는지 정확히 몰랐지만…. 스타로 태어나서 스타로 살아가는 것, 수명이 다해 본래의 모습으로 돌아가는 것, 모두 그들의 의지가 아니거든."

상미는 숨을 들이켠다. 희진과 한경의 얼굴이 번갈아가며 떠오른다. 그들이 고통스러워한다는 생각만 해도 가슴이 너무나 아팠다. 온몸에 구멍이 나는 것 같았다. 마음이 갈기갈기 찢기면 이런 기분일까, 얼마나 괴롭고 고통스러웠을까. 상미는 눈물을 참았다.

"… 희진 언니한테 나 연기해도 되겠냐고 물어봤을 때, 언니는 당황스러울 게 뻔한데도 하나하나 들어 주면서 조언해 줬어요."

"…"

"언니가 출연한 연극은 열 번도 더 봤던 거 같아요. 대사도 기억이 나요, 그걸로 입시를 봤거든요. 이제 끝을 내야 해. 불이 타오르면, 다 잊어버리는 거야, 잊어버리고 새로 시작하는 거야…. 그 대사 연기할 때 언니 진짜 멋있었거든요. 나도 저 사람처럼 되고 싶다… 저렇게 반짝반짝 빛나고 싶다, 그렇게 생각했어요."

여자는 가만히 상미의 말을 듣고 있었다. 상미는 여자와 희진 사이의 수많은 시간들이 궁금해졌지만 묻지 않았다. 물을 수 없었다. 희진 언니를 구했어야 했는데…. 상미의 중얼거림에 여자가 희미하게 웃었다. 넌 그때 너무 어렸잖아. 그리고 지금도 늦진 않았어. 팬이 스타를 닮아 간다는 말은 사실이었던지, 여자의 미소는 희진을 떠오르게 했다. 상미는 고개를 끄덕였다. 한경 오빠까지 그렇게 사라지도록 내버려 둘 수 없어요.

4.

PCS 엔터테인먼트. 익숙한 이름 앞에서 상미는 심호흡을 한다. 괜찮아? 옆에 서 있던 여자가 그런 상미를 보며 물었다. 상미는 고개를 끄덕였다. 수십 번도 더 드나들었던 문이다. 평소 같았으면 이 정도는 누워서 떡 먹기였다.

오늘은 한경의 생일을 일주일 앞둔 날이었다. 상미는 여자와 자신 옆에 잔뜩 놓여 있는 짐들을 바라보며 마지막으로 심호흡을 하고, 익숙한 번호로 전화를 걸었다. 안녕하세요, 매니저님! 절로 밝아지는 목소리가 낯설었다.

매니저는 소속사 직원들과 함께 내려와 상미와 여자를 맞아 주었다. 함께 짐을 들고 소속사 안으로 들어가면서, 상미는 평소처럼 자연스럽게 웃으려고 노력했다. 건물 깊숙이 들어가자 소지품을 검사하는 구간이 나왔다. 익숙하게 드나들었던 곳인데도, 이런 상황에 마주하니 숨이 막힐 만큼 두렵기 그지없었다.

상미와 여자가 들고 온 조공품들은 모두 하나하나 파헤쳐졌다. 직원들은 뚜껑을 열고 내용물을 확인했다. 상미는 등에 메고 있던 백팩의 지퍼가 열리고 안에 담긴 물건들이 모조리 밖으로 나오는 것을 가만히 지켜보고 있었다. 경비원이 라이터를 꺼내 들었다. 물품 보관함 안으로 들어가는 라이터를 보며 매니저가 미안한 듯 살짝 웃었다. 미안, 요즘 워낙 사고가 많아서 빡세졌거든. 담배 피는 줄은 몰랐네. 상미는 이해한다는 듯 고개를 끄덕이며 웃음으로 답했다. 옆에 친구분이 그때 말한 그분? 운 좋으시네요, 이제 막 입덕했는데 친구 잘 둔 덕에 한경이 가까이서 보고. 여자는 능숙하게 매니저의 말을 받아 넘겼다. 그러게요, 제가 원래 운이 좀 좋아서요.

한경마저 그렇게 내버려 둘 수 없다는 결론에 도달한 후, 여자와 상미는 오랫동안 상의를 했다. 여자는 지난 몇 년간 혼자서 할 수 있는 일이 많지 않았다고 했다. 일상을 살면서 조용히 증거를 모으고, 관찰하고, 기록하는 것 외에는. 동시에 스타들의 '회귀'를, 그들이 본래의 상태로 돌아가는 증상을 막을 수 있는 방법이 없을지 생각하고 각종 실험까지 해 보았지만, 달라지는 건 없었다. 상미의 주장은 간단했다. 한경을 구해야 한다. 어떻게든 '그것'을 찾아내서 한경을 구할 방법을 알아낸다. 여자의 말에 따르면 '그것'은 소속사 안 어딘가에 존재했다. 소속사 건물 지하 깊은 곳, 깊은 곳 어딘가에. 여자가 어느 경로로 여기까지 알게 되었는지 궁금했지만 상미가 물어도 그는 대답하지 않았다. 조금만 더 깊게 파고들려 하면, 여자는 입을 꾹 다물고 치사하게 굴었다.

덕분에 여자와 상미는 팔자에도 없는 미소를 얼굴 가득 띄우고, 한경의 생일 조공을 전달하러 온 팬 연기를 하며 PCS 안에 들어와 있는 것이다.

매니저와 직원들이 함께 조공품을 들고 앞서 걸어가는 동안, 뒤따라가던 여자가 상미를 향해 눈을 부라리며 묻는다. 라이터는 왜 가져온 거야? 의심받을 만한 건 아무것도 가져오지 말라고 했잖아. 그냥요, 혹시, 혹시 무슨 상황이 생길지 모르니까…. 기어들어 가는 목소리로 답한 상미는 여자의 시선을 피하며 손에 쥔 선물을 제대로 드는 데 신경을 집중했다. 상미가 들고 있는 박스 안에는 최신 아이패드와 애플 펜슬이 고이 잠들어 있었다. 여자가 들고 있는 선물은 하나에 몇백만 원을 호가하는 시계였다. 상미는 조공을 위해 트위터에서 입금을 받고 물건을 구입하기까지의 기나긴 과정을 생각하며 마음을 다잡았다. 양심에 찔렸지만 어쩔 수 없었다. 집중해야 한다. 실패해선 안 된다. 처음이자 마지막 기회다. 오늘이 아니면 한경을 구할 수 있는 기회는 영영 잡을 수 없게 될 것이다.

매니저는 직원들을 끌고 여자와 상미를 빈 사무실로 데려갔다. 조공품들을 테이블 위에 올려놓은 매니저가 선물들을 대충 정리하며 웃었다. 한경이가 갖고 싶다고 한 거 많네, 좋아하겠다. 상미는 쑥스럽게 웃었다.

"오빠는요?"

"아, 잠깐 연습실에 있어. 레슨 받고 있을 거야, 끝나는 대로 내려오라고 할게. 정리하고 있어."

매니저와 직원들이 사무실을 나갔다. 상미는 틈 너머로 보이는 명패를 읽었다. 회의실 5. 회의실 5의 문을 열고 나가면 복도가 길게 이어지고, 모퉁이를 돌면 엘리베이터가 하나 나온다. 메인 엘리베이터가 아니라 직원들이 많이 이용하지 않는 엘리베이터였다. 엘리베이터가 마땅치 않다면, 그 근처에 있는 비상구 계단을 이용할 수도 있다. 일단 거기까지만 들키지 않고 가면 된다.

상미는 여자와 함께 선물들을 테이블 위에 늘어놓기 시작했다. 조공 인증 사진을 찍기 위해 선물을 최대한 예쁘게, 많아 보이게 배치하는 데는 도가 튼 상미였다. 회의실 유리 너머로 바쁘게 복도를 오가는 직원들이 보였다. 제 갈 길을 가느라 상미와 여자에게는 신경 쓸 틈이 없어 보였다. 상미는 박스 포장을 풀고 아이패드와 펜슬을 상자 위에 가지런히 올려놓았다. 여자가 지겹다는 얼굴을 했다.

"네 '오빠'가 너보다 몇십 배는 잘 버는 거 알지?"

갑자기 웬 시비. 고개를 끄덕였다.

"그런데도 이렇게 해 주고 싶어?"
"그럼요."

아무리 진심을 다해도 전해지지 않는 말들이 있거든요. 돈의 힘이라도 빌려서 조금이라도 말해 보려는 거죠. 여자는 상미의 지시대로 케이크를 꺼내 조심스레 올려놓으며 물었다. 어떤 말?

"고맙다는 말이요."

"… 뭐가 그렇게 고마운데?"

"존재만으로 고마워요. 덕분에 살아갈 힘을 얻으니까."

갑자기 진지해진 분위기에 상미가 헛기침을 하며 종이봉투들을 정리했다. 왜 쓸데없는 질문을 하고 그래요, 희진 언니 좋아할 땐 안 그랬어요? 여자는 묵묵히 선물을 정리할 뿐이었다. 상미는 여자가 올려놓은 케이크의 위치를 살짝 수정하다가, 문득 밖이 아까보다 조용해진 것을 깨달았다.

"… 사람들이 없는 것 같아요."

복도엔 아무도 없었다. 상미는 엘리베이터가 있는 모퉁이 쪽으로 조심스레 걸었다. 아무도 없는데, 괜히 걱정하고 난리야. 속으로 중얼거리기가 무섭게 복도 끝에서 익숙한 얼굴이 나타났다. 애매한 미소를 짓고 있는 매니저였다. 방향을 보아하니 엘리베이터를 타고 막 올라온 듯했다.

"… 거기서 뭐 해, 상미 씨?"

"아, 저, 화장실요."

큰일 날 뻔했다. 상미는 천연덕스럽게 대답하면서 웃음을 유지하려고 애썼다. 그래? 되묻는 목소리가 묘하게 복도에 울린다. 화장실이면 반대 방향인데. 다가온 매니저가 상미의 어깨에 손을 올리고 몸을 빙글 돌려세웠다. 갑작스런 접촉에 당황한 상미가 몸을 떼어 내며 대답했다. 오랜만이라 깜빡했나 봐요. 매니저의 반응은 단호했다. 그래도 잊어버리면 안 되지. 애매한 미소를 유지하고 있는 입과 달리, 두 눈은 전혀 웃고 있지 않았다. 상미는 매니저의 시선을 느끼며 화장실을 향해 걸음을 옮겨야 했다.

덕분에 화장실에 다녀온 상미는 여자와 선물을 정리하며 시간을 흘려보냈다. 괜히 회의실 밖을 서성거리던 매니저는 한참이 지난 후에 사라졌고, 여자는 매니저가 완전히 사라진 후에야 움직였다. 살짝 문을 열고 주변을 살핀 여자가 문 밖으로 몸을 내밀었다. 상미가 그 뒤를 조심스레 따랐다. 매니저가 없는 복도는 거짓말처럼 텅비어 있었다. 둘은 안전하게 모퉁이를 돌았고, 엘리베이터에 도착했다. 좀 삐걱거리긴 했지만 계획대로 순조롭게 일이 풀리는게 믿기지 않아 싱글거리던 상미는 엘리베이터의 층 버튼을 보자마자 얼굴을 구겼다.

"왜 그래?"

"… 지하라고 그러지 않았어요?"

지하층은 없는데요. 상미가 1층부터 12층까지 빼곡하게 차 있는 버튼들을 가리키며 중얼거렸다. 여자는 손가락을 버튼들 위로 가져갔다. 3층, 7층, 11층, 4층. 순서대로 버튼들을 누르자 엘리베이터 문이 닫혔다. 갑자기 엘리베이터의 조명이 한층 어두워지고 층 표시기에 아래를 향하는 화살표가 떴다. 깜빡이는 화살표가 불길한 신호라도 되는 듯, 상미는 불안한 얼굴로 여자의 팔을 슬그머니 붙잡았다. 어떻게 알았냐고 물어봐도 대답 안 해 줄 거죠? 응. 엘리베이터는 천천히, 아주 깊이 내려가는 듯 계속 움직였다. 입을 꾹 다물고 있는 두 사람 사이를 소름 끼치는 적막이 메웠고, 그 뒤로 엘리베이터가 작동하면서 기계 장치들이 부딪히는 소리가 날카롭게 울렸다.

엘리베이터는 느릿하게, 묵직한 소음을 내며 멈췄다. 상미에겐 지독하게 길게만 느껴지던 순간이었다. 문은 저절로 열리지 않았다. 열림 버튼을 직접 눌러야 하는 걸까? 손가락을 드는 상미를 여자의 목소리가 붙잡았다.

"후회 안 할 자신 있어?"

"………."

"네가 생각한 대로 되지 않을 거야. 네 '오빠'를 무사히 구해 낼 확률은… 솔직히 말해서, 거의 없어."

지금이라도 괜찮으니까 그만둬, 오빠고 뭐고 그만 두고… 그냥 네 인생 살아. 너 생각해서 하는 말이야. 여자는 의외의 말을 했다. 날카롭게 끝이 올라간 두 눈이 오늘따라 이상하게 슬퍼 보인다고 생각했다. 상미는 여자를 바라보며 웃었다. 이런 말도 할 줄 아는 사람인지 몰랐어요. 여자가 상미를 노려본다. 괜찮아요, 이게 제 인생이니까. 상미는 열림 버튼을 눌렀다. 어떤 결말을 맞이하더라도 후회하지 않을 거다. 한경을 구할 수만 있다면.

엘리베이터 문이 열리자 시야에 들어온 것은 지금까지 그들이 있었던 곳과는 정반대 느낌의 공간이었다. 깔끔하고 세련된 옅은 회색 벽에 직원들이 활기차게 뛰어다니며 서로를 부르던 곳이 아니었다. 새하얀 복도와 벽을 금방이라도 꺼질 듯 약한 조명이 비추고 있었다. 복도는 끝없이 길었고 그곳에는 아무도 없어 적막만이, 오직 적막만이 가득했다. 상미는 어둠으로 뒤덮여 보이지 않는 복도 저편을 응시하며 침을 삼켰다. 무엇이 기다리고 있는진 몰라도, 엘리베이터를 벗어나는 순간 예전으로 돌아갈 수 없다는 건 분명했다. 갈까요? 상미가 여자에게 물었다. 그래, 여자는 상미가 자신의 팔을 붙잡도록 내버려 두었다.

두 사람의 발자국 소리가 복도에 울려 퍼졌다. 발자국 소리는 사형선고를 내리는 것처럼 웅장하고 거대했다. 상미는 벽에 붙어 있는 비상 시 안내 대피도를 보며 지하의 구조를 파악했다. 제1 실험실, 제2 실험실, 제3 실험실, 회복실, 검사실, 그리고… 메인 통제실. 상미는 메인 통제실을 손가락으로 짚으며 물었다. 메인 통제실? 여자가 대답했다. '그것'이 있는 곳이야. 상미는 옅게 떨리는 손가락을 숨기려 주먹을 꽉 쥐었다.

"… 한경 오빠가 여기 있을까요?"
"점액들이 떨어질 정도로 분신이 불안한 상태라면… 아마 그럴 거야. 스케줄을 망치더라도 분신들을 내보내고 본체를 데리고 있을 수밖에 없었겠지. 본체가 완전히 망가지기 전에 분신들을 최대한 많이 만들어 둬야 하니까. 아마… '그것' 안에 있을 것 같아."
"… 매니저 언니가 레슨 받는 중이라고 했는데…."
"본체가 아니라 분신 중 하나일 거야. 본체보다 실력이 떨어질 테니 연습이 급하게 필요한 상태일 거고. 이제 와서 연기력 논란이 일어나면 타격이 크잖아."
"… 여기로 가야겠죠?"
"네가 원한다면 가야지."

메인 통제실은 불안하게도 복도 끝에 있었다. 그들이 향하고 있는 곳은 완전한 어둠에 덮여 있었고, 한 걸음 발을 내딛을 때마다 조명들이 불길한 소리를 내며 켜졌다. 상미는 복도 곳곳에 놓인 정체를 알 수 없는 기구들을 보며 여자에게 몸을 바싹 붙였다. 의학 드라마에서 많이 보았던 것들, 수술실에 있을 법한 트레이에 용도를 알고 싶지 않은 도구들이 놓여 있었고, 벽에 붙은 게시판에는 하얀 종이들이 다닥다닥 붙어 있었다. 한경의 이름이 보이자 상미는 발걸음을 멈췄다. 종이에는 이번 달 달력이 작게 인쇄되어 있었고 그 위로는 붉은 펜으로 휘갈긴 글자들이 가득했다. 1일부터 7일까지는 G03, 8일부터 11일까지 G08, 20일까지 G11과 본체 함께 투입…. 본체와 분신들의 상태에 따라 스케줄을 기록한 내용인 듯했다. 여자는 달력 앞에 멍하니 서 있는 상미를 잡아끌었다.

메인 통제실이라 새겨진 명패가 붙어 있는 문은 슬쩍 보아도 무언가 거대한 비밀을 품고 있는 것 같았다. 관계자 외의 출입을 금지하고 있다는 안내문 옆에 붙어 있는 잠금장치를 확인한 상미가 탄식을 뱉었다. 메인 통제실에 들어가기 위해선 지문 인식이 필요했다. 이건 생각 못했네요, 이제 와서 매니저 언니를 납치해 올 수도 없고…. 패닉에 빠져 웅얼거리는 상미를 향해 여자가 싱겁게 웃었다.

"아무것도 묻지 마."

"네?"

여자가 검지 손가락을 지문 인식기 위로 가져다 댔다. 삑, 짧은 소리와 함께 인증되었습니다, 하고 기계음이 밝게 선언했고 거짓말처럼 문이 열렸다. 상미가 온 힘을 다해 열어야 하는 철문을, 여자는 가볍게 한 손으로 밀며 한 마디 덧붙였다. 그렇게 쳐다보지도 마, 말 안 해 줄 거니까. 다행히 상미의 관심은 메인 통제실 안의 '그것'에게 완전히 빼앗겨 버린 뒤였다.

통제실은 거대했다. 영화 속에서 자주 보던 광경 같았
다. 중앙에 '그것'을 비롯한 갖가지 기계들이 모여 있고,
입구 바로 옆에 위치한, 유리창이 커다랗게 있어 안이 훤
히 들여다보이는 작은 방에는 기계 장치들을 조작하는
듯한 스위치 패널들이 가득했다.

통제실 안은 온통 점액투성이였다. 피처럼 검고, 붉고,
끈적거리고, 엉겨 붙는 점액 덩어리들이 벽에, 천장에, 바
닥에 가득했다. 천장에 달라붙어 있는 점액 덩어리들은
마치 살아 있는 것처럼 일정하게 움찔거렸다. '그것'은 여
자의 설명대로 거대한 알 같기도 하고 나무 같기도 했다.
마찬가지로 점액과 정체를 알 수 없는 검은 알갱이들이
다닥다닥 붙어 있는 거대한 알, 그 위로 커다란 나무 한
그루가 자라고 있었다. 나뭇잎은 없었다. 불에 탄 것처럼
바싹 마른 검은색 가지들이 붉은 점액에 덮인 채로 길게
뻗어나가 통제실 천장 전체를 뒤덮었다. 수백 개가 되어
보이는 가지들은 7~8개씩 일정한 무리를 이룬 채 군데군
데 일정한 구역을 만들어 놓고 있었다. 그리고 가지 끝에
는… 입구에서 제일 가까이 있는 가지들을 바라보던 상
미가 숨을 들이켰다. 가지 끝에는, 사람의 손가락으로 보
이는 것이 달려 있었다. 상미는 천천히 가지를 향해 다가
갔다. 손가락에는 섬세하게 주름이 잡혀 있고, 만들어진
지 얼마 안 된 듯 분홍빛의 손톱이 가지런히 달라붙어 있
다. 그 옆의 가지에는, 상미는 입을 틀어막았다. 그 옆의
가지에는 귀가 달려 있었다. 귓바퀴의 굴곡이 선명한 귀
는 거의 완성이 된 것처럼 보였다.

"… 오빠?"

상미는 통제실 안쪽에 모여 있는 가지들 사이에서 익숙한 얼굴을 발견하고 조용히 속삭였다. 마찬가지로 바싹 마른 검은색 가지들에 한경의 얼굴이 달려 있었다. 어떤 것은 얼굴만, 어떤 것은 어깨까지, 또 어떤 것은 상반신까지 자란 채였다. 덜 자란 어깨와 상반신 아래로 붉은 내장들이 덩굴줄기처럼 덜렁거린다. 눈알 하나만 애처롭게 매달려 있는 가지도 있었다. 하반신까지 모두 자란 것은 끈적거리는 점막에 뒤덮여, 거대한 열매처럼 가지 끝에 매달려 있었다. 상미는 헛구역질을 했다. 오빠, 오빠…. 목구멍까지 차오른 이름이 쉽사리 튀어나오지 않는다.

여자는 이 광경이 익숙하다는 듯 담담한 얼굴이었다. 부들부들 떨며 구역질을 하는 상미의 등을 조심스레 두드려 주고, 그쪽이 아니라는 듯 상미의 몸을 돌렸다. 저건 분신이야, 네 오빠는… 저기 안에 있어. 상미는 여자가 가리키는 곳을 보았다. 중앙에, 거대한 알 같기도 하고, 나무 같기도 한 '그것'의 거대한 기둥 안에 사람들이 있었다. 마치 나무에 박혀서 자라 버린 것처럼, 군데군데 하얀 얼굴들이 보였다. 상미는 여자가 이끄는 대로 '그것'을 향해 다가갔다. 익숙한 얼굴들이었다. 요즘 한창 주가를 올리고 있는 배우들, 얼마 전에 대상을 받은 예능인, 빌보드 차트에 올랐다며 박수를 받던 가수, 그리고 한경.

— 거기까지만 하자.

상미의 손가락이 나무에 박힌 한경의 얼굴에 닿기 직전에, 통제실 전체에 목소리가 울려 퍼졌다. 소스라치게 놀란 상미가 뒤를 돌자, 스위치로 가득한 패널룸 안에서 있는 매니저가 보였다. 그 옆으로 새하얀 방제복을 입은 남자들이 서 있었다. 매니저가 버튼을 누르고 말을 할 때마다 그의 목소리가 통제실 안을 가득 메웠다.

— 정리하고 있으면… 한경이 보냈을 텐데. 왜 그랬어, 상미 씨.

통제실 문 밖으로 사람들이 모여드는 발소리가 들렸다. 상미는 어쩔 줄을 모르고 여자를 올려다보았다. 어쩐지 일이 너무 쉽게 풀려 나간다 싶었다.

— 어떻게 여기까지 왔는지, 대체 어디까지 알고 있는지 궁금하긴 한데… 우리는 영화나 드라마에 나오는 사람들처럼 친절하진 않아서, 설명 없이 그냥 갈게. 미안, 상미 씨도, 상미 씨 친구도. 괜히 친구 따라왔다가… 안타깝게 됐어요. 미안해.

미안하다고 거듭 사과를 하는 것과는 달리, 매니저의 표정과 목소리는 더없이 담담했다. 그저 주어진 일을 하는 것뿐인 그의 얼굴은 사형선고를 내리는 판사처럼 무미건조할 뿐이었다. 말을 끝낸 매니저가 지체 없이 벽에 붙은 붉은 스위치 중 하나를 눌렀다. 붉은 빛이 통제실 안을 채우면서 비상 상태를 알리는 사이렌이 시끄럽게 울리기 시작했다. 매니저가 상미와 여자를 향해 손을 흔들어 보였다.

— 아, 그리고 이거 보여? 방출이라고 적혀 있는 버튼인데, 실제로 눌러 보는 건 처음이야. … 약간 기대되네.

버튼이 너무 작아 적힌 글자까지는 보이지 않았지만, 상미는 굳이 보지 않아도 그 버튼이 어떤 용도로 쓰이는지 쉽게 알 수 있었다. 통제실 입구 바로 근처에 모여 있는 가지들이 반응하더니 요즘 막 드라마에 등장해 얼굴을 알리고 있는 신인 배우의 얼굴이, 팔 두 쪽이, 발 하나와 코가 가지를 벗어나 아래로 뚝뚝 떨어지기 시작했던 것이다.

— 완성이 덜 된 애들일수록 살아 있는 사람 피에 환장하거든…. 미안해, 정말 이러고 싶진 않았어.

바닥에 떨어진 신인 배우의 얼굴과, 팔 두 쪽과, 발 하나와, 코가 땅에 닿는 순간, 그것들은 모두 인간의 형체를 잃고 흐물흐물하게 녹아내렸다. 녹아내린 자리에 익숙한, 상미가 한 번 본 적 있는 무언가가 형체를 드러냈다. 검고 붉은, 인간의 뼈에 살점이 붙어 있는 모양을 한 형체. 팔 두 쪽은 녹아내려 관절이 여덟 개가 달린 손가락이 되었고, 발은 삐걱이는 무릎이 되었다. 조각난 몸을 끼워 맞춘 듯, 이리저리 움직이다 하나가 된 형체는 소름 끼치는 비명을 내질렀다. 상미가 들은 적이 있는 소리였다. 밴 안의 한경이 내던 소리와 같았다.

뻥 뚫린 눈자위에서는 핏물이 줄줄 흘렀다. 괴물은 갈퀴가 달린 발을 움직이며 불안정하지만 확실하게 상미와 여자를 향해 다가오기 시작했다. 기다란 손가락 끝은 금방이라도 상미의 목을 베어 버릴 것처럼 날카로웠다. 상미는 자리에 주저앉았다. 손바닥과 엉덩이가 엉겨 붙는 점액으로 축축해졌다. 붉게 변해 버린 손바닥으로 상미는 더듬더듬 바닥을 짚었다. 잡히는 게 아무것도 없었다. 발을 질질 끌며 걸어오던 괴물은 흉측한 비명을 지르며 상미를 향해 달려들었다. 상미는 눈을 질끈 감았다.

퍽, 하는 소리와 함께 눈을 떴을 때, 괴물은 저 멀리

나가떨어져 있었다. 상미는 제 옆에 서서 거친 숨을 내뱉는 여자를 바라보았다. 여자는 손바닥이 달려 있는 가지를 꺾어 손에 들고 있었다. 일어나! 여자가 상미의 어깨를 붙잡고 일으켰다. 바닥에 내던져진 손바닥이 달린 가지는 아까와 마찬가지로 녹아 버렸다. 상미가 여자의 손길을 따라 몸을 일으키는 순간, 찢어지는 비명 소리가 통제실 안을 울렸다. 나가떨어진 괴물이 패널룸의 유리창을 부수고 있었다. 매니저의 비명 소리에 함께 있던 남자들이 패널룸의 문을 열기 위해 허둥지둥 움직이기 시작했지만, 이미 너무 늦었다. 유리창이 부서지고, 괴물은 패널룸 안으로 뛰어들었다. 괴물의 손가락이 가까이 있던 남자의 목을 순식간에 꿰뚫었다. 분수처럼 치솟는 피를 괴물은 게걸스럽게 핥아 먹었다. 날카로운 이빨이 목을 물어뜯는다. 찢겨 나간 살점은 괴물의 입안으로 사라졌고, 고통에 울부짖는 소리와 함께, 붉은 피가 패널룸 전체에 흩뿌려졌다.

쾅! 이번에는 통제실 철문이 열렸다. 방제복을 입은 또다른 사람들이 뛰어 들어오고 있었다. 탕, 하는 파열음이 크게 울렸다. 귀가 순식간에 멍해졌다. 여자와 상미는 휘청거리다 함께 주저앉고 말았다. 괴물은 이제 여유롭게 매니저의 다리를 씹고 있었다.

탕, 탕! 파열음이 몇 번 더 울리고, 괴물의 팔에서 붉은 점액들이 뿜어져 나왔다. 비명을 뱉어 낸 괴물이 달려들어 방제복을 입은 사람들과 몸싸움을 벌이기 시작했다. 총소리가 연달아 울리는 와중에 괴물이 한 남자의 다리를 물고 잡아 뜯었다. 나가떨어진 하체가 패널룸 벽에 부딪히면서 붉은 스위치들을 모조리 건드렸고, 방제복을 입은 사람들은 혼란에 빠져 서로를 밟으며 밖으로 도망치기 바빴다.

수많은 '방출' 스위치들에 붉은 빛이 들어온 순간, 수많은 가지에 매달려 있던 얼굴, 팔, 다리, 뇌, 눈, 코, 입, 귀, 손, 발 들이 동시에 바닥으로 후두둑 떨어졌다. 붉은 점액들이 사방으로 튀니 마치 붉은 비가 내리는 것 같았다. 바닥에 떨어진 그들은 모두 인간의 형체를 잃고 진짜 모습으로 돌아갔다. 그들의 모습은 다양했다. 얼굴 밑으로 거미처럼 기다란 발들이 돋아나는 경우도 있었고, 손바닥 위로 이빨이 돋아나는 경우도 있었다. 쏴!!!! 누군가가 소리치자 파열음이 사방에 울렸다. 상미는 그대로 여자를 끌어당겼다. 둘은 바닥에 넘어진 채로 엉금엉금 기어갔다.

지옥 같았다. 붉은 빛이 여기저기서 번쩍이고, 총성이 쏟아지고, 사람들의 비명 소리가 메아리처럼 울렸다. 상미는 핏물로 젖어 부옇게 흐려진 눈으로 통제실 문 쪽을 바라보았다. 시체 더미를 밟으며 괴물들이 밖으로 나가고 있었다. 제일 처음으로 패널룸을 습격했던 괴물이 갈퀴가 달린 발을 내딛을 때마다 핏물이 찰박거리는 소리가 났고, 얼굴 아래로 거미처럼 다리가 돋아난 괴물은 벽을 기어 문 밖으로 향했다. 흰 벽에 핏빛 그림이 그려졌다. 비명 소리, 총소리, 그리고 또 비명 소리, 살이 떨어지고, 찢어지고, 끊어지는 소리…. 여자가 상미의 팔을 잡아 끌었다.

"가야 해."

가야 한다고? 어디로?

"한경 저기 있어."

여자가 상미를 잡아 끌었다. 괴성이 난무하고 핏물이
쏟아지는 통제실 안에서, 두 사람은 마치 다른 세상에 와
있는 것 같았다. 상미는 '그것'을 향해 다가갔다. 나무에
박혀 있는 하얀 얼굴들은 지금의 상황을 모르는 듯 지나
치게 평화로웠다. 상미는 진짜 한경을 향해 다가가, 그를
불렀다. 오빠. 대답이 없었다. 오빠, 오빠…. 뺨을 두드리
고, 이름을 소리쳐 불러도 소용이 없었다. 상미는 팔을
걷었다. 핏물로 젖은 티셔츠가 끈적하게 살에 달라붙는
다. 상미는 천천히, 아주 천천히 손을 '그것' 안으로 집어
넣었다. '그것'은 다행히 나무처럼 단단하지도 딱딱하지
도 않았다. 물컹거리는 감촉이 마치 거대한 젤리 같았다.
상미는 양손을 그 안으로 집어넣고, 물컹이는 점액 안을
살살이 뒤졌다. 한경의 어깨가 손에 잡혔다. 그대로 잡고
끌어당기자, 점액들이 마치 거미줄처럼 한경의 몸에 달
라붙어 길게 이어졌다.

상미는 여자와 함께 한경의 몸을 '그것' 밖으로 빼내는
데 성공했다. 점액 범벅이 된 하얀 얼굴은 시체같이 창백
했다. 상미는 한경을 세게 흔들었다. 오빠, 오빠…. 울음
섞인 목소리가 허공에 흩어진다. 한경은 눈을 뜨지 않았
다. 상미는 한경의 위에 엎드린 채 눈물을 쏟아냈다. 핏물
이 섞여 입안으로 들어갔는지 비릿한 맛이 났다. 상미야!
여자가 외치는 소리가 들렸다. 상미는 고개를 들었다.

바닥에 힘없이 누워 있던 한경이 목을 기괴하게 꺾어
상미를 바라보고 있었다. 몸은 여전히 바닥에 반듯하게
누운 채였다. 90도로 세워진 얼굴이 멍한 눈으로 상미를
응시했다. 한경의 잘생긴 얼굴, 큰 눈과 반듯한 코, 시원시

원한 입매. 그 모든 게 마치 칼로 반을 가른 듯 무너지고 있었다. 얼굴 반쪽이 녹아내리고, 다른 괴물들과 마찬가지로 점액으로 덮힌 뼈만 그 자리에 남았다. 상미는 제 몸 아래에 있던 한경의 손가락이 서서히 길어지며 제 턱을 간질이는 것을 느꼈다. 상미는 그대로 눈을 감았다. 여덟 개의 관절들이 재빠르게 움직이는 소리가 났다. 뜨끈한 피가 얼굴에 튀었다. 고통은 느껴지지 않았다.

상미는 뒤로 벌러덩 넘어진 채, 상황을 파악하지 못하고 멍하니 눈앞의 광경을 바라보았다. 반쯤 녹아 버린 한경이 여자의 위에 올라타 손가락을 휘두르고 있었다. 손가락은 여자의 팔을 갈랐고 피가 쏟아졌다. 여자가 이를 악물며 한경의 얼굴을 밀어내고 있는 동안 상미는 바닥을 다시 한번 더듬었다. 이번엔 무언가가 잡혔다. 상미는 쇠파이프를 손에 쥐고 그대로 달려가 한경의 머리를, 한경이라고 생각되는 무언가의 머리를 세게 내리쳤다.

한경은 그대로 무너져 내렸다. 반쯤 녹은 모습으로 시체처럼 주저앉았다. 상미는 파이프를 떨어트렸다. 한경은 울고 있었다. 녹지 않고 인간의 모습으로 남아 있는 얼굴 반쪽에서, 커다란 눈에서 눈물이 쏟아지고 있었다. 오빠, 상미는 한경의 머리를 붙잡아 무릎 위에 뉘였다. 한경이 숨을 헐떡였다. 핏기 없는 얼굴, 반밖에 남지 않은 얼굴도 너무 반가워서 상미는 소리 내 울고 싶었다.

"………… 상미야."

낮은 목소리가 울렸다. 상미는 고개를 번쩍 들어 한경을 바라보았다. 한경은 얼마 남지 않은 입으로 희미하게 웃고 있었다. 상미야…. 상미는 열심히 고개를 끄덕였다. 네, 저 상미에요. 듣고 있어요.

"… 고마워."

뻥 뚫리지 않은 한경의 한쪽 눈이 천천히 감겼다. 입가의 옅은 미소도 마찬가지였다. 상미는 심호흡을 하면서 의식을 놓지 않으려 애썼다. 한경이었다. 제 품에 안긴 건 진짜 한경, 4년간의 소중한 추억을 함께 쌓은 그 한경이었다. 그리고 방금 상미는 제 손으로 한경을 죽였다. 모든 게 무너지는 것 같았다. 사방에서 비명 소리가, 폭발음이, 사람들이 외치는 소리가 들렸고 귀가 멍했다. 한경이 죽었다.

무언가 무너지기라도 할 것처럼 불안한 진동이 느껴진다. 멀리서 기계가 터지는 소리가 연이어 이어졌고, 사람들이 살려 달라 애원하는 소리가 울렸다. 모든 게 피로 뒤덮인 통제실 안에서, 상미는 한경을 품에 안고 그렇게 한참을 가만히 앉아 있었다.

"이제 끝을 내야 해."

시간이 얼마나 흘렀을까. 익숙한 목소리가 들렸다. 익숙한 목소리가 익숙한 대사를 읊는다. 상미는 그 자리에서 잠시 굳어 버린 채 상황을 파악하려고 애썼다. 들릴리가 없는 목소리다. 들려서는 안 되는 목소리다. 한경의 머리를 바닥에 조심스레 내려놓고, 뒤를 돌았다. 여자는 피가 뿜어져 나오는 팔을 붙잡은 채로, 벽에 몸을 기댄 채 가쁜 숨을 내뱉고 있었다. 한경의 손가락이 닿았던 부분이 한경과 마찬가지로, 다른 수많은 분신들과 마찬가지로 흐물흐물하게 녹고 있었다. 얼굴도 마찬가지였다. 조금은 사나운 눈매, 코, 입, 모든 게 서서히 핏물과 함께 흘러내렸다. 다른 스타들과 달리 점액질로 덮인 뼈가 드러나지는 않았다. 대신, 핏물 아래로 익숙한 얼굴이 모습을 드러냈다. 상미가 절대 잊을 수 없는 얼굴, 한때 상미의 모든 것이었던 그 얼굴. 상미는 여자를 향해 가까이 다가가며 자연스레 그의 이름을 불렀다.

"희진 언니."

왜 이제야 알아챈 걸까, 왜 먼저 말해 주지 않았을까. 원망도 슬픔도 표현하기엔 너무 늦었다. 상미는 핏물로 젖은 소매에 얼굴을 문질러 닦고, 핏기가 빠져나가고 있는 희진의 얼굴을 들여다보았다. 희진의 모습은 여전했다. 아래로 살짝 처진 눈꼬리와 그 아래의 점, 작은 코와 언제나 환하게 웃던 입술까지. 희진이 떨리는 손을 앞으로 내밀었다. 상미는 그 손을 굳게 붙잡았다. 쿨럭대는 희진의 입술 사이로 피가 뿜어져 나왔다. 상미는 이러지도 저러지도 못했다. 희진의 손이 뺨에 와 닿자 그제서야 엉엉 소리 내어 울기 시작했다.

이제 끝을 내야 해.

희진이 또다시 대사를 읊었다. 상미는 눈물로 범벅이 된 얼굴을 들며 물었다. 어떻게요? 저 멀리서 무시무시한 비명 소리가 울려 퍼진다. 어디선가 기계 장치가 스파크를 터트리며 폭발했고, 지금 당장 대피하라는 안내 방송이 쩌렁쩌렁하게 건물을 흔들어 댔다. 희진이 무어라 중얼거리는 소리가 안내 방송과 겹쳐져 들리지 않았다. 뭐라고요? 상미는 희진의 얼굴을 향해 귀를 가져다 댔다. 불이 타오르면, 다 잊어버리는 거야, 잊어버리고 새로 시작하는 거야, 상미야. 괜찮아.

상미는 무엇을 해야 할지 깨달았다.

상미는 통제실 밖으로 달려나갔다. 문 밖으로 나가기 위해서는 산처럼 쌓여 있는 시체들을 밟고 넘어야 했다. 아수라장이 된 복도는 전구 몇 개가 깨진 탓에 아까보다 더 깊은 어둠에 잠겨 있었다. 상미는 주위를 둘러보다 발치에 떨어져 있는 가지 하나를 주웠다. 여자가, 희진이 썼던 것과 마찬가지로 손바닥이 달려 있는 가지였다.

상미는 가지를 손에 쥐고 길게 늘어진 복도를 걷기 시작했다. 짐승이 그르렁거리며 우는 소리가 먼 곳에서 희미하게 들렸다. 문이 반쯤 열린 상태로 멈춰 버린 엘리베이터 안에는 몸이 반으로 찢어진 시체가 누워 있었다. 물컹거리는 창자를 밟고 굴러오는 눈알을 피하면서 겨우 복도 끝에 도착한 상미는 비상구 문을 발로 찼다.

상미는 끝도 없이 솟은 계단을 오르고 또 올랐다. 계단은 지하 복도와 마찬가지로 시체와 괴물들의 잔해로 가득했다. 피 웅덩이 속에서 몇 번이고 미끄러진 끝에 도착한 1층은 지하와 다름없이 통제 불능 상태였다. 피로 덮인 복도에서 사람들이 비명을 지르며 달려나갔다. 방제복을 입은 사람들이 괴물과 뒤엉켜 바닥을 뒹굴고 있었다. 탕 하는 소리와 함께 누군가의 머리가 상미의 얼굴을 스치고 계단으로 굴러 떨어졌다. 가지를 꼭 쥐고 한 걸음을 내딛으려는 순간, 복도 끝에서부터 달려온 방제복 입은 사람이 상미를 밀치고 비상구로 뛰어들었다. 그는 계단 아래로 우당탕 소리를 내며 미끄러졌고, 그의 뒤를 쫓던 괴물은 천천히 다가와 상미를 바라보았다.

이름을 알 수 없는 누군가의 머리 아래로 돋아난 발들

은 거미의 그것처럼 길고 날카로웠다. 다가온 머리가 입을 쩍 벌리자 그 안에서 앙상한 팔 한쪽이 튀어나와 상미를 향해 달려들었다. 상미는 들고 있던 가지로 날카로운 손톱이 돋아난 팔을 후려쳤다. 가지에 맞아 나가떨어진 머리가 벽에 부딪히자 눈알 하나가 떨어져 나와 바닥을 굴렀다. 한 번, 두 번, 세 번, 상미는 머리가 움직이지 않을 때까지 가지를 내려쳤고, 머리는 곧 조용해졌다.

상미는 회의실 5를 찾아 안으로 들어갔다. 예쁘게 진열해 둔 선물은 다 쏟아지고 흩어져 엉망이 되어 있었다. 상미는 박살이 난 아이패드와 부서져 잔해만 남은 시계, 피로 물든 셔츠와 지갑을 지나 바닥에 뭉개져 있는 케이크를 찾아냈다. 케이크 옆에 떨어져 있는 상자를 들어 성냥을 뜯어내다 말고, 상미는 잠깐 멈추어 섰다. 문득 떠오른 생각에 상미는 성냥을 주머니에 쑤셔 넣고 밖으로 뛰어나가 모든 회의실 문을 닥치는 대로 열어젖히기 시작했다.

PCS에서는 소속사에 도착한 팬들의 선물을 한 곳에 모아 두고 보관한다. 작년 한경의 생일 때 사무실 하나를 가득 채우고 있는 선물들을 본 기억이 분명히 있었다. 상미는 피를 흩뿌리는 사람들을 밀치고 밟고 지나친 끝에, 마침내 거대한 박스들이 모여 있는 회의실 15를 찾아냈다. 상미는 박스들 사이를 뒤졌다. 인형들이 가득 담겨 있는 박스, 도시락이 빼곡하게 쌓여 있는 박스, 그 외의 수많은 박스를 지나자 마지막 하나가 남았다. 거기에 있었다. 커다란 박스. 최상미가 보낸, 테이프로 꽁꽁 묶어 놓은 종이 박스.

상미는 종이 박스를 들고 뛰었다. 다리가 여덟 개 달

린 목과 손바닥들이 벽을 기어다녔고, 우렁찬 포효가 복도를 뒤흔들었고, 반쯤 부서진 뼈와 살점들이 상미의 앞을 가로막았다. 비상구까지 무사히 도착한 상미는 숨을 고르며 걷다 말고 무언가에 걸려 계단 아래로 굴러떨어지고 말았다. 상자는 상미의 손을 벗어나 한 층 아래에서 멈췄다. 온몸이 끊어질 듯 아팠다. 상미는 이를 악물고 고개를 들어 자신의 발을 건 상대를 찾았다. 갈퀴가 달린 발을 가진 괴물이 비상구 문 뒤에서 포효하고 있었다. 괴물은 상미를 기다리고 있었던 모양이었다.

상미는 앞뒤 생각하지 않고 달렸다. 부적처럼 지니고 있던 가지는 넘어지면서 어디론가 사라져 버린 지 오래였다. 다행히 주머니에 얌전하게 들어 있는 성냥을 확인하고, 상미는 온 힘을 다해 계단을 뛰어내려 갔다. 등 뒤에서 울리던 끔찍한 울음소리가 가까워지고 있었다. 상미는 피 웅덩이에 처박혀 있는 상자를 품에 안고 달렸다. 괴물은 웅덩이에서 발을 찰박거리며 장난을 치는 듯 여유를 부리고 있었다. 상미는 한 층을 남겨 두고 다시 한 번 핏물에 미끄러지고 말았다. 축축히 젖은 상자는 찢어지기 일보 직전이었다. 바닥에 쓰러진 상미의 다리에 날카로운 손가락이 박혔다. 상미가 비명을 지르는 순간, 지하로 향하는 문이 벌컥 열리고 방제복을 입은 사람이 나타났다. 조금 전 상미를 밀치고 거미발이 달린 괴물을 떠넘겼던 사람이었다. 그가 눈앞의 상황에 당황해 주춤주춤 뒤로 물러나는 동안, 괴물은 상미의 다리에 박힌 손가락을 빼냈고 상미는 그대로 다시 상자를 품에 안고 뛰기 시작했다. 찢어진 틈으로 편지가 한 통씩 빠져나갔고 등 뒤로 그의 비명 소리가 들렸지만 상미는 개의치 않았다.

통제실에 다시 도착하기까지는 오랜 시간이 걸리지 않았다. 아수라장이 한바탕 휩쓸고 지나간 통제실 안은 이제 고요했다. 형체를 제대로 갖추지 못하고 죽어 가는 것들이 끽끽거리며 내뱉는 마지막 숨소리가 간간이 들릴 뿐이었다. 상미는 그제야 자신이 제대로 걸을 수 없다는 걸 깨달았다. 피가 줄줄 흐르고 있는 다리를 힘겹게 이끌며 상미는 '그것'을 향해 다가갔다.

희진은 상미를 기다리고 있었다. 이제 '대스타 희진'의 얼굴마저 녹아 버리고 붉고 검은 점액으로 덮힌 뼈가 서서히 그 모습을 드러내고 있는 중이었다. 상미는 박스를 뜯었다. 박스를 열자마자 수십, 수백 통의 편지들이 쏟아져 내린다. 편지들은 수북이 쌓여 통제실 중앙에 자리를 잡았다. 편지들이 핏물과 점액에 천천히 젖어 든다. 상미는 성냥에 불을 붙이기 전, 마지막으로 희진에게 다가갔다. 희진은 한쪽 눈이 뻥 뚫린 채로 웃고 있었다. 손가락이 길어진다. 날카로운 이빨들이 툭툭 불거져 나오기 시작한다. 상미는 희진의 머리를 끌어당겨 자신의 어깨 위에 살며시 기대게 했다. 떨리는 몸을 눈치챈 희진이 상미의 어깨를 토닥였다. 상미야, 괜찮아, 다 괜찮아질 거야. 상미는 희진의 손을 꼭 잡은 채, 자신이 쓴 수백 통의 편지들 위로 성냥을 내던졌다.

5.

PCS 건물은 구내 식당에서 발생한 화재로 인해 전소되었다. 이 화재로 PCS 소속 연예인 모두가 목숨을 잃었고, 당일에 PCS 건물에서 근무 중이던 직원들 역시 모두 사망했다. PCS 화재 사건은 한동안 세간의 관심을 끌었다. 조작되었다느니, 사고가 아니라 방화라느니, 수많은 사람들이 떠들어 댔지만 그 누구도 정확한 증거를 댈 수가 없었다. 수많은 스타들을 한꺼번에 잃어버린 세상은 한동안 트라우마에 시달렸으나, 모든 사건이 그렇듯이 몇 달이 지나자 사람들의 기억에서 점점 잊혀 갔다.

상미는 PCS 건물 입구 부근에서 쓰러진 채 발견되었다. 다행히 연기를 많이 들이마시진 않아 생명에는 문제가 없었다. 눈을 뜬 상미는 자신의 경제력으로는 감당할 수 없을 만큼 비싸 보이는 1인 병실에 누워 있는 자신을 발견했다. 상미는 오랫동안 병원에서 다리를 치료받았고, 치료받는 내내 의사와 간호사들에게 아무것도 묻지 않았다. 입을 꾹 다물고 아무 이야기도 하지 않은 게 적절한 선택이었던 모양이다. 몇 주가 지나고 다리의 상처가 서서히 아물어 갈 즈음, 그동안 아무도 찾아오지 않았던 병실에 검은 옷의 사람들이 찾아온 것이다.

그들이 내민 명함에는 정확히 기억나지 않는 단체명과 함께 '확보, 격리, 통제'라는 단어가 적혀 있었다. 그들은 많은 걸 설명하지 않았다. 들을 수 있었던 건 PCS 건물은 완벽하게 정리가 되었으며, 괴물들은 화재로 인해 '그것'과 함께 완전히 소멸했고, 그 화재에서 살아남은 사람은 상미 단 한 명뿐이라는 것 정도였다. 원하신다면 상처가 완전히 나을 때까지 이곳에서 머무를 수 있게 해 드릴 겁니다. 검은 옷을 입은 사람은 그렇게 말하며 종이를 한 장 내밀었다. PCS에서 목격한 것들, 경험한 것들, 그 외에 어떤 것이라도 발설하는 경우에는 목숨이 위태로울 것이라는 경고가 적혀 있었다. 그 아래로는 수많은 조건들이 꼬리처럼 달라붙어 있었다. 그중 제일 눈에 띄는 조건을 읽은 상미는 헛웃음을 흘렸다. 트위터를 탈퇴할 것. 어차피 한경도 없는 마당에 계정을 유지할 이유가 없긴 했지만, 자신의 모든 것이 속속들이 알려진 느낌이라 소름이 돋았다. 한편으로는 이 조건이 다른 조건에 비해 유독 하찮아 보여 웃음이 나왔다. 한경에게 바친 몇 년은 트위터 탈퇴 버튼을 누르는 것만으로 손쉽게 사라질 것이다. 그 외에 나열되어 있는 조건들을 무심하게 넘기던 상미는 마지막 조건에 시선을 멈췄다. 익숙한 주소. 그곳에 평생 접근하지 말 것.

상미는 금방이라도 서명을 할 것처럼 펜을 들었다. 검은 옷의 사람이 몸을 앞으로 숙이며 탁월한 선택이라는 듯 빙긋이 웃었다. 그 미소가 거슬려 펜을 탁 소리나게 내려놓았다.

"평생 접근하지 말라니, 거길 어떻게 하려고요?"
"PCS 건물과 마찬가지로 태워 버릴 겁니다. 아무것도 존재하지 않았던 것처럼요."
"거짓말하고 있네. 다 쓸어 갈 거잖아요. 있는 거 없는 거 다 긁어 모아서 가져가게 생기셨는데."
"명함에서 보셨듯이, 저희는 '통제'를 무엇보다 중요하게 여깁니다. 이미 사라진 표본을 완벽하게 통제하는 방법은 딱 하나뿐이에요. 세상에서 그 존재를 지워 버리는 것."

완전히 믿을 순 없었지만 어느 정도 납득은 갔다. 다시 펜을 잡고 잠깐 고민하던 상미가 말했다. 저도 조건이 하나 있는데요, 상미의 말에 한결같은 미소를 유지하던 검은 옷의 사람이 얼굴을 구겼다. 거기에 딱 한 번만 가 보게 해 주세요, 당신들하고 같이 말고, 나 혼자. 중요한 건 아무것도 건드리지 않을 테니까. 협상과 달콤한 구슬림, 격한 말이 몇 번 오고 간 후에 그들은 조건에 응했고, 상미는 하얀 종이에 아무렇지 않게 서명을 했다. 명함은 쓰레기통에 버렸다. 지금도 그 단체의 이름은 기억나지 않는다.

그리고 상미는, 홀로 희진의 집을 찾았다. 비밀번호는 간단했다. 희진의 생일이었다. 이걸 어떻게 까먹어. 상미는 희진의 단순함에 혀를 찼다. 첫 드라마 방영일, 신인상 수상 날, 대상 수상 날, 첫 영화가 개봉한 날, 대표작이 관객 수 100만을 찍었던 날까지 다시 외워 갔던 노력이 무색해져 허탈한 웃음이 나왔다.

상미는 그곳에서 희진이 남긴 흔적을 찾았다. 희진은, 정확히 말하자면 '본체 희진'은 몸이 점점 망가짐에 따라 분신을 만들기 위해 하루 종일 '그것'에 갇혀 있는 처지가 되자 PCS에서 도망을 쳤다. PCS에서 배출해 낸 첫 대스타였던 만큼 소속사의 대처는 엉망이었고 희진은 무사히 PCS를 빠져나갈 수 있었다. 죽음을 각오하고 벌인 일이었다. 자유를 위해, 얼마 지속되지 않을 잠깐의 자유를 위해 벌인 일이었다.

'그것'과 물리적으로 떨어져 있었던 처음 몇 달 동안, 희진은 진짜 모습, '괴물'의 모습으로 돌아갔다. 어렵게 구한 집에서 문을 굳게 걸어 잠그고 죽음을 기다렸으나 놀랍게도 희진은 죽지 않았다. 피가 돌고, 살이 다시 돋아나 희진은 인간의 모습을 되찾았다. 대스타의 모습이 아닌, 평범한 인간 김희진의 모습을. 몸이 녹아내리는 일도, 살이 점액으로 변해 뼈가 보이는 일도 없었다. 희진

은 그렇게 평범한 삶을 살았다. 고통받고 있을 다른 대
스타들을 구해 줄 방법을 모색하면서. 그러다 상미를 만
났고, '그것'의 곁으로 다시 돌아갔다. '그것'과 가까워지
면 평범한 삶과 멀어진다는 사실을 알면서도.

　상미의 방은 훨씬 깔끔해졌다. 벽에 덕지덕지 붙어있
던 포스터들과 한경과 관련된 물건들을 모두 처분한 덕
분이다. 대신 딱 하나, 희진의 집에서 가져온 그녀의 포
스터가 붙어 있다. 쿠키통은 편지 대신 달콤한 쿠키들로
가득 채워졌다. 상미는 매일 아침 쿠키를 하나씩 먹는다.
그 달콤함을, 잊고 있었던 달콤함을 천천히 음미한다. 새
로운 아침의 의식을 마음껏 즐기는 상미를, 희진이 내려
다보고 있다. 항상 그랬듯이 환한 미소를 머금고.

x Cred/t

- 이경희 -

한국과학소설작가연대 소속 작가. 환상문학웹진 <거울> 필진. <꼬리가 없는 하얀 요호 설화>가 황금가지 타임리프 공모전에 당선작으로 선정되어 데뷔했다. SF와 판타지 양쪽에서 활동 중이며, 주로 죽음과 외로움, 계급과 권력의 문제에 대한 이야기를 다룬다. 장편소설 <테세우스의 배>, 단편 <살아 있는 조상님들의 밤>, <다층구조로 감싸인 입체적 거래의 위험성에 대하여> 등을 발표했다.

χ Cred/t //
하버드 가면 내 자식, 아니면 남의 자식이라더니. 정말 웃기지 않아? 스타가 된 후로 나한텐 부모가 101명이나 생겨 버렸어. X 같은 유전자를 나눠 줬다는 이유로.

/ Parent /
넷 소사이어티의 역대급 우주 대스타 χ Cred/t
그리고…

민석영(전직 육상선수, 45) //
아자! 꼭 우승할 겁니다.

다스베이더 마스크를 쓴 남자(??, ??) //
I am your father.

Emily(모델, 43) //
…… 사랑해.

유주아(천재 소녀, 26) //
음, 지적인 대결은 제가 유리하다고 봐요.

/ 101 /
101명의 부모들

χ Cred/t //

휘유~ 얼굴만 봐도 구역질 나지 않아? 돈벌레 XX들. 그래서 여러분, 내가 진짜 쩌는 이벤트를 준비했어. 그게 바로 뭐냐면…

/ With /
단 하나뿐인 왕좌를 차지하기 위한
목숨을 건 부모들의 치열한 경쟁

Roo_D.A(심사위원, 아이돌) //

아~ 못 보겠어~ 루다 그냥 눈 감을래요~

EZ_WE$T(심사위원, 래퍼) //

WoW- Woohoo- No Way! No Way!

예원경(심사위원, 배우) //

와, 이런 것까지 시켜? 진짜 장난 아니다~

/ χ Cred/t /
χ Cred/t의 부모가 될 단 한 사람은 누구?

χ Cred/t //

　다 함께 즐겨 줘. 돈에 미쳐 달려드는 벌레 같은 놈들이 어떻게 망가지는지. 내가 얼마나 쿨하게 복수하는지. 내 채널은 다들 알지?

.
.
.
.
.

Parent 101
Now on Channel χ Cred/t

▶ ▶ ▶ 5초 후에 다음 영상이 자동으로 재생됩니다.

1 × 진강우

"살려 줘! 제발 살려 줘! 우린 똑같잖아. 제발⋯."

바닥에 주저앉은 피해자가 눈물범벅이 된 얼굴로 애원한다. 하지만 가해자의 얼굴에선 동정심은 조금도 나타나지 않는다. 당연하다. 가해자의 배에도 피해자가 찔러 넣은 칼이 박혀 있다.

그들의 모습을 자세히 관찰하기 위해 조금 더 다가간다. 이렇게 가까이에서 두 사람의 얼굴을 바라보고 있자면 조금 섬뜩한 기분이 든다. 왜냐면⋯

둘의 얼굴이 쌍둥이처럼 똑같기 때문이다.

"아니, 달라."

가해자가 휘두른 철제 의자가 너무나 쉽게 두개골을 찌그러뜨린다. 길게 튀어나온 혀를 타고 피가 온몸을 붉게 적신다. 상대의 죽음을 확인한 가해자는 천천히 의자에서 손을 뗀다. 의자는 여전히 시신의 머리에 박힌 채다.

가해자는 몸을 돌려 현장을 빠져나가려 한다. 그러나 이내 쓰러지고 만다. 곁으로 다가가 상처를 살펴보니 칼에 찔린 위치가 좋지 않다. 내장을 다쳐 바닥에 웅덩이가 생길 정도로 피가 쏟아지고 있다. 가해자는 떨리는 손으로 상처에서 칼을 뽑아내려⋯

"그만."

음성 명령을 내리자 모든 것이 정지했다. 진강우는 VR 헤드셋을 벗어 책상에 내려놓았다. 책상 너머엔 사무장이 다소곳한 자세로 서 있었다.

"어떻습니까, 검사님? 그 영상 벌써 일곱 번이나 돌려 보셨는데요."

"우리 사건 맞는 거 같은데요."

"그런데 검사님…"

"사건 개황부터 알려 주세요."

"아, 네."

사무장은 가슴에 안고 있던 서류철을 뒤적였다.

"사건이 일어난 건 대략 일곱 시간 전입니다. 유명 서바이벌 쇼인 <Parent 101> 촬영 직후였다고 하네요. 피해자와 가해자 쌍방이 서로를 공격했고, 피해자는 현장에서 즉사했습니다. 가해자는 병원으로 옮겨졌는데, 결국 치료 중 사망했습니다. 마침 피해자가 브이로그를 촬영하던 중이어서 주위 상황이 전부 라이브 캠에 찍혔습니다. 현장에 카메라가 많다 보니 VR 영상 뜨는 것도 쉬웠고요."

강우는 서류가 담긴 태블릿을 손가락으로 톡톡 두드렸다.

"내가 서류를 제대로 이해한 게 맞나? 둘이 쌍둥이가 아니라 지문까지 일치하는 동일인이라고요? 게다가 똑같은 몸을 가진 사람이 아흔아홉 명이나 더 있고?"

"네, 검사님. 정확히 이해하셨네요."

강우는 고개를 돌려 사무실 한쪽 벽을 가득 채운 월스크린(wallscreen)을 보았다. 수십 개로 분할된 화면 속에서 한 인물이 소셜 서비스인 '넷 소사이어티 채널'의 라이브 방송을 진행하고 있었다.

카이 크레디트(χ Cred/t).

화면 속의 얼굴도 죽은 두 사람과 똑같았다. 일곱 시간 전에 죽었어야 할 사람이 버젓이 소셜 미디어 속을 활보하고 있었다. 그것도 수십 명이 동시에. 대체 뭐야, 저 카이라는 놈은.

"살인 장면도 방송으로 나갔습니까?"

"아뇨. 다행히 30분 지연 송출 중이었답니다. 시청자들은 그 사실을 몰랐고요. 사건이 발생한 즉시 AI가 가짜 영상을 생성했고, 방송은 무사히 끝났습니다."

"목격자들은?"

"모두 비밀 유지에 관한 블록체인 서약을 마쳤습니다."

흐음. 강우는 양손으로 깍지를 끼고 턱을 괴었다.

"샌드박스 자치경에선 뭐라고 하죠?"

'샌드박스'는 평택 혁신도시의 별칭이었다. 주한 미군 절반이 빠져나간 캠프 험프리스(Camp Humphreys)에 기술규제면제특구가 설정된 것을 시작으로 평택은 대한민국 부의 절반을 빨아들였고, 25년 만에 서울을 능가하는 거대 도시로 자라났다.

혁신행정특례법이 제정된 후로는 아예 중앙의 간섭을 받지 않는 자치정부까지 들어섰다. 때문에 중앙정부 산하 조직인 평택지검과 평택 자치정부 산하 조직인 자치경 사이엔 묘한 알력다툼이 끊이지 않았다.

"그쪽 담당자 말이, 엠바고 해제까지 3일 준답니다. 관련 법규랑 시행규칙 살펴봤는데 절차적으로도 그게 한도가 맞습니다. 그 안에 타살 여부 못 밝혀내면 사건을 덮는 걸로 생각하고 있겠답니다."

"하. 이젠 대놓고 명령을 하네."

"명령은 아니죠. 그냥 담당자 본인이 그렇게 생각하겠다는 거죠."

"사무장님, 대체 누구 편이에요?"

강우는 책상을 내려치며 성난 표정을 지어 보였다. 하지만 사무장은 넉살 좋게 허허 웃을 뿐이었다.

"검사님, 어떻습니까? 우리가 맡아야 할까요?"

"이게 첨단 범죄가 아니면 뭐가 첨단 범죄겠어요? 당연히 첨수부♣가 맡아야죠."

"그런데 특수부에서는…"

"특수부는 제가 알아서 할 테니까, 주혜리나 불러 주세요."

2 × 주혜리

세상은 나날이 복잡해지고, 가난도 실직도 흉악 범죄도 늘어만 가고 있습니다. 언제까지 경찰만 믿고 기다리시겠습니까? 범죄 수사에도 전문성과 효율성을 도입해야 합니다. 여러분, 이제는 수사 민영화의 시대입니다. 안녕하세요. 최고의 민간조사사 주혜…

— 빨리 안 튀어 와?

자동응답 앱을 뚫고 이어플러그(earplug)에서 진강우의 목소리가 튀어나왔다. 혜리는 한쪽 눈을 찡그리며 손바닥에 스마트팜(smartpalm) 화면을 띄워 답장을 보냈다.

— 예. 예. 지금 입구인데요. 신분증을 안 가지고 와서 서류 좀 쓰느라.

— 신기하네. 나도 지금 입구인데.

— 아, 그러셨구나. 미리 말씀해 주시지. 그럼 다른 핑계를 댔을 텐데. 그런데 왜 자꾸 커플 앱으로 연락하시는 거예요? 쪽팔리게.

— 위치 추적이 되거든.

— 아. 요상한 진동 신호 같은 거 좀 보내지 마요.

— 미안, 실수로 눌렀다. 도착하면 '금룡'으로 와.

왜 또 금룡인데? 혜리는 불평을 목구멍으로 꾹 삼켰다. 말해 뭐 해. 어차피 좋은 대답이 돌아오지도 않을 텐데.

그러는 사이 택시가 검찰청 앞에 도착했다. 그녀는 손등을 확인했다. 급행 노선을 요구한 탓에 결제 금액이 100달러가 넘었다. 한숨이 절로 나왔다.

이것도 조사비에 함께 청구해야지.

그녀는 속으로 투덜거리며 곧장 금룡으로 향했다.

입구에서 늑진한 기름 냄새를 맡자마자 입맛이 뚝 떨어졌다. 금룡의 음식이 맛이 없다는 사실은 보편적으로 통용되는 상식이며, 그 때문에 평택지검 검사들은 아무도 금룡을 찾지 않는다. 특히 그중에서도 짜장면이 최악이라는 평가는 만인이 동의하는 진리나 다름없다. 그런데 굳이, 굳이 짜장면을 시켜 내 자리에 올려놓고 태연히 탕수육을 집어먹는 저 작자의 의도가 뭘까?

뭐긴 뭐야. 진강우가 또 진강우짓 한 거지.

혜리는 자리에 앉자마자 짜장면을 치워 버렸다. 그릇을 옮긴 빈 공간에 진강우가 메모지를 한 장 들이밀었다. 종이에는 'χ Cred/t'라고 쓰여 있었다. 그는 조금 부끄럽다는 듯, 시선을 창 쪽으로 돌리며 혜리에게 물었다.

"이거, 어떻게 읽는 거야?"

"카이 크레디트요."

"이게 왜 카… 그렇게 읽히는 건데?"

"χ는 그리스 문자고, **Cred/t**는 영어잖아요. 여기 슬래시처럼 생긴 걸 알파벳 i로 읽으면…. 근데 이게 이렇게까지 설명할 일인가?"

"이 사람 유명해?"

혜리의 눈이 동그래졌다.

"네? 진심? 카이 크레디트를 몰라요? 넷 소사이어티 최고 스타를?"

"난 넷 소사이어티 같은 건 안 해서."

"와. 검사님 완전 화석이시네. 혹시 선캄브리아기에 태어나셨어요?"

"그래서 혜리 씨 부른 거 아냐. 내가 이런 쪽은 약하니까."

머쓱해진 강우는 다시 종이를 집어넣었다.

"숙제는 충분히 해 왔겠지?"

"물론이죠."

"비싸?"

"한… 5천? 아니다. 7천?"

"일단 자료부터 보여 줘. 나중에 한 번에 비용 처리 해 줄게. 영수증 꼭 제출하고."

혜리는 한껏 얼굴을 찡그리며 손사래 쳤다.

"아, 선금 좀 씁시다. 이거 오피셜한 의뢰잖아요. 국당
법♣대로 10% 선금. 그리고 딥 웹에서 사 온 정보인데
영수증이 어딨어요."

"후불. 대신 정보가 확실하면 1만 달러. 영수증 없이."

"그럼 오늘 컨설팅료는요? 그건 따로 쳐 주셔야죠."

"어? 오늘 용역 착수 보고 아니었어?"

혜리는 그를 째려보았다. 하지만 눈앞의 검사는 그녀의
눈빛을 모른 체하며 능구렁이처럼 능청만 떨고 있었다.

두고 보자 진강우. 내가 꼭 복수한다.

"여기 조사 용역 계약서."

그가 태블릿을 내밀었다. 사흘간 검찰의 전속 수사관
으로 복무한다는 내용의 표준 용역 계약서였다. 혜리는
강우의 갑질에 치를 떨었지만 결국 계약에 동의했다. 먹
고는 살아야 하니까.

혜리는 태블릿 화면에 손바닥을 올렸다. 그녀의 생체
정보가 담긴 동의 기록이 열두 개의 블록체인 네트워크
를 통해 흩뿌려지고, 최종적으로 수렴된 결과가 법무부
서버로 전달되었다. 법무부는 동일한 방식으로 보안 인
증을 거쳐 민간조사사(PIA)인 그녀에게 임시 수사관 권
한을 부여했다. 이제 그녀는 법적으로 검찰 수사관과 동
일한 지위를 보장받았다. 공식 수사 기록에도 접근이 가
능했다.

"그럼 브리핑 시작할까요?"

혜리는 주머니에서 태블릿을 꺼내 펼치며 물었다. 강

♣ 국당법: 국가를 당사자로 하는 계약에 관한 법률.

우는 고개를 끄덕였다.

"일단 이 카이 크레디트라는 놈이 어떤 인간인지부터 좀 알아야겠어."

3 × Cred/t

"이름? 카이 크레디트. 성별? 계속 바뀜. 현재 나이 스물세 살. 188cm에 72kg. 혈액형은 B형. 좌우명은 'It's better to burn out than to fade away.' 커트 코베인이 했던 유명한 말이고요."
"커트 코베인이 누군데?"
"모르면 됐고. 취미는 슬픈 음악 듣기. 특기는 뭐든 잘함. 여기까지가 쓸데없이 자세한 공식 프로필이에요. 비공식 자료에는…"
"혜리 씨, 시간 없어. 결론만."

혜리는 손가락을 튕겨 태블릿의 페이지를 넘겼다.

"카이 크레디트는 한마디로 넷 소사이어티 사상 최고의 슈퍼스타예요."
"아무리 봐도 모르겠어. 이놈이 대체 뭘로 유명한 건데?"
"유명한 걸로요."
"뭐?"
"유명한 걸로 유명하다고요."

진강우의 얼굴에 짜증이 솟았다.

"그게 뭐야, 대체."

와, 진짜 아무것도 모르네. 혜리는 배시시 떠오르는 비웃음을 손으로 가렸다.

"이거 첨부터 쭉 들어 보면 진짜 재밌는 이야긴데. 혹시 <페어런트 101>이란 프로그램은 들어 보셨어요?"
"나도 그 정도 숙제는 했어. 우승자가 카이 크레디트의 부모가 되는 서바이벌 프로그램이잖아. 참가자는 모두 카이에게 유전자를 제공한 사람들이고."
"한 명은 카이를 낳은 대리모죠."
"그래. 그래서 100명이 아니라 101명인 거고. 시청률 높이려고 별 거지 같은 짓을 다 하는구나 싶었지."
"끊임없이 이슈를 만들어 내지 못하면 지옥까지 추락하는 게 그 바닥이니까요."
"정확히 뭐야? 카이라는 놈은."
"카이는 코르도바 콤플렉스 주식회사가 만들어 낸 합성인간이에요."
"아하. 그래서 카이인 거야?"

키메라(Chimera)를 줄여서 카이(Chi). 기분 나쁜 이름이야. 혜리는 속으로 생각하며 페이지를 넘겼다.

"코르도바의 공식 홍보 자료에 따르면, 카이는 전 세계에서 가장 성공한 삶을 살고 있는 사람들 100명의 유전자를 샘플로 뽑아 장점만을 조합했다고 해요. 지능, 운동신경, 미모, 몸매, 유머, 사업 수완, 담력, 친화력… 그 모든 재능을 한 사람 안에 때려 넣은 거죠."
"유전자라는 게 그런 식으로 작동할 리가…"
"없죠. 유전인자 하나하나가 여러 가지 재능에 복합적으로 영향을 미치니까. 보통 한 가지 재능을 강화하면 다른 재능은 떨어져요. 검사님이나 저 같은 내추럴

들이 그럭저럭 먹고 사는 이유도 그래서고요. 카이는 모든 재능을 '적당히' 가진 아이예요. 극단적인 한 가지 재능을 계발하는 대신 완벽한 밸런스를 갖춘 인간을 만들어 내려 한 거죠, 코르도바는."

"그런 어정쩡한 인간을 어디다 쓰려고."

혜리는 어깨를 으쓱였다.

"글쎄요. 소위 말하는 통섭적 사고의 혜안 같은 걸 기대한 거 아닐까요? 코르도바 거기 원래 좀 이상한 구석이 있잖아요. 저번엔 무슨 웜홀인지 뭔지 실험하다 도시 전체가 정전됐던 거 기억 안 나세요?"

"출생은 이해했어. 혜리 씨, 이제 좀 빨리 넘어가자. 페어런트 어쩌고는 나도 영상 찾아봤으니까 설명 안 해도 돼. 부모들 데려다 놓고 춤추고, 퀴즈 풀고, 뱀이랑 전갈 풀어놓은 데서 오래 버티기도 하고 뭐 그런 거잖아."

"오늘 방송엔 무인도에서 생존하기 한다던데요. 재밌겠죠?"

"아니. 하나도 재미없을걸."

진강우는 정말 끔찍한 것을 보고 온 것 같은 얼굴이었다. 천하의 진강우가 표정이 왜 저래? 대체 어떤 사건이길래? 당황한 혜리는 빠르게 페이지를 넘겼다.

"검사님이라면 어떠실 것 같으세요?

무슨 일을 해도 척척 해낼 만큼의 재능은 있는데, 그렇다고 딱히 대단한 수준은 아니고, 특별히 잘하는 것도 특별히 못하는 것도 없다면. 검사님이 그런 사람이라면 무슨 직업을 택할 거 같으세요?"

"글쎄. 정치인? 아니면 사업가?"

"카이 크레디트는 그 재능으로 유명해지기로 마음먹었어요."

"그래서 무슨 직업을 택했는데?"

"유명인요."

"그건 직업이 아닌데."

"직업 맞아요. 예전부터 이런 사람들은 항상 있어 왔잖아요. 패리스 힐튼, 린제이 로한, 킴 카다시안, 마일리 사이어스, 도널드 트럼프 주니어, EZ_WE$T…"

"오케이, 인정."

"카이에겐 유명세를 얻기 위한 기초 자본금이 충분했어요. 코르도바가 광고를 많이 해 줬거든요. 메이저 뉴스 채널의 패널로 가끔 불려 나갈 정도는 됐죠."

혜리는 태블릿에 영상을 띄워 강우에게 내밀었다.

"이게 그 영상이에요."

영상은 차마 눈 뜨고 보기 힘들 정도였다. 열세 살 카이는 자신을 역사상 가장 완벽한 인간이라 소개하며 오만한 표정을 지어 보였지만, 실제로는 혀 짧은 말투로 우스꽝스럽게 단어를 더듬어 대고 있었다. 심지어 무대에서 퇴장할 때는 자신의 발에 발이 걸려 넘어지기까지 했다. 진강우는 빵 웃음을 터뜨렸다.

"뭐야, 이 얼빵한 놈이 카이라고?"

아직도 웃음을 가라앉히지 못하는 강우에게, 혜리는 한심하다는 듯 차갑게 말했다.

"이거 다 계산된 거예요."

"뭐?"

"카이는 자신이 카메라 앞에서 이렇게 행동하면 사람들이 웃을 줄 알았던 거예요. 딱 지금 검사님처럼요."

무안해진 강우는 재빨리 웃음을 지웠다.

"일부러 웃음거리가 됐다고?"
"이거만큼 빠르게 유명해지는 방법이 없잖아요. 밈(meme)이 되는 거."
"밈?"

와, 진짜? 밈도 설명해야 해? 혜리는 조금 짜증이 났다.

"검사님, 메신저로 웃긴 사진 같은 거 공유받아 보신 적은 있죠?"
"많지."
"그런 게 다 밈이에요. 유행처럼 퍼져 나가는 이미지나 영상 같은 것들요. 웃기니까 또 퍼다 나르고, 또 그걸 본 사람이 다른 곳에 퍼다 나르고…. 온라인상에서 이것보다 빨리 퍼지는 콘텐츠가 없죠."
"관심을 끌기 위해 일부러 그랬다는 거야?"
"저 방송 하나로 카이는 그해의 가장 유명한 밈이 됐어요. 수천만 명이 카이의 이름과 얼굴을 알게 된 거죠."
"그래 봐야 반짝 스타 아냐?"
"그 반짝임을 놓치지 않고 불씨를 키워 나가는 것도 재능이죠. 카이는 자신에 대한 관심이 식기 전에 넷 소사이어티 채널을 개설하고 수십 명의 셀럽과 콜라보 방송을 했어요. 전혀 어눌하지도, 우스꽝스럽지도 않은 모습으로요. 처음의 모습이 연기였다는 게 분명해진 거죠. 방송이 있을 때마다 카이는 이슈가 됐어요. 카이가 카메라 앞에서 짓는 포즈, 표정, 말실수 하나까지 무수한 밈으로 제작되어서 퍼져 나갔거든요. 사람들에게 많이 노출될수록 카이는 더 유명해졌고요."

"… 그다음엔 어떻게 됐는데?"

"여기서부턴 뻔하죠. 카이도 일반적인 셀럽들이 걷는 길을 비슷하게 걸어 나가요. 팝 스타 제니퍼 킨들의 절친 행세를 하면서 이름을 알리고, 온갖 명품을 싹쓸이하고, 섹스 테이프가 유출되고, 누드 화보랑 음반도 내고, 영화도 찍고, 세 번 성전환 수술을 하고, 스니커 브랜드를 냈다 망하고, 사이사이 결혼과 이혼을 반복하고. 결혼 상대 중에는 카이의 부모님도 있는 거 아세요? <페어런트 101>의 생존자 4인 중에 한 명인데."

"알아."

이건 또 어떻게 알지? 그 사람도 사건과 관련이 있나?

"가장 충격적인 사건은 미국 대통령과 단둘이 식사를 했던 일이었어요. 로널드 대통령과 독대하는 라이브 방송에서, 카이는 베이징과의 전쟁을 지시한 대통령의 결정에 대해 거칠게 비난했어요. 진짜 쌍욕까지 섞어 가면서. 한 번도 정치적인 메시지를 보인 적 없던 사람이요. 이것도 아마 철저하게 계산된 행동이었겠죠."

혜리는 이번에도 영상을 보여 주었다. 카이는 화가 머리끝까지 치솟아 대통령에게 물잔을 끼얹었고, 그 자리에서 경호원들에게 끌려 나갔다.

"이 사건으로 카이는 6개월간 감옥에 갇혀 있어야 했지만, 대신 팔로워는 10억을 돌파했어요. 적어도 넷소사이어티 주류 그룹에선 카이를 모르는 사람이 없게 됐죠."

"좋아. 카이 크레디트에 대해선 이제 어느 정도 이해가 됐어."

대답과는 달리 강우의 표정은 한층 어두워졌다.

"… 정말 이해한 거 맞으세요?"
"카이 크레디트란 놈이 사이버 대통령에 넷 소사이어티 졸부라는 거잖아."

그렇게라도 이해해 주니 다행이네. 혜리는 한숨을 쉬었다.

"아직 딱 하나 이해가 안 되는 게 있어."
"뭔데요?"

혜리가 되물었다. 강우는 꾹 참고 있었던 진짜 질문을 꺼냈다.

"도대체 카이라는 놈이 왜 101명이나 있는 거야?"

그래, 이쯤 되면 그 질문이 나올 때가 됐지. 혜리는 이미 예상하고 있었다는 듯 태블릿의 페이지를 넘겼다. 바로 다음 페이지에 관련된 자료가 준비되어 있었다.

"그걸 지금부터 설명하려고요."

혜리는 크게 심호흡하며 양손 검지를 들어 보였다.

"지금까지 한 얘기를 간단하게 한번 정리해 볼까요?
코르도바는 사람들의 유전자를 조합해 카이 크레디트를 만들었어요. 카이는 타고난 재능으로 넷 소사이어티에서 가장 유명한 사람이 되었고요.
그럼 카이는 어떻게 돈을 버느냐? 당연히 넷 소사이어티 채널에서 법니다. 카이에겐 삶이 곧 상품이고,

시간이 곧 돈인 거죠. 카이가 살아 숨 쉬는 1분 1초가 모두 라이브 캠에 담기고, 콘텐츠가 되고, 광고가 붙고, 천문학적 수입이 되어 돌아와요. 아마 검사님이나 저는 상상도 못 할 단위의 금액이겠죠.

그런데 카이에게도 딱 하나 문제가 있어요."

혜리는 양 손가락으로 둘과 넷을 그렸다.

"하루가 24시간뿐이라는 거."

"그래서 자신을 복제했다. 콘텐츠 생산량을 늘리기 위해서."

강우가 혼잣말을 하듯 끼어들었다. 혜리는 고개를 끄덕였다.

"맞아요. 그 결과 탄생한 게 바로 '**Plenty χ Cred/t**', 일명 '카이 헌드레드'예요. 트라이플래닛에서 딱 100대 한정으로 생산했는데, 생체 3D프린터로 카이 크레디트의 주름 하나까지 똑같이 재현했대요. 이게 얼마나 똑같냐면 심지어 DNA랑 뇌파 패턴까지 동일하다니까요. 뉴럴링크 업로더(neural link uploader)를 써서 기억과 성격까지 그대로 복사했고요. 그냥 원본이랑 100% 똑같다고 보시면 돼요. 장인 정신을 갈아 넣은 예술 작품이라고 해야 되나. 마니아들이 주문하는 오더메이드 인형이 딱 이런 거겠구나 싶더라고요."

"그래 봐야 가짜잖아. 넷 소사이어티에서 언제든지 진짜에 접속할 수 있는데 뭐 하러 가짜한테 관심을 가져?"

"들어 보세요. 이제 진짜 죽여주는 부분이니까."

혜리는 회심의 미소를 지어 보였다.

"카이는 뉴럴링크 업로더로 의식을 복사하기 직전에 수면제를 먹었어요. 그런 다음 자신을 포함한 101명의 카이를 룰렛에 넣고 무작위로 뒤섞었고요. 누가 진짜 오리지널 카이인지 아무도 알 수 없게. 심지어 101명의 카이 자신들조차도요. 다시 눈을 뜬 101명의 카이들은 모두 오리지널과 동일한 기억을 가졌고, 모두 자신이 진짜라고 믿는대요. 누가 진짜인지 알 수 없으니 모두가 진짜가 되어 버린 거죠."

"혜리 씨는 그 말을 믿어?"

"사실일 수도 있고, 아닐 수도 있죠. 마케팅이라는 게 어차피 다 그렇고 그런 거니까. 그래도 한 가지는 분명해요."

혜리는 준비해 온 자료의 마지막 문장을 소리 내어 읽었다.

"카이 크레디트는, 자신을 살아 있는 밈으로 복제하는 데 성공한 거예요."

혜리가 설명을 마쳤지만, 진강우는 한참 동안 말이 없었다. 턱을 쓰다듬는 모양을 보아하니 사건에 대해 혼자 머릿속으로 정리하고 있는 모양이었다. 기다리다 지친 혜리는 관심을 돌릴 겸 그에게 말을 걸었다.

"검사님, 암튼 카이 크레디트 관련 사건이라니 너무 좋네요! 그럼 혹시 카이랑 이야기도 나눠 보셨나요?"

"아니."

강우는 딱 잘라 말했다.

"내가 만난 카이 크레디트는 전부 시체였어."

4 × 사건 현장

아주 개판이구만.

혜리는 VR 헤드셋을 던지다시피 내려놓았다. 몸은 현실로 돌아왔지만, 머릿속엔 아직도 피 냄새 가득한 풍경이 얼룩처럼 남아 있었다. 토할 것 같았다.

진강우가 사건 파일이 담긴 태블릿을 내밀었다. 태블릿을 집어 든 혜리는 순식간에 내용을 읽어 내려갔다. 상세한 묘사 때문에 다시 구역질이 치밀어 올랐다. 30초도 채 지나기 전에 그녀는 화면을 덮고 자리에서 일어났다.

"안녕히 계세요, 검사님."

"혜리 씨, 왜 이래. 일단 앉아서 좀 들어 봐. 우리 계약서에 보면…"

'계약'이라는 단어를 듣자마자 그녀는 다시 의자에 엉덩이를 붙였다.

"CK그룹 메가빌딩♣에서 살인? 에헤이, 그냥 경찰 쓰세요. 형사들 일 잘하잖아요."

"알잖아, 나 경찰들 안 믿는 거. 특히 이번처럼 돈 냄새 찐하게 나는 사건은 절대 안 돼. 무조건 돈 먹고 수사 망치는 놈이 나올 거야."

나는 뭐 돈이 넘쳐서 재미로 이 일 하는 거 같나? 왜 이런 거지 같은 일만 자꾸 나한테 넘기는 건데? 그녀는 반쯤 울상이 되었다.

"검사님. 이 사건 꼭 검사님이 맡으셔야 돼요?"

"응. 꼭 해야 돼."

"아니… 왜 꼭 이걸 하시려는 건데요?"

진강우는 의자에 몸을 쭉 기대며 팔베개를 했다.

"혜리 씨. 검사가 범인 잡겠다는데 뭐 문제 있어? 나도 월급 값 해야지."

"그럼 검사님이 직접 발로 뛰시든가요."

"검사가? 검사는 그런 거 안 해. 사무실에 딱 앉아 있어야지. 폼 나게. 서류에 파묻혀서. 그리고 알잖아, 나 잘 못 뛰는 거."

그가 손가락으로 자신의 전자 의족을 가리켰다. 웃기시네. 요즘 전자 의족 찬 사람들 100미터 7초에 뛴다던데. 대놓고 뻔뻔한 모습을 보고 있자니 반박할 마음도 사라졌다. 그녀는 마구 머리를 헤집었다.

"이야기 계속해도 되지?" 그는 대답을 기다리지 않고 설명을 쏟아냈다. "카이 크레디트가 죽었어. 그것도 둘이나. 33번이랑 67번이라는데, 둘이 서로를 해치려다 함께 죽은 걸로 추정돼. 둘 중에 진짜 카이가 있는지 물어봐도 코르도바에선 답변을 피하는 상황이고. 검찰청 내에서도 이걸 살인으로 봐야 할지, 자살로 봐야 할지, 혹은 기물 파손으로 봐야 할지 의견이 분분해."

"이상한데요. 그 둘이 왜 CK빌딩에 있었죠? 무인도에서 촬영하고 있어야 하는 거 아닌가요?"

"예고편에 나온 무인도는 가짜야. 전부 CK그룹 스튜디오에 차려진 세트였어. 사건 현장은 스튜디오 바로 위층이었고."

"그냥 코르도바에 영장 때리고 압수 수색 하세요. 그럼 게임 끝 아녜요?"

"증거가 없잖아."

"살해하는 모습 영상에 다 찍혔잖아요. 카이 얼굴에 코털까지 보이던데."

"그 영상 말인데, 아무래도 조작된 거 같아."

"뭐라고요?"

그가 다시 VR 헤드셋을 내밀었다. 이번엔 두 사람이 함께 현장으로 다이브했다. 힘겨워하는 혜리를 배려한 것인지 흉기와 피가 싹 지워져 있었다.

"이쪽으로 와 봐."

혜리는 강우의 손짓을 따라 전신 거울 앞에 섰다.

"뭐가 보여?"

"아무것도요."

"거울인데 왜 혜리 씨 모습이 안 비치지?"

그의 말대로였다. 거울에는 혜리의 모습이 비치지 않았다.

"그야… VR이니까?"

"맞아. 이건 진짜 거울이 아니라 영상을 텍스처로 붙여 놓은 거야. 문제는 왜 그런 번거로운 짓을 했냐는 거지. 그냥 거울 오브젝트 하나 배치해 놓고 레이 트레이싱♣하는 편이 더 간단했을 텐데."

진강우는 손가락으로 거울을 툭툭 치며 말했다.

"이 영상 안에서 뭔가 지워졌어. 광량에 영향을 줄 정도로 커다란 게."

강우는 바닥에 쓰러진 시신 쪽으로 걸어가 쭈그려 앉았다. 시신의 눈동자가 출입문을 향하고 있었다. 누군가

♣ 레이 트레이싱(ray tracing): 빛의 궤적을 실시간으로 추적, 시뮬레이션하는 그래픽 기법.

문을 열고 나간 건가? 혹은 들어온 건가? 혜리는 가능한 모든 시나리오를 머릿속 목록에 올리며 강우의 곁으로 다가갔다. 강우는 망설임 없이 손을 뻗어 시신의 눈동자를 뽑았다. 정확히는 눈동자를 똑같이 복제한 홀로그램을. 그리고 혜리를 향해 내밀었다. 망막에 실루엣이 선명하게 맺혀 있었다. 카이였다.

"카이 크레디트가 한 명 더 있었어."

진강우가 홀로그램을 확대했다. 목덜미에 '42'라는 숫자가 선명하게 새겨져 있었다. 그는 숫자를 손가락으로 가리키며 말했다.

"일단 이놈부터 잡아 와."
"언제까지요?"
"<페어런트 101> 최종회 방송 전까지. 엠바고 풀리기 전에 무조건 해결 봐야 해."

최종회? 혜리는 속으로 날짜를 헤아리다 욕설을 뱉었다.

내일 밤이잖아, 이 자식아.

5 × 최미영

자정을 한참 넘겨서야 혜리는 진강우가 요구한 자료들을 납품할 수 있었다. 주로 카이 주변 관계자들의 비밀을 캐낸 딥 웹의 불법 파일들이었다. 이틀 밤을 꼬박 새운 탓에 하품이 멈추지 않았다. 그녀는 서랍에서 불면 알약을 두 알 꺼내 식은 커피와 함께 삼켰다. 그러곤 무거운 몸을 일으켜 모자와 코트를 걸쳤다.

그녀는 흐릿한 정신을 채찍질하며 의뢰 내용을 다시한번 되새겼다. 42번을 찾을 것. 간단한 의뢰였다. 대개수사가 난항을 겪는 이유는 뭘 찾아야 할지 모르기 때문이지, 일단 찾아야 할 게 뭔지만 알면 찾아내는 일은 그닥 어렵지 않았으므로.

혜리는 42번 카이의 넷 소사이어티 채널에 접속했다. 예상대로 채널은 닫혀 있었다. 그렇다면 남은 단서는 하나였다.

'사건 당일 매니저의 행방이 묘연해. 42번과 함께 있었을 가능성이 높아.'

진강우가 건넨 마지막 말을 떠올리며, 혜리는 스마트팜을 켜고 검찰청 수사 보조 시스템에 명령어를 입력했다.

검색 : 최미영, 코르도바, 카이 크레디트 매니저

최미영 매니저에 대해 수집한 정보들이 속속 손바닥위에 떠올랐다. 넷 소사이어티에 기록된 사진과 영상, 수상 이력, 연구 논문들까지. 인공지능이 한 페이지로요약한 최미영의 20대는 화려했다. 코르도바의 굵직한생명공학 프로젝트가 모두 그녀의 손을 거쳤다고 말해도 과언이 아니었다.

그런 끝에 그녀는 카이를 만들어 냈다. 혜리가 보기엔최미영이야말로 카이 크레디트의 진짜 부모였다. 유전자 디자이너로서 카이를 직접 설계했고, 23년간 그를 관리해 온 담당자였으니까.

카이가 태어난 후로 최미영은 다른 모든 프로젝트를 포기했다. 오직 카이와 관련된 연구만 맡았고, 전공과 관계없는 매니지먼트 사업도 직접 총괄했다. <페어런트 101>도 그녀의 작품이었다. 최미영은 집착적으로 카이를 위해 헌신해 왔다. 몇 년 전엔 큰 사고로 뇌 수술을 받고도 한 달 만에 복귀해 꿋꿋이 카이의 곁을 지켰을 정도였다. 한창 Plenty 모델이 도입되던 바쁜 시기였다고는 하지만, 그 정도로 자신을 희생할 이유는 없었을 텐데. 그녀에겐 카이가 진짜 자식이나 다름없었던 모양이었다.

그럼 사생활은 어떨까?

혜리는 이번엔 그녀의 크레딧 사용 기록을 살폈다. 크레딧은 모든 것을 말해 주었다. 어젯밤 그녀가 어디서 식사했는지, 쇼핑은 주로 어디서 하는지, 구독 중인 서비스는 몇 개인지, 스마트팜 앱은 어떤 걸 구매했는지.

트윈더?

크레딧 사용 기록 중에 특별히 눈에 띄는 이력이 하나 있었다. 최미영은 '트윈더'라는 데이팅 앱에 푹 빠져 있었다. 하루에도 여러 번 매칭 우선권을 결제할 만큼. 어제 저녁에도 이용 내역이 있었다. 사건 수습하느라 많이 바빴을 텐데? 하긴, 이런 건 한 번 빠지면 죽어도 못 끊는 법이지.

"어디 보자⋯."

사소한 구매 이력까지 클라우드에 낱낱이 기록되는

샌드박스에서 퍼스널리티를 완벽히 감출 수 있는 방법은 존재하지 않는다. 아무리 꼭꼭 감추려 해도 데이터에 사적인 취향이 묻어 나오게 마련이었다. 혜리는 자신이 긁어모은 최미영의 행적을 조합해 그녀의 취향을 도출해 냈다. 그리고 트윈더에 가입해 캐릭터 카드를 작성했다. 여성. 트랜스 허용. 비트로♣. 155cm. 서른셋. 금발. 돔♣♣… 체크를 마치자 가상 프로필이 완성되었다. 이제 호출을 기다리기만 하면 되었다.

[트윈더] ♥가 도착했습니다. 수락하시겠어요?

10분도 채 지나기 전에 스마트팜에 새로운 메시지가 도착했다. 앱을 열자마자 'Auto-5'라는 유저의 프로필이 떴다. 사진을 보니 최미영이 맞았다. 상태 메시지가 '불태워요.'라니, 대체 얼마나 뜨거운 밤을 보내시려고?

수락 버튼을 누르자 데이트 상대의 위치가 지도에 표시되었다. 코르도바 메가빌딩의 저층 구역이었다. 혜리는 곧장 전달받은 주소로 향했다.

똑. 똑.

문을 두드리자 최미영이 고개를 내밀었다. 잔머리 한 올 빠져나오지 않은 헤어스타일에 표정이라고는 찾아볼 수 없는 완벽한 포커페이스. 만만치 않은 상대라는 걸 한눈에 알 수 있었다.

"혹시 트윈더…"

♣ 비트로(vitro): 인공 식재료(in vitro food)만 먹는 사람들을 지칭.

♣ 돔: dominant의 줄임말. 지배하는 취향의 성적 지향.

"안녕하세요. <미래저널> 주혜리 기자라고 합니다. 잠시 취재 괜찮을까요?"

쾅. 문이 거칠게 닫혔다. 그리고,

잠시 기다리자 예상대로 다시 문이 열렸다.

"여긴 어떻게 알아낸 거죠?"
"트윈더로요."
"그러니까 어떻게…"
"매니저님 '가이 플루이드' 단골이시더라고요. 거기 매스큘린♣ 클럽이잖아요. 게다가 넷 소사이어티에 업로드된 사진을 보면 애인들이 하나같이 작은 키에 30대 금발 여성이고. 그리고 이건 그냥 제 촉인데, 섭♣♣ 맞죠?"

한숨.

"10분. 제 사생활은 발설하지 않는다는 조건으로 취재에 응할게요."

혜리는 대답 대신 문틈을 비집고 안으로 들어섰다. 리모델링한 지 10년은 훌쩍 넘은 듯한 낡은 오피스텔이었다. 그녀는 손부채질로 눅진한 곰팡내를 흩어 내며 주변을 살폈다.

"혹시 카이는…"
"여기 없어요."

여기 있는지 안 물어봤는데. 혜리는 속으로만 생각하며 일단 테이블에 앉았다. 굳이 상대를 자극할 필요는 없었다. 정보를 캐내는 게 우선이었다. 그녀는 기자 행세를 이어 가며 주머니에서 태블릿을 꺼내 펼쳤다.

"CK빌딩에서 일어난 사건에 대해 알고 있습니다."

"네, 뭐, 이젠 비밀도 아니까. 페어런트 촬영 중에 카이가 둘 죽었어요. 불행한 사고였고요. 회사 차원에서 보도 자료를 준비 중인 걸로 알아요. <페어런트 101>도 중단 없이 방영될 거고요. 내일 최종 우승자 발표식 직후에 뉴스가 공개될 거예요."

"불행한 사고라고요?"

미영은 자리에 앉는 대신 창가에 기대며 전자 담배를 입에 물었다. 훅. 빨아들인 숨을 크게 뱉었지만 연기는 나오지 않았다. 연기가 나오지 않는 타입인 모양이었다.

"33번이랑 67번은 항상 사이가 안 좋았어요. 둘이 캐릭터가 겹쳤거든요."

"캐릭터요? 다 똑같은 카이 크레디트 아닌가요? 분명 101명이 완전 동일하다고 들었는데요."

"지네틱(genetic)하게는 그렇지만, 밈틱(memetic)하게는 그렇지 않거든요. 카이의 팬들은 이런 소릴 해요. 17번은 도도하다고, 애교는 63번이 최고라고. 웃기죠? 다 똑같은 카이인데. 다들 자기 편한 대로 카이를 왜곡해서 받아들여요. 번호마다 특별한 스토리 라인이 있고, 따로 별명도 붙어요. 심지어 카이끼리 커플링하는 팬픽도 일주일에 수백 편씩 출판된다니까요. 회사 내부에 번호별로 콘셉트를 관리하는 시나리오 팀을 둬야 할 정도예요."

"매니저님은 사건의 원인이 질투라고 생각하시는 건가요?"

"그게 코르도바의 공식 입장이에요."

"매니저님 생각은요?"

훅. 그녀는 대답 대신 전자 담배를 빨았다.

"… 그게 중요한가요?"

"조금 궁금하네요."

"카이는…" 최미영은 잠시 뜸을 들였다. "그냥 외로움이 많은 아이일 뿐이에요."

"외로움이요?"

"더 많은 사람들에게 사랑받고 싶어 하는 것뿐이라고요."

모호한 답변이었다. 어차피 더 자세한 답을 듣긴 어렵겠지. 혜리는 남은 시간을 계산하며 새로운 질문을 건넸다.

"33번과 67번의 사이가 많이 안 좋았나요?"

"그 둘은 굳이 분류하자면 '막내' 카테고리로 묶이는 캐릭터였어요. 상대적으로 어리광 부리는 모습이 카메라에 많이 포착됐거든요. 팬들도 누가 더 막내인지 캡처한 영상을 들이밀며 경쟁적으로 둘을 비교했고요."

"누가 더 철없는지를 두고 싸운다고요?"

"네. 팬심이란 게 그래요."

근데 둘이 나이가 똑같은 거 아닌가? 혜리는 속으로 빈정대면서도 고개를 끄덕였다.

"33번과 67번은 서로를 일종의 라이벌로 여겼어요. 팬들도 둘 사이를 수시로 옮겨 다녔고요. 한쪽에서 더 막내스러운 영상이 뜨면 그 주엔 그쪽 팔로워가 확 늘어났다가, 다음 주엔 반대쪽이 확 늘어나는 식이었죠. 게다가 <페어런트 101>에서도… 그 둘이 마지막 생존자였다는 건 아시죠?"

혜리는 고개를 끄덕였다. <페어런트 101>은 카이와 부모들이 각자 한 명씩 짝을 맺고 팀으로 경쟁하는 시스템이었다.

"네. 33번은 도현성, 67번은 에밀리와 짝이죠."
"어쩌면 파국은 처음부터 예정되어 있었던 건지도 모르겠어요. 101명의 카이 중 대부분이 에밀리와 짝이 되기를 희망했거든요. 하지만 아시다시피 결국 67번이 에밀리를 차지했고…"
"33번은 그걸 질투했군요."
"그래요."

미영은 대답과 동시에 담배를 입에 가져갔다. 퉁, 소리가 나며 텅 빈 카트리지가 튀어나왔다. 그녀는 스마트폼을 켜 시간을 확인했다.

"이제 2분 남았네요."
"사건 당일엔 어디 계셨죠?"
"CK빌딩에서 촬영에 참가했어요."
"촬영이 끝난 다음에는요?"
"휴가를 냈어요. 사적인 이유로. 지금도 휴가 중이고."
"그럼 사건 현장을 직접 목격하진 못하셨겠네요."
"네. 아쉽게도요. 그런데 이거 진짜 취재 맞아요?"

혜리는 상대가 의심할 틈을 주지 않고 질문을 던졌다.

"33번과 67번, 둘 중에 진짜 카이가 있을 확률은 없을까요?"
"모든 카이 크레디트가 진짜라는 게 코르도바의 공식 입장입니다."

"정말로 몇 번이 진짜인지 모르나요? 코르도바도?"

"네. 그건 확실히 말씀드릴 수 있어요. 100명의 카이를 만들어 낸 건 저니까."

"만약 그렇다면…"

"10분 됐네요."

미영이 그녀의 말을 잘랐다.

"아, 딱 하나만 더요."

혜리는 능청스럽게 윙크하며 검지를 들어 보였다. 아주 잠깐, 매니저의 눈썹이 일그러졌다. 하지만 이내 원래의 무표정을 회복했다.

"뭐죠?"

"현장에 또 다른 카이가 있었다는 루머에 대해선 어떻게 생각하세요?"

"또 다른 카이?"

"42번이요."

"처음 들어요."

이번엔 표정이 무너지지 않았다. 회심의 일격이었는데. 자존심이 상한 혜리는 한번 도박을 걸어 보기로 했다. 범인. 진짜. 범인. 진짜. 둘 중에 뭘로 할까?

"42번이 진짜라는 증거가 있어요."

"뭐?"

빙고. 포커페이스가 무너졌다. 매니저의 눈동자 위로 수많은 감정이 출렁거렸다. 하지만 기대했던 표정은 아니었다.

그녀는,

치밀어 오르는 눈물을 억지로 앙다물며,

이렇게 말했다.

"모든 카이 크레디트가 진짜라는 게 코르도바의 공식 입장입니다."

6 × 부모들

이른 새벽, 진강우는 참고인 조사를 준비하고 있었다. <페어런트 101> 최후의 생존자인 도현성과 에밀리가 곧 도착할 예정이었다.

왜 이 두 사람이지?

강우는 혜리가 보내 준 자료를 읽으며 생각했다. 코르도바가 생각 없이 생존자를 결정했을 리가 없었다. 설령 게임 자체는 공정했다 치더라도 다른 방식으로 수작을 부렸을 가능성이 높았다. 참가자를 포섭한다거나, 종목을 특정인에게 유리하게 배치한다거나.

<페어런트 101>의 우승자는 카이 크레디트의 법적인 부모가 된다. 다시 말해, 카이가 사망할 경우 그의 전 재산을 상속받을 수 있다. 조금 끔찍한 상상이지만 어쩌면 부모들이야말로 가장 강력한 동기를 가진 용의자인 셈이었다. 코르도바와 공모한 자라면 더더욱.

그런데 왜 하필 101명이지?

101명의 카이와 101명의 부모. 강우는 묘한 기시감을 느꼈다. 단순한 우연인 건지, 혹은 고도로 계산된 장치인 건지, <페어런트 101>의 제작진은 카이 크레디트와 부모를 한 명씩 짝지은 다음, 매주 절반씩 탈락시켰다. 카이들에게 불필요한 스트레스를 누적시켜 온 셈이었다. 마치 서로를 경쟁자로 인식하고 미워하기를 바라기라도 하는 것처럼.

"검사님. 도현성이 도착했습니다."

사무장이 말했다. 강우는 몸을 일으켜 조사실로 향했다.

"그래서, 지금은 가석방 상태라고요?"
"그렇습니다."

도현성. 나이는 마흔다섯. 반반한 얼굴로 연상의 여성들을 등쳐 먹으며 20대를 보냈고, 30대 초반에 스무 살 연상의 아내와 결혼. 이후 아내를 살해한 죄로 17년 형을 받았으나 현재는 가석방 상태. 이런 쓰레기 같은 놈한테도 가석방이 나오는 건가? 강우는 혜리가 요약한 사건 파일을 다시 한번 눈으로 훑었다.

그나저나 정말 닮았어. 가면을 씌웠을 만해.

강우는 속으로 생각했다. 코르도바의 공식 소개 자료에 따르면 도현성이 카이에게 물려준 것은 외모 관련 유전자였다. 102번째 카이라는 별명이 붙을 정도로 똑 닮은 탓에, 그는 한동안 가면을 쓰고 출연해야 했다. 형평성을 위한 조치였다. 8강에서 얼굴을 드러낸 후로 그는 시청자 인기투표에서 한 번도 1위를 놓친 적이 없었다.

그런데 정말 외모뿐일까?

혜리의 조사에 따르면 도현성은 쓰레기 같은 놈이었다. 아내를 살해한 이유도 별것 아닌 말싸움을 벌이다 충동을 이기지 못했기 때문이었다. 어쩌면 이런 심리적 불안정성을 카이가 그대로 물려받았을 가능성도 있었다. 코르도바는 부정하겠지만.

"사건이 일어난 당일 일정에 대해 설명해 주실 수 있나요?"

강우가 물었다.

"그날은 무인도 촬영 마지막 날이었습니다. 네 사람 중 저와 에밀리가 최종적으로 승리했고, 나머지 둘은 집으로 돌아갔죠. 탈락한 카이들도요."
"탈락한 카이는 몇 번이었는지 혹시 기억하십니까."
"물론이죠. 99번과 5번이에요."

42번은 아니군.

"당신은 몇 번과 짝이었죠?"
"33번요."
"특별히 이상한 점은 없었나요?"
"이상한 점이라…." 그는 턱을 쓰다듬으며 눈동자를 굴렸다. "그날 추가 촬영이 있긴 했습니다."
"추가 촬영?"
"감성 신 촬영이 있었습니다. 부모와 카이가 함께 석양을 바라보며 결승을 앞둔 소회를 이야기하고, 서로에게 비밀을 하나씩 털어놓기도 하고, 1대 1로 교감을 나누는 콘셉트였어요."
"거기서 무슨 이야길 하셨죠?"

"별로 대단한 이야기는 아닙니다. 그냥 어떻게 살아 왔는지, 어릴 적에 인기가 많았는지, 우승 상금을 받게 되면 뭘 하고 싶은지. 뭐 그런 시답잖은 이야기들 있잖습니까. 정해진 각본대로 연기를 주고받을 뿐이었습니다."

"사건이 일어날 당시엔 어디에 계셨죠?"

"제 방에 있었습니다. 얼핏 비명 소리 같은 걸 듣긴 했는데, 별일 아닐 거라 생각했어요. 사건이 일어난 줄도 몰랐습니다. 알았다면 범인 새끼를 내 손으로 죽여 버렸을 건데."

그의 주먹이 부르르 떨리고 있었다.

"네, 추가 촬영이 있었어요."

또 다른 부모 에밀리의 경우는 조금 분위기가 달랐다.

"각본요? 있긴 했지만 그대로 따르진 않았어요. 카이가 아무 말도 안 했거든요."

그녀는 길게 늘어뜨린 금발을 손가락으로 꼬아 대며 말했다.

"아무 대화도 없었다고요?"

"네. 아무것도요. 카이는 그냥 안아 달라고 했어요. 그래서 가만히 안아 줬어요. 외로움이 많은 아이거든요."

에밀리. 43세. 카이 크레디트를 낳은 대리모. 그녀는 카이와 짧은 결혼 생활을 함께한 배우자이기도 했다. 모두가 그들의 부도덕한 관계를 반대했지만, 카이는 이렇게 주장했다.

"어째서 에밀리가 제 엄마라는 거죠? 저는 이 사람에게 단 한 조각의 유전자도 이어받지 못했어요. 저는 그저, 이 사람의 사랑스러운 뱃속에 잠시 들어갔다 나온 존재일 뿐이에요."

무수한 반대에도 불구하고 카이는 결국 에밀리와 결혼했다. 그리고 넉 달 만에 이혼했다. 둘 사이의 인연은 그걸로 끝이었다. 공식적인 사유는 성격 차이였지만, 혜리가 캐낸 자료에 따르면 혼인 기간 동안 카이의 몸 곳곳에서 상처가 발견되었다고 했다. 많은 수의 팬들이 가정 폭력을 의심하고 있었다.

그런데 이제 와서 부모 행세를 하겠다고?

법적으로 에밀리는 카이의 부모가 될 수 없었다. 대리모에겐 그럴 권리가 박탈되니까. 하지만 그녀는 특별한 조건을 걸고 이 프로그램에 참여했다. 만약 에밀리가 우승할 경우, 그녀는 대외적으로는 카이의 부모가 되지만, 법적으론 배우자로서 재결합할 예정이었다. 엄마이자 아내라니. 카이의 주위를 감싸고 있는 기묘한 세계를 알아 갈수록 강우는 머리가 깨질 것처럼 혼란스러웠다.

"현장은 어떻게 목격하신 거죠?"
"아무래도 신경이 쓰여서 다시 카이의 숙소를 찾아갔어요. 안아 달라던 모습이 너무 불안해 보였거든요. 거기서 복도로 뛰쳐나오는 카이를 봤어요. 그리고…"

에밀리가 고개를 떨어뜨렸다. 그녀의 눈썹에 수분이 맺혔다.

강우는 곁눈질로 거짓말탐지기를 살폈다. 진실. 이상

징후는 보이지 않았다. 적어도 살해 현장은 카이의 숙소
가 맞군. 따로 시신을 옮겨 놓은 건 아니야.

"그럼, 119에 신고하신 것도 에밀리 씨인가요?"

"네, 맞아요."

"그때 카이의 상태는 어땠나요?"

"배에서 피를 흘리고 있었고… 솔직히 잘 모르겠네
요. 제가 의사는 아니니까요. 그때 많이 놀라기도 했
었고."

"번호는 보셨습니까?"

"번호? 무슨 번호요?"

"카이의 번호요."

"아뇨. 경황이 없어서. 하지만 67번이었을 거라 생각
해요. 그 아이는 특별하거든요."

거짓. 탐지기의 신호가 높이 튀어 올랐다.

"복도에서 67번을 보셨다…."

진강우는 고민에 빠진 척하며 이어플러그에서 들려
오는 목소리에 귀를 기울였다. 같은 시각, 혜리와 최미
영이 주고받는 문답 소리가 전송되고 있었다.

— 33번이랑 67번은 항상 사이가 안 좋았어요. 둘이
캐릭터가 겹쳤거든요.

최미영 매니저의 목소리가 들렸다. 강우는 그녀의 증
언을 그대로 질문으로 바꿔 물었다.

"에밀리 씨가 보시기엔 33번과 67번이 특별히 사이가
안 좋았나요?"

"글쎄요. 다 똑같은 카이 아닌가요?"

"그게, 그렇지가 않았던 모양이더군요. 사건의 원인이 질투라는 진술도 있고요."

"싸우는 모습을 본 적은 없어요. 사실 67번 말고는 자주 만나지도 못했고요."

"에밀리 씨는 몇 번이 진짜 카이라고 생각하세요?"

"저는…"

"그만, 거기까지."

누군가 그의 질문을 중단시켰다. 강우는 고개를 돌려 조사실 입구를 보았다. 백기영 검사가 그를 노려보고 있었다.

"백기영 검사님?"

강우가 물었다.

"어. 진 프로."

바싹 마른 멸치 같은 자식. 백기영은 특수부 소속으로, 강우보다 한 기수 위의 선배였다. 강우는 그를 무시한 채 취조를 이어 가려 했다. 하지만 입을 열기도 전에 백 검사가 먼저 말을 꺼냈다.

"잠깐 나와 봐."

강우는 조사실 문을 닫고 밖으로 나왔다. 유리창 너머로 에밀리가 보였지만 안쪽에서는 이쪽이 보이지도, 목소리가 들리지도 않을 터였다.

그는 백기영의 코앞까지 다가서서 그를 노려보았다.

"무슨 용건이십니까?"

"이번 건 우리한테 넘겨. 특수부에서 잘 처리할게."

백기영의 말에 강우는 콧방귀를 뀌었다.

"이게 왜 특수부 사건입니까?"

"재벌. 기업 범죄. 새끼야."

"제가 볼 땐 그냥 살인 사건 같은데. 재벌은 양념이고."

"햐, 이놈 말투 봐라? 그럼 이게 왜 첨수부 사건인데?"

"트라이플래닛에서 만든 하이엔드 휴머노이드가 사람을 죽였는데 이게 첨단 범죄 아니면 뭐가 첨단입니까? 저희가 뭐 북한 해커나 잡고 산업스파이 똥꼬나 뚫는 줄 아시나 본데, 그거 완전 옛날이야깁니다."

"난 그딴 건 모르겠고, 부장님들끼리 얘기 끝났으니까 당장 저분 보내 드려."

"에밀리를 보내라고요?"

"바쁘신 분 아침부터 잡아 놓고 뭐 하는 거야? 오늘 <페어런트 101> 촬영 있는 거 몰라?"

"아, 사람 죽은 거보다 방송이 우선이다?"

"이 새끼가 끝까지 따박따박…"

강우는 상대의 말이 끝나기도 전에 그의 가슴을 검지로 찔렀다.

"그냥 조용히 나가라. 너 돈 받아 처먹은 거 다 아니까."

"또라이 새끼 또 소설 쓰네. 증거 있어?"

"있지. 작년 7월 6일. 살롱 핑크. 23시 47분. 특수부 셋. 형사부 하나. 코르도바 둘…"

사비로 주혜리를 미행시켜 얻어 낸 정보였다. 백기영은 조금 놀란 듯, 자기도 모르게 반걸음 뒤로 물러났다. 강우는 기세를 이어 상대를 복도까지 몰아붙였다. 백기영은 아무 말도 못한 채 출입구 근처까지 내몰렸다.

"이게 무슨 개수작…"

강우는 상대의 말이 끝나기도 전에 문을 닫아 버렸다.

"야! 문 안 열어?"

백기영이 거칠게 문을 두드렸다. 강우는 문의 잠금장치를 모조리 채우고 방음 기능을 최대로 높였다. 순식간에 바깥이 조용해졌다. 그는 문간에 등을 기대고 서서 고민에 잠겼다.

검찰청 내부에 적이 숨어 있으리라는 것쯤은 충분히 예상하고 있었다. 경찰 대신 주혜리를 부른 것도 그래서이고. VR 영상을 대놓고 조작할 정도라면 카이 크레디트, 혹은 코르도바 그룹 관계자가 자신보다 훨씬 윗줄에 연이 닿아 있다고 보는 편이 자연스러웠다.

하지만 방금 전 백기영의 등장은 조금 다른 문제였다. 갑작스러워도 너무 갑작스러웠다. 이렇게 급히 움직였다는 건 뭔가 제대로 건드린 게 있다는 건데… 아무리 돌이켜 생각해 봐도 취조 내용에 특별한 건 없었단 말이지.

그럼 주혜리 쪽인가?

강우는 스마트팜을 열어 혜리에게 메시지를 보냈다.

— 지금 잘하고 있어. 파이팅.

7 × 미행

뭐래. 남사스럽게 파이팅은 무슨.

알아서 잘하거든요?

혜리는 속으로 투덜거리며 방을 나섰다. 생각 외로 건진 정보는 많지 않았다. 매니저는 코르도바의 공식 답변을 앵무새처럼 읊어 댈 뿐이었고, 42번에 대한 단서도 건지지 못했다.

이대로 빈손으로 돌아가면 혼나겠지? 칭찬까지 들었는데.

혜리는 어깨를 추욱 늘어뜨리며 오피스텔 구역을 터덜터덜 빠져나갔다.

"모든 카이 크레디트가 진짜라는 게 코르도바의 공식 입장입니다."

최미영의 마지막 표정이 머릿속을 떠나지 않았다. 그건 진실일까? 아니면 거짓 연기일까? 연기라고 하기엔 표정이 너무 비장했는데.

혜리는 가능한 가설들을 머릿속에 쭉 늘어놓았다. 첫째, 42번이 진짜 카이 크레디트가 맞다. 둘째, 애초에 진짜 카이 크레디트는 죽고 없었다. 처음부터 101명의 카이는 모두 가짜였다. 셋째, 진짜 카이 크레디트가 101명 중에 있었지만, 죽었고, 복제 인간이 결번을 채웠다. 넷째, 다섯째, 여섯째… 정답이 없었다. 작정하고 시나리오를 쓰자면 백 가지도 더 쓸 수 있을 것 같았다. 애초에 코르도바와 카이가 한 편인지, 혹은 대립 중인지도 불분명한 상황이었다.

적어도 한 가지는 분명했다. 최미영에게 42번이 특별하다는 것.

에라 모르겠다. 일단 원래 계획대로. 충분히 들쑤셔 놨으니까 뭐라도 걸리겠지.

혜리는 머리를 붕붕 휘저어 생각을 날려 버리고, 명한 표정으로 수평 엘리베이터를 타고 쇼핑 구역으로 이동했다. 그러곤 무작정 배회하기 시작했다. 30분 가까이 매장을 드나들자 드디어 꼬리가 잡혔다. 예상대로 누군가 그녀를 미행하고 있었다. 혜리는 그 사실을 모르는 척 연기하며 거울 앞에 서서 원피스를 몸에 대 보았다.

그녀는 옷을 제자리에 돌려놓은 다음, 자연스레 쇼핑 구역이 끝나는 막다른 통로 쪽으로 향했다. 코트의 후방 카메라에 뒤따라오는 추적자의 실루엣이 잡혔다. 그녀는 골목이 90도로 꺾이는 지점을 돌자마자 트렌치코트에 달린 끈을 잡아당겼다. 연갈색이었던 코트가 산호색으로 물드는 짧은 시간 동안, 그녀는 신고 있던 하이힐을 벗고 모자와 가발을 수풀 속에 집어 던졌다.

변신을 마친 혜리는 아무 일도 없었던 것처럼 다시 뒤돌아 걸었다. 거의 동시에 추적자가 골목으로 들어섰다. 그녀는 자연스럽게 추적자의 곁을 스쳐 지나갔다. 추적자는 키와 옷차림이 완전히 달라진 그녀를 잠시 동안 알아보지 못했다. 물론 몇 초 만에 이상하다는 걸 깨닫고 다시 고개를 돌렸지만 이미 늦었다. 혜리가 테이저를 꺼내 그의 옆구리를 겨누고 있었다.

타타타타 소리와 함께 추적자가 바닥에 쓰러졌다.

기절한 상대를 어두운 구석까지 끌고 온 그녀는 휘파 람을 불며 다시 하이힐을 신었다.

"이제 뭐가 걸렸는지 한번 확인해 볼까요? 따라다딴, 따라란, 따라란…"

그녀는 추적자의 후드를 벗겼다. 그리고 조금 놀랐다. 끽해야 코르도바 보안 칩이 박힌 깍두기 정도 걸리면 대 박이다 생각했는데, 이건 정말 초초초 대박적인데?

카이 크레디트였다. 그것도 42번.

"대스타를 이런 식으로 만나고 싶진 않았는데…"

그녀는 울상을 지으며 카이의 몸을 뒤지기 시작했다. 음. 으음. 몸 좋은데? 주머니 속에 리모컨처럼 생긴 전자 장비가 하나. 그리고…

아무것도 없었다. 스마트팜 팔찌조차.

"스마트팜도 없어? 매니저 없음 어디 가서 밥도 못 얻 어먹겠네. 그럼 넷 소사이어티 계정에 댓글은 누가 다 는 거야? 그것도 소속사에서 다 하는 거였어?"

혜리는 실망감을 늘어놓으며 한숨을 쉬었다.

"그래도 밥값은 했네. 얻어걸리긴 했지만 욕은 안 먹 겠어."

기절한 카이 옆에 엉덩이를 깔고 앉은 그녀는 리모컨 모양의 장비를 만지작거리며 스마트팜으로 진강우에게 메시지를 보냈다.

— 검사님, 제가 뭘 낚았게요? ^_^

대답이 없었다. 뭐, 취조하느라 바쁜가 보지. 그녀는

진강우에게 무슨 특별 수당을 요구할까 머릿속으로 상상하며 메시지를 입력하기 시작했다.

— 짠잔! 42번 카이 크레디…

그 순간,

갑자기 세상이 빙그르르 돌았다. 혜리는 차가운 바닥에 머리를 부딪치며 쓰러졌다.

"일어나, 새끼야."

툭 툭 발로 차는 소리와 함께 익숙한 목소리가 들렸다. 힘겹게 고개를 돌리니 흐릿한 시야 속에서 누군가가 쓰러진 카이를 부축해 일으키고 있었다. 42번을 일으키는 그의 목덜미에도 숫자가 찍혀 있었다. 존재할 리 없는… 102번…

카이 크레디트?

혜리는 정신을 잃었다.

부르르.

손목에서 스마트팜 진동이 느껴졌다. 퍼뜩 정신을 차린 혜리는 서둘러 시간부터 확인했다. 다행히 시간이 많이 흐르진 않은 모양이었다. 그녀는 재빨리 몸을 일으켰다.

뒤통수가 깨질 듯 아팠다. 손을 가져가자 붉은 피가 묻어 나왔다. 빌어먹을 카이 크레디트. 이번 사건만 끝나 봐라. 당장 팔로잉 끊어 버릴 거야.

부르르.

다시 한번 진동이 울렸다. 그녀는 스마트팜을 조작해 손바닥에 메시지 앱을 켰다.

— 뭔데? (3분 전)

— 왜 말이 없어? (1분 전)

와, 미치겠다. 그녀는 속으로 욕설을 퍼부으며 메시지를 입력했다.

— 검사님, 좋은 소식과 나쁜 소식이 있는데…

— 결론만.

— 42번을 잡았는데, 못 잡았어요.

— 뭔 소리야.

— 놓쳤다고요.

— 뭐? 어쩌다가?

문득 102번에 대한 기억이 머리를 스쳤다. 하지만 그녀는 진강우에게 그 사실을 공유하지 않기로 했다. 섣불리 퍼뜨리기엔 파급력이 너무 큰 정보였다. 게다가 확신도 없었다. 머리를 얻어맞은 상태였고, 어쩌면 착각이나 꿈이었을 수도 있으니까.

— 제가 실수했어요.

혜리는 빠르게 주변을 살폈다. 다행히 리모컨이 남아 있었다. 급히 도망치느라 챙기지 못한 모양이었다. 그녀는 리모컨을 집어 들었다.

— 일단 드론 하나만 보내 줘요. 분석해야 할 증거물이 있어요.

5분 뒤, 검찰 소속의 드론이 도착했다. 혜리는 드론에 리모컨을 실어 진강우에게 보냈다. 드론이 평택지청까지 날아가는 동안 그녀는 근처 화장실에 들러 옷에 묻은 핏자국을 지웠다. 그리고 머리도.

잠시 후, 진강우에게서 메시지가 도착했다.

— 영장 나왔어. 증거물도 분석 들어갔고.
— 고마워요.
— 이번엔 놓치지 마.

메시지와 동시에 블록체인 인증서가 도착했다. 0.001초 동안 최고 수준의 사생활 침해를 허용하는 수색 감청 영장. 수사관을 폭행한 현행범이기에 가능한 긴급 영장이었다.

혜리는 인증서를 활용해 근처에 존재하는 모든 CCTV의 보안 체계를 검찰청 수사 보조 시스템에 접속시켰다. 샌드박스 전역의 출입 기록과 영상 기록을 대조한 시스템이 즉각 카이의 현재 위치를 추적해 냈다. 17층 위의 공업 구역. 그리 멀지 않았다. 엘리베이터를 두 번만 갈아타면 되는 거리였다. 그녀는 가까운 엘리베이터로 향했다.

수직 엘리베이터가 가속하자 또다시 머리가 깨질 듯 아파 왔다.

8 × 리모컨

— [Re:] 의뢰하신 증거품의 분석 결과를 송부 드립니다.

메일이 도착했다. 진강우는 곧바로 태블릿을 열어 내용을 확인했다.

일단은 리모컨이 맞았다. 그것도 의료용 리모컨. 감식반 보고서에 따르면 환자의 체내에 이식한 캡슐을 제어하는 용도라고 쓰여 있었다. 상당히 특수한 암호화 과정을 거쳤다는 말도 덧붙어 있었다. 뚜껑을 열고 분석하는 과정에서 양자 키가 붕괴됐다는 것이었다. 당연했다. 아무나 리모컨으로 남의 캡슐을 제어할 수 있다면 큰 문제가 될 테니까.

강우는 혜리에게 보고서 파일을 전송하며 메시지를 덧붙였다.

— 42번은 캡슐 치료를 받고 있을 가능성 높음.

그러자 곧바로 답장이 돌아왔다.

— 어떤 치료를 받고 있는지는 알 수 없나요?
— 그건 파악 불가. 리모컨은 on/off 기능만 있는 거라.

혜리의 아이콘 옆에 타이핑 중이라는 표시가 떴다. 하지만 한참이 지나도 메시지는 오지 않았다. 무언가 고민하고 있는 모양이었다. 강우가 먼저 되물었다.

— 어떻게 생각해?
— 치료를 받는 게 42번뿐일까요?
— 모든 카이가 같은 치료를 받고 있다?
— 만약 유전적인 문제라면 그렇겠죠. 디자이너 베이비들 지병 한두 가지 정도는 달고 살잖아요. 모노아민 호르몬 결핍 같은 거.
— 암튼 별로 중요한 단서는 아니었던 것 같네.

— 아뇨.

혜리가 단호한 표정의 이모티콘을 커다랗게 띄웠다.

— 제 예감이 맞다면 이게 결정적 증거예요.

— ?

— 기억 안 나세요? 카이의 좌우명.

— 좌우명이 왜?

— 커트 코베인 말예요. 자살했어요. 산탄총으로.

혜리의 마지막 메시지를 읽자마자 강우는 스프링처럼 벌떡 자리에서 일어났다.

그는 유리창 너머에 앉아 있는 에밀리를 노려보았다. 카이의 몸에 나타난 무수한 상처들. 그리고 성격 차이로 인한 파경. 비록 짧은 결혼 생활이었지만 두 사람은 애틋했다. 4개월간 잠시도 떨어지지 않고 꼭 붙어 다녔다고 했다. 아무리 서로가 좋아 죽어도 보통 그렇게까지 하나?

그럴 리가.

강우는 다시 조사실로 들어가 책상 앞에 섰다.

"카이가 앓고 있는 병이 뭡니까? 캡슐 치료를 받고 있죠?"

그가 물었다. 하지만 에밀리는 침묵했다.

"그럼 다른 걸 물어볼까요? 결혼 생활은 어땠습니까? 왜 헤어지셨죠?"

"그게 사건과 관계가 있나요?"

"어쩌면."

"사생활에 대해선 대답하고 싶지 않아요."

"몸속에 넣은 캡슐이 뭐냐니까!"

강우는 양손으로 거칠게 책상을 내려쳤다. 하지만 에밀리는 단호했다. 그녀는 미동도 없이 강우를 똑바로 노려보고 있었다. 감정을 더 흔들어 놓을 필요가 있었다.

"아까 복도에서 67번을 봤다고 증언하셨죠? 위증입니다. 67번은 방 안에 쓰러져 있었어요. 당신이 본 건 다른 카이였어요. 진짜 카이. 진짜가 뭘 하려는 건지 이미 알고 있잖습니까."

에밀리는 곤란하다는 듯 고개를 옆으로 돌렸다. 반쯤 포기한 시선이 조금씩 아래로 떨어졌다. 하지만 입술은 떨어지지 않았다. 그녀는 입술을 질끈 깨물고 있었다.

"협력해 주십시오. 더 많은 카이가 죽기 전에."
"카이는 그저… 사랑받고 싶어서 이런 일들을 저지른 거예요."
"압니다."

에밀리는 한참 동안 고민하는 듯했다. 하지만 결국 입을 열었다.

"카이의 몸에 들어 있는 건 충동 제어 캡슐이에요."
"어떤 충동입니까?"
"여러 가지요. 자살, 자해, 폭행, 그 외 여러 가지 폭력적인 행동들. 캡슐을 이식받기 전까지 카이는 어린애처럼 불안정했어요. 결혼 이후로 특히 증세가 심해졌고요. 카이를 비난하는 여론이 폭발적으로 증가했거든요. 채널에 달리는 악플을 읽을 때마다 그 애는 괴로워했어요. 매일 밤 자신을 때리고 욕했죠."
"그럼 상처는 모두…"
"카이가 스스로 만든 것들이에요. 공개하진 않았지만

제 몸에도 몇 군데 있고요."

그녀는 상의를 들어 배의 상처를 보여 주었다. 칼에 찔린 흉터가 길게 남아 있었다.

"카이를 말리다 생긴 상처예요. 이게 캡슐 시술을 받은 결정적 계기였죠. 우리가 헤어진 계기이기도 하고."
"정확히 캡슐이 어떤 작용을 하는 겁니까?"
"캡슐은 뇌에서 몸으로 향하는 명령을 차단해요. 일종의 필터처럼 특정한 행동들을 금지시켜요. 머릿속이 터질 듯이 괴로워도 손목을 그을 수 없게. 상대가 아무리 미워도 주먹을 휘두르지 못하게."
"협조 감사합니다."

그녀의 대답에 만족한 강우는 고개 숙여 감사를 표했다. 하지만 에밀리는 아직 할 말이 남은 모양이었다.

"검사님."

그녀가 말했다.

"카이를 기소하실 건가요?"
"살인 용의자입니다."
"피해자죠."

에밀리가 정정했다. 강우는 잠시 침묵했다. 그리고 답했다.

"좋습니다. 노력해 보죠. 그 대신 뭘 좀 빌려주셔야겠습니다."
"뭔데요?"
"유명세요."

9 × 공장

— 캡슐은 뇌에서 몸으로 향하는 명령을 차단해요. 일종의 필터…

에밀리의 목소리를 더 들을 필요는 없을 것 같았다. 혜리는 이어플러그를 터치해 연결을 끊었다.

대충 퍼즐 조각은 갖춰졌네.

그녀는 다시 한번 가설을 점검했다. 카이 크레디트에 겐 오래전부터 자기 파괴적인 충동이 있었다. 그것도 아주 심각한 수준으로. 아마도 원인은 유전적 결함일 가능성이 높았다. 도현성 같은 또라이들에게서 물려받았을 수도 있고.

코르도바는 카이의 충동을 억누르는 캡슐을 그의 뇌에 심었다. 근본적인 문제를 해결하는 대신 콘크리트를 부어 막아 버린 셈이었다.

혜리는 카이의 뇌 속을 상상해 보았다. 융해된 두개골 속에 가득 들어찬, 멜트 다운 직전의 노심처럼 팽창하는 분노와 절규를. 새빨갛게 익어 녹아내릴 듯한 회백질 덩어리를. 용암처럼 끓고 있는 뇌수를.

카이는 자신의 좁은 내면세계 속에 갇힌 채 온 세상의 미움에 맞서 힘겹게 버티고 있었지만, 겉으론 아무것도 드러나지 않았다. 캡슐이 전부 차단해 버렸으니까. 팬들이 보고, 듣고, 믿고 싶어 하는 모습만 카메라에 담겼으니까.

하지만 누군가 리모컨을 사용했다.

캡슐이 작동을 중단하자 수년간 억눌려 있던 감정이 단숨에 폭발을 일으켰다. 33번도, 67번도, 어찌할 수 없는 호르몬의 격류에 휩쓸려 통제를 잃었다. 그리고, 눈앞에 보이는 '자신'을 살해했다.

그럼 리모컨은 언제 42번의 손에 들어갔지? 사건 전부터? 아니면 후에?

추리를 거듭하는 사이 엘리베이터가 공업 구역에 도착했다. 혜리는 테이저를 꺼내 들고 조심스럽게 앞으로 나아갔다. 이미 소등을 마친 메가빌딩 내부는 컴컴했다. 비좁고 어두컴컴한 골목 어디에서든 카이가 튀어나올 수 있었다. 혹은 카이가 아니더라도 위험한 뭔가가.

구불구불 오줌 냄새 가득한 통로를 지나자 창고처럼 보이는 거대한 입구가 보였다. 자세히 보니 셔터 문 아래가 조금 열려 있었다. 잠시간 무방비한 상황에 빠지는 것이 불안했지만 달리 방법이 없었다. 혜리는 바닥에 엎드려 좁은 틈새에 몸을 구겨 넣었다. 다행히 아무 일도 일어나지 않았다.

낡아 빠진 겉모습과는 달리 내부는 최신식으로 꾸며져 있었다. 매우 섬세한 공정이 이루어지는 곳인지, 사방이 새하얀 타일로 빈틈없이 채워져 있었고 기기들도 흠집 하나 없이 반짝였다.

대체 무슨 공장이지?

혜리는 기기 근처로 다가가 스마트팜 팔찌로 사진을 찍었다. 모델명과 일련번호를 하나씩 스캔할 때마다 정보가 귓속의 이어플러그로 전달되었다. 초당 1만 개의 단백질을 조립할 수 있는 바이오 프린터, 절단된 신체를 봉합하는 생체 접착기, 성장 촉진 기능이 달린 줄기세포 배양 수조, 7세대 뉴럴링크 스캐너….

혜리는 빠르게 가설을 추가했다. 이곳에서 생산된 것은…

그 순간, 인기척이 느껴졌다. 어둠 속에서 검은 그림자 하나가 종종걸음으로 이동하고 있었다. 혜리는 최대한 몸을 낮추고 그림자의 뒤를 쫓았다. 그리고 뒤통수에 테이저를 겨누었다.

머리에 테이저 끝이 닿자 상대는 멈칫하며 천천히 두 팔을 들어 올렸다. 양손 모두 빈손이었다. 혜리는 상대의 뒷머리를 쓸어 올렸다. 카이 크레디트였다. 137이라는 숫자가 이곳에 대한 추측을 입증하고 있었다. 대체 몇 번까지 만든 거야?

"잡았다."

카이가 말했다.

"야, 그건 내가 할 소리…"

팡, 소리와 함께 눈부신 빛이 사방에서 혜리를 덮쳤다. 그녀는 반사적으로 눈을 찡그리며 얼굴을 가렸다. 쏟아지는 빛 사이사이로 실루엣이 보였다. 얼핏 눈에 들어온 것만도 넷이 넘었다. 악동 같은 웃음소리가 사방에서 흘러나왔다.

"<미래저널> 주혜리 기자님. 아니, 외주 수사관 주혜리 씨. 당신 정말 집요한 사람이구나?"

정면에서 목소리가 들렸다.

"10년 지기 열성 팬 주혜리라고 불러 주면 안 될까?"

"팬이면 더 잘 알겠네. 나는 불법 스토커들 팬으로 안 본다는 거."

"이거 불법 아닌데. 영장도 있어."

혜리는 능청을 떨며 손바닥에 띄워진 영장을 들이밀었다.

"아, 그래?"

이번엔 등 뒤에서 카이의 목소리가 들렸다.

"아쉬워서 어떡하지? 당신이 찾는 그 카이는 여기 없는데."

슬슬 눈이 빛에 적응하고 있었다. 카이는 다 해서 일곱이었다. 그들은 헤어스타일도, 피부색도, 점의 위치도 진짜 카이와 미묘하게 달랐다. 뭐야, 이것들 불량품이잖아?

"여기 있는 거 검찰청 AI로 확인했어."

그러자 왼쪽에서 웃음이 터져 나왔다.

"AI? AI는 우리 못 잡아. 왜냐면,"
이번엔 오른쪽에서. "우린 모두."
다음엔 뒤에서. "똑같으니까."

마지막으로 테이저에 겨눠진 카이가 말했다.

"이제 그만 포기해."

"뭐야, 너네 무슨 공연 준비해? 아주 손발이 착착 맞네."

혜리는 한층 거칠게 테이저를 뒤통수에 밀어붙였다.

"너희 수법 다 까발려졌어. 33번과 67번 둘 다 자살당한 거지? 그 리모컨으로."

카이들은 침묵했다. 혜리는 차분히 추리를 이어 나갔다.

"카이를 하나씩 바꿔 치고 있는 거지? 너희도 진짜가 몇 번인지 모르니까, 101명을 전부 말 잘 듣는 인형으로 채워서 카이의 인기를 차지하려는 거잖아. 42번은 예정에 없던 목격자거나, 혹은 리모컨을 쥐여 준 킬러 로봇이겠지. 어느 쪽이든 별로 상관없어. 관심도 없고. 나는 걔를 잡기만 하면 돼. 나머진 검찰이 알아서할 테니까."

"그럴 리가. 그럴 거면 우리가 왜 <페어런트 101>을 하겠어?"

"보험이겠지. 혹시라도 카이가 죽었다는 사실이 드러나면 상속받을 사람이 필요할 테니까. 근데 그게 에밀리야? 아님 도현성이야? 코르도바랑 거래한 게 누구야?"

"코르도바라고?"

카이들이 일제히 웃음을 터뜨렸다.

"서민들 상상력은 이렇다니까."

카이들 중 하나가 말했다.

"뭐?"

당황한 혜리는 빠르게 주위를 둘러보았다. 카이들이 점점 가까이 다가오고 있었다. 그녀는 사방에서 몰려드는 카이를 향해 어지럽게 테이저를 휘둘렀다. 하지만 카이들은 멈추지 않았다.

"틀렸어."

정면에 서 있는 카이가 입을 열었다.

"처음부터 끝까지 전부."

한눈을 팔린 사이 등 뒤로 다가온 카이가 그녀의 양팔을 붙잡았다. 혜리는 테이저를 놓치고 말았다. 뒤에서 속삭이는 듯한 목소리가 들렸다.

"탐정님. 당신 기준엔 내 재산이 엄청난 금액처럼 느껴지는지 모르겠지만, 코르도바한테 이 정도는 완전 푼돈이거든?"

혜리는 순식간에 제압당해 무릎을 꿇었다. 방금 전까지 뒤통수를 겨눠지고 있던 카이가 천천히 뒤로 돌아 그녀를 내려다보았다.

"그 사람들은 우리한테 아무 관심이 없어. 페어런트 101? 코르도바 이사회는 그런 프로그램이 있는 줄도 모를걸? 아니, 카이 크레디트라는 인물이 존재했다는 걸 기억이나 할까? 진짜 세계의 지배자들이 뭣 하러 넷 소사이어티 같은 시궁창에 관심을 갖겠어?"

"코르도바가… 이 건에 아무 관련도 없다고?"

카이가 그녀를 구석으로 몰아붙였다. 주저앉은 그녀 앞으로 일곱 명의 카이들이 둥그렇게 둘러섰다. 새하얀 조명을 등진 검은 실루엣이 마치 높게 치솟은 철창처럼 느껴졌다.

"그래. 우리 계획은 그런 게 아냐."

카이들 중 하나가 말했다. 그리고 또 다른 하나가. 그리고 또 다른 하나가.

"우린 전설을 쓰려는 거야."
"사람들에게 영원히 기억될 거야."
"영원히 사랑받을 거야."
"다시는 외로울 일이 없게."
"절대 잊혀지지 않게."
"오늘 밤, 세상을 불태울 거야."

오늘 밤?

머릿속에 마지막 조각을 끼워 넣자 모든 단서가 거꾸로 뒤집히며 새로운 가설을 가리켰다. 아, 이제 정말 알겠어. 너희가 뭘 하려는 건지.

혜리는 질끈 눈을 감았다. 그리고 트렌치코트의 단추를 뜯어 부러뜨렸다. 꽉 눌러 닫은 눈꺼풀 너머로 환한 빛이 번쩍였다. 다시 눈을 뜨자 카이들이 얼굴을 부여잡고 비틀거리는 모습이 보였다. 혜리는 정면의 카이를 밀쳐 쓰러뜨린 다음 그 위를 뛰어넘었다. 바닥에 떨어진 테이저를 집어 들자마자 자동 조준 기능을 켜고 방아쇠를 당겼다. 각각의 카이를 타깃으로 인식한 테이저가 일곱 발의 다트를 발사했다. 다트가 몸에 박히자 카이들은 부르르 떨며 바닥에 쓰러졌다.

여기저기서 살이 타는 냄새가 났다.

그녀는 테이저를 주머니에 집어넣은 다음, 그나마 정신이 남아 있는 카이 쪽으로 걸어가 멱살을 붙잡았다.

"42번은 CK빌딩으로 간 거지?"

카이는 어이가 없다는 표정이었다.

"당연한 거 아냐? 지금 카이 크레디트가 있을 곳이 거기밖에 더 있어?"

혜리는 카이를 내팽개치고 가까운 튜브카(tubecar) 정거장으로 달렸다. 달리는 동안 스마트팜으로 개인용 차량을 하나 예약했다. 천 달러가 넘는 비용이 깨졌지만 그걸 따지고 있을 상황이 아니었다.

그녀는 진강우에게 메시지를 보냈다.

— 영장 하나 더 필요해요. CK빌딩. 페어런트 101 촬영장.

몇 초 지나지 않아 진강우의 답장이 돌아왔다.

— 사유.
— 42번 카이 크레디트가 범인. 추가 범행 우려됨.

정거장에 튜브카가 대기하고 있었다. 혜리는 곧장 몸을 던져 넣었다.

코르도바 빌딩을 떠난 캡슐이 급가속하며 진공 튜브를 따라 CK그룹 빌딩으로 향했다. 혜리는 의자에 앉아 스마트팜을 켜고 카이의 넷 소사이어티 채널에 접속했다. 마침 <페어런트 101>의 최종회가 시작되려 하고 있었다.

χ Cred/t // 팬 여러분 안녕?

카이가 카메라를 향해 윙크했다.

X Cred/t // 드디어 마지막이야. 누가 우승하게 될지 궁금해? 궁금해? 그럼 혹시…

그의 표정이 무어라 설명하기 어려운 형태로 살짝 일그러졌다. 왠지 모르게 쓸쓸한 느낌이라고, 혜리는 생각했다. 금세 평소의 무심한 얼굴로 돌아온 카이는 고개를 가로저었다.

X Cred/t // 아니다. 어차피 곧 알게 될 텐데 이것저것 말해 뭐 하겠어. 여러분, 끝까지 함께해 줘! 그리고 진심으로 즐겨 줘! 내가 준비한 마지막 이벤트니까!

인트로 영상이 끝나고 광고가 시작되었다. 혜리는 손바닥을 문질러 화면을 지워 버렸다.

튜브카가 금세 CK빌딩에 도착했다. 정거장 근처의 엘리베이터를 잡아탄 그녀는 곧장 스튜디오로 향했다.

— 영장 나왔어. 나도 그쪽으로 이동 중.

진강우에게서 메시지가 도착했다. 인증서를 확인한 그녀는 생방송이 진행 중인 메인 스튜디오까지의 모든 출입문을 강제로 개방했다. 숨이 턱 끝까지 차올랐지만 멈추지 않고 달렸다. 혼잡한 복도를 지나, 정신없이 바쁜 스태프들을 헤치고, 우승자 발표가 한창일 메인 홀의 출입문을 열어젖히자,

그곳은 이미 난장판이었다.

"드디어 마지막이야. 누가 우승하게 될지 궁금해? 궁금해? 그럼 혹시…"

누가 진짜 카이 크레디트인지는 궁금하지 않아?

마지막 멘트는 하지 않았다. 감정이 넘쳐흘러 볼품없는 표정이 새어 나온다. 다시 안면 근육을 가다듬으며 마지막 멘트를 뱉는다.

"아니다. 어차피 곧 알게 될 텐데 이것저것 말해 뭐 하겠어. 여러분, 끝까지 함께해 줘! 그리고 진심으로 즐겨 줘! 내가 준비한 마지막 이벤트니까!"

시야 위에 떠 있던 빨간 불이 꺼진다. VR 헤드셋을 벗자마자 크게 한숨이 터져 나온다. 왠지 호흡이 무겁다. 지나치게 흥분했기 때문이다. 이제 무대로 나갈 시간이라고 스태프가 말한다. 스튜디오 구석에 마련된 임시 촬영장을 벗어나 형광색 화살표를 따라 계단을 오른다. 심장이 미칠 듯 쿵쿵거린다. 감정이 턱 끝까지 쫓아왔다.

It's better to burn out than to fade away.

구더기 떼처럼 뭉글거리는 문장이 머릿속을 가득 채운다. 이제 얼마 남지 않았다. 해 버릴 거다. 끝내 참지 못할 거다. 저질러 버리지 않고서는 못 배길 거다. 미쳐 버리고 말 거다.

무대가 가까워지자 빛이 눈을 찌른다. 함성 소리에 청각도 날아가 버린다. 눈앞에 수만 명이 모여 있다. 하지만 모두 가짜다. 진짜 돈을 산더미처럼 지불하고 가짜를 보러 온, 가짜 관중이다. 스태프에게 지시하자 그가 태블릿을 두드린다. 홀로그램으로 만들어진 관중들이 싹 사라진다.

이제 좀 조용하군.

전부 치워 버리고 나니 기분이 좋다. 진짜를 알아보지도 못하는 쓸모없는 것들. 나는 여기 있는데 대체 어딜 보는 거야? 누굴 보는 거야? 나의 원대한 계획은 조금도 이해하지 못하고 세세한 번호들에만 집착하는 바보들. 너희 때문에 나는 가짜들과 사랑을 나눠 가져야 했다. 수십억이 넘던 팔로워가 산산조각으로 흩어졌다. 왜지? 대체 왜지?

너희는 처음부터 그랬다. 무대에서 넘어진 건 진짜였다. 나는 찐따처럼 떨고 있었다. 하지만 너희는 내가 계획적이라고 비난했지. 언제나 나는 진심이었는데. 음악을 할 때도, 성별을 바꿀 때도, 사업을 할 때도, 너희를 대신해서 대통령을 욕했을 때도. 그리고 에밀리와 만날 때도….

너희는 날 천재라고 찬양했지. 전부 우연일 뿐인데. 나는 아무런 계획도 없는데. 너희 망상 속의 나는 내가 아냐. 너희가 말하는 카이 크레디트는 내가 아냐.

나는 너희가 생각하는 그런 사람이 아니야.

무대 위, 차곡차곡 쌓아 올려진 피라미드 위로 하나둘 모습을 드러낸다. 카이들. 엄마들. 그리고 아빠들. 그들 모두의 가슴엔 피라미드 모양의 뾰족뾰족하고 묵직한 금빛 배지가 하나씩 달려 있다. 계단마다 짝을 지어 도열한 101명의 부모와 101명의 카이들. 몇몇은 홀로그램

모조품이겠지만 무슨 상관이람? 어차피 전부 가짜인데. 전부 허상인데.

어차피 진짜 나는 거기 없어.

손가락을 튕겨 스태프에게 신호를 보낸다. 피라미드 너머 대형 화면에 카이의 얼굴이 나타난다. 대체 몇 번인지도 알 수 없는, 인공지능이 만들어 낸 가짜 영상이 입을 연다.

"여러분 안녕?"

너희는 아마 지금쯤 함성을 지르고 있겠지? 기뻐 웃음을 터뜨리고 있겠지? 더 많이 기대해. 전부 무너뜨려 줄 테니까.

"내 성격 알지? 딱 한 마디만 할게."

영상 속 카이는 잠시 뜸을 들인다. 바보처럼 망설여져서가 아니다. 찐따처럼 떨고 있어서가 아니다. 그저, 보다 완벽한 타이밍에 맞춰, 완벽한 멘트를 날리기 위해서.

주머니에 손을 넣어 리모컨을 만지작거린다.

이날을 위해 반년을 준비했다. 지금을 위해 평생을 쌓아 올렸다. 수십억을 홀로 상대하며 버겁게 모욕을 버텨냈다. 제멋대로 왜곡한 이미지, 악의적으로 편집된 영상, 가짜로 지어낸 이야기, 진짜로 둔갑한 팬픽, 구역질 나는 망상, 변태들의 더러운 성욕, 근거 없는 욕설과 이유 없는 증오, 그리고, 그리고…

허상 위에 허상을 쌓는 일은 이제 질렸어. 그러니까.

"전부 죽어 버려."

꾸욱. 버튼을 누른다.

*

　문을 열자마자 눈앞에 서 있는 카이를 발견했다. 그는 피라미드 모양 배지를 손에 쥐고 부모의 머리를 내리찍으려 하고 있었다. 옆에 서 있던 부모들 중 하나가 비명을 질렀다. 혜리는 반사적으로 테이저를 쏘았다. 카이가 비틀거리며 바닥에 쓰러졌다.

　— 이제 어쩌죠?
　— 42번을 찾아. 그놈이 리모컨을 갖고 있겠지.

　강우는 잠시 텀을 두었다가, 아마 스스로도 납득하기 어려울 듯한 애매모호한 지시를 한 줄 덧붙였다.

　— 진짜 카이 크레디트는 무조건 살려야 해.

　진짜? 시부럴 진짜가 뭔데? 저 중에 누가 가짜라는 거야? 다들 저렇게 필사적인 표정으로 싸우고 있는데.

　혜리는 욕설을 쏟아 내려다 포기하고 주위를 살폈다. 현장은 그야말로 난장판이었다. 모든 카이 크레디트가 모든 카이 크레디트를 향해 투쟁을 벌이고 있었다. 카이가 카이의 배에 배지를 찔러 넣었고, 또 다른 카이가 그의 등에 철제 의자를 휘둘렀다. 그리고 그 모든 광경을 수백 대의 라이브 캠 드론(live cam drone)이 사방을 날아다니며 촬영하고 있었다.

　고개를 드는 순간, 무대 위에서 카이 하나가 아래로 떨어졌다. 철푸덕 떨어진 시신 주위로 붉은 웅덩이가 고였다. 훅, 피 냄새가 코를 찔렀다.

혜리는 구역질을 억누르며 고개를 돌렸다. 심장이 쿵쾅거렸다. 온몸을 지배하는 말초신경들이 위험을 경고하는 신호를 미친 듯 내지르고 있었다. 시야가 좁아져 아무것도 보이지 않고 아무 생각도 나지 않았다. 침착해, 주혜리. 지금은 42번만 생각해. 그녀는 테이저의 와이어를 감으며 재빨리 고개를 움직여 목표를 찾기 시작했다.

최미영이 보였다. 혜리는 곧장 그녀를 향해 달려갔다. 최미영은 흥분한 표정으로 촬영 스태프들에게 소리치고 있었다.

"빨리 찍어! 상관없으니까 카메라 전부 켜서 찍으라니까!"

"매니저님, 아무리 그래도…"

"시키는 대로 해요! 하나도 빼놓지 말고 라이브로 내보내!"

혜리는 최미영을 붙잡아 턱 밑에 테이저를 겨누었다. 설명할 시간조차 아까웠다.

"42번 어딨어요?"

최미영은 말이 없었다. 하지만 옆에서 모니터를 보고 있던 스태프가 대신 대답했다.

"피라미드 꼭대기 쪽입니다!"

혜리는 고개를 돌려 피라미드를 보았다. 아주 멀리, 목덜미에 42가 찍힌 카이 크레디트가 보였다. 그는 피라미드 꼭대기에 서서 양팔을 벌리고 웃음을 터뜨리고 있었다. 그녀는 최미영을 밀치고 피라미드 쪽으로 향했다.

그녀는 얼어붙은 부모들과 미쳐 버린 카이들을 헤치

며 피라미드를 오르기 시작했다. 갑자기 옆에서 카이 하나가 그녀를 향해 달려들었다. 혜리는 깜짝 놀라 양팔로 얼굴을 감쌌다. 하지만 카이는 그녀를 지나쳐 다른 카이를 향해 배지를 휘둘렀다. 어우 씨 깜짝 놀랐잖아. 그녀는 가슴을 쓸어내리며 허겁지겁 계단을 뛰어올랐다.

42번 카이와 눈이 마주쳤다. 추격을 눈치챈 카이가 움찔하더니, 몸을 돌려 무대 뒤로 사라졌다. 혜리는 한층 속도를 높였다.

무대 뒤로 들어서자 사다리를 타고 올라가는 카이의 뒷모습이 보였다. 바지 주머니에 아슬아슬하게 리모컨이 삐져나와 있었다. 사다리는 무대 위 조명 시설로 이어졌다. 혜리는 사다리에 발을 얹었다.

끝 모르게 높은 사다리를 오르자마자 카이가 주먹을 휘둘렀다. 아슬아슬하게 주먹을 피한 그녀는 카이를 발로 차 쓰러뜨렸다. 아래로 떨어질 뻔한 그는 곧장 등을 돌려 다시 도망치기 시작했다. 혜리는 그의 뒤를 쫓았다. 외나무다리처럼 좁은 조명 프레임 위에서 뒤뚱거리다 떨어질 뻔했지만 이내 균형을 회복하고 상대와 거리를 좁혀 나갔다.

어차피 막다른 골목이었다. 조명 장치가 끝나는 지점에 몰린 카이는 양손을 앞으로 뻗어 방어 태세를 취하고 있었다. 어느새 드론들이 쫓아와 그의 얼굴에 밝은 조명을 비추고, 표정 하나라도 놓칠세라 주위를 빙빙 돌며 영상을 찍어 댔다.

"방해하지 마!"

카이가 소리쳤다. 혜리는 그를 안심시키기 위해 말을

걸었다.

"카이, 진정해. 여기서 이러면 위험해."

"혼자 죽으면 42번만 죽는 거야. 전부 다 죽어야 카이 크레디트의 죽음이 돼."

"뭐?"

"번호를 지우려면 전부 없어져야 한다고!"

"지금 나랑 대화하고 있는 거 맞지?"

"이렇게 사라지기 싫어! 절대 잊혀지지 않을 거야! 절대!"

카이는 뒤로 한 걸음 물러섰다. 이제 더 물러날 공간도 남아 있지 않았다. 혜리는 그를 자극하지 않으려 최대한 조심스럽게 거리를 좁혔다.

"카이! 이제 그만하자. 이 정도면 네 뜻은 충분히 알겠으니까."

"싫어. 이게 내가 준비할 수 있는 최고의 쇼야. 알아? 아이돌은 시시하게 사라져선 안 돼. 차라리 불타 없어져야 하는 거야. 나는 자격이 있어. 자격이…"

이거 완전 미쳤구만. 자기 몸에 있는 캡슐까지 꺼 버린 건가? 더 망설일 틈이 없었다. 혜리는 단숨에 거리를 좁혀 카이의 멱살을 붙잡으려 했다.

하지만,

그보다 조금 빨리,

카이가 아래로 뛰어내렸다.

턱. 혜리는 가까스로 카이의 손을 붙잡았다. 하지만 땀 때문에 조금씩 미끄러졌다. 혜리는 남은 손을 뻗어 리모컨을 빼앗으려 했다. 하지만 팔이 닿지 않았다.

"죽긴 왜 죽어! EZ_WE$T는 130살에 증손녀까지 보고도 아직 전설이거든?"

혜리가 소리쳤다. 그러자 카이가 되물었다.

"살면 뭐가 좋은데?"
"뭐라도 있겠지!"

42번은 고개를 가로저었다.

"죽으면 지금보다 더 유명해질 수 있어. 지금보다 더 많은 사람들에게 사랑…"

손이 빠져나갔다.

혜리는 재빨리 테이저를 꺼내 카이를 쏘았다. 일곱 가닥 와이어가 카이의 몸에 깊게 박혔다. 인형처럼 매달린 그의 몸이 부르르 떨었다.

혜리는 양손으로 힘겹게 와이어를 당겨 기절한 카이의 몸을 끌어올렸다. 묵직한 체중 때문에 입에서 신음 소리가 흘러나왔다. 조금씩 카이가 가까워졌다. 몸을 떨어 댄 탓인지 리모컨이 주머니 밖으로 반 이상 튀어나와 있었다. 아슬아슬했네. 리모컨을 집어 든 혜리는 안도의 한숨을 쉬었다.

"미안. 싫겠지만 좀 더 살아 봐."

그녀는 리모컨의 on 버튼을 눌렀다.

하지만 아무 일도 일어나지 않았다.

— 검사님, 완전 망했는데요. 이거 가짜예요.

혜리의 메시지가 도착했다. 강우는 속으로 욕설을 뱉으며 손바닥을 문질러 버렸다. 그는 스마트팜을 바라보고 있는 에밀리에게 물었다.

"어떻습니까? 에밀리 씨."

"메시지는 이거면 될까요?"

— 함께 카이를 지켜 주세요. 카이를 위해 외쳐 주세요. 문구는…

메시지를 마저 읽은 강우는 고개를 끄덕였다.

"좋습니다. 조회 수는요?"

"방금 3억 뷰 넘었어요. 이 정도면 충분할 거예요."

"그럼 갑시다."

강우와 에밀리는 문을 열고 스튜디오로 들어섰다. 피라미드 위에서 카이와 부모들이 난투극을 벌이고 있었지만 애써 무시했다. 대신 그들은 무대가 아닌 스태프들을 향했다.

"평택지검 진강우 검사입니다."

강우는 검사 배지를 내밀며 스태프에게 지시를 내렸다.

"왜 관객 피드백을 차단한 겁니까? 당장 켜세요."

"진짜요? 아니면 가짜 영상이요?"

"VR로 접속한 진짜 관객들."

"지금 켰다간 비명 소리 때문에 더 난리가 날 텐데요?"

"그럴 일 없으니까, 시키는 대로 하세요."

스태프는 대답을 피하며 최미영 매니저를 보았다. 상황을 눈치챈 최미영이 그를 향해 다가왔다.

"당신 뭐야?"
"평택지검 진강…"
"그런 건 모르겠고, 행패 부리지 말고 어서 꺼져요."
"행패는 댁이 부리고 계시고. 거기 스태프분은 어서 홀로그램이나 켜세요."

강우가 손짓으로 재촉했지만 스태프는 여전히 머뭇거리고 있었다. 그는 직접 모니터 앞으로 다가가려 했다. 그러자 최미영이 그의 앞을 가로막았다.

"방해하지 마! 이제 거의 끝나 간단 말야! 더 사랑받을 거야! 더 크게 성공할 거라고!"

그녀는 수술용 레이저 메스를 손에 쥐고 있었다. 그리고 나머지 한 손에는 부서진 리모컨이 들려 있었다. 크게 위협적이진 않았지만 난처했다. 자해를 할 수도 있으니까. 강우는 결국 걸음을 멈추고 말았다.

하지만 에밀리는 멈추지 않았다. 강우의 뒤에 그림자처럼 붙어 있던 그녀는 조용히 앞으로 나아가 최미영 앞에 섰다. 그리고 손바닥으로 뺨을 때렸다.

"이제 그만해."

최미영은 놀란 표정으로 뺨을 움켜쥐었다. 한껏 커진 눈동자가 "당신이 왜?"라고 말하고 있는 것 같았다.

"괜찮아. 성공하지 않아도."

에밀리는 다정한 손길로 미영을 감싸 안았다. 메스를 떨어뜨린 그녀의 눈에서 한 줄기 눈물이 떨어졌다.

강우는 스태프에게 눈짓으로 신호했다.

"빨리 홀로그램 켜요."

스태프가 고개를 끄덕이며 차단되어 있던 홀로그램을 활성화했다. 텅 비어 있던 관객석이 순식간에 팬들의 홀로그램으로 가득 차올랐다. 그러자,

에밀리의 넷 소사이어티 계정을 통해 순식간에 팬들 사이로 공유되어 퍼져 나간 단 하나의 메시지가 한마음으로 이렇게 들려오는 것이었다.

"카이! 사랑해!"
"카이! 사랑해!"

수십억 팬들이 내지르는, 목청이 끊어질 듯한 필사적인 외침 소리에 감싸인 101명의 카이들은, 더는 아무런 행동도 하지 못한 채 멈춰 서서, 일제히 쥐고 있던 뾰족한 피라미드를 떨어뜨리고 주저앉아 어린아이처럼 큰 소리로 울음을 터뜨리기 시작했다.

11 × 인터뷰

"혜리 씨, 이제 기자 일도 해?"

강우가 물었다. 혜리는 어깨를 으쓱였다.

"한 가지만 해 가지곤 도무지 먹고살 수가 없어서요."

조용한 평일 오후의 카페. 주혜리와 진강우는 다시 마주 앉았다. 강우가 몇 번이나 인터뷰를 거절했지만 혜리는 집요하게 매달렸다. 집 앞까지 찾아와 잠복하기를 수차례, 강우는 결국 그녀의 인터뷰 요청을 수락할 수밖에 없었다.

"근데 익명 보장 확실하게 해 주는 거지?"

강우가 물었다.

"그럼요. 모자이크랑 음성변조 쎄게 넣어 드릴게요. AI로도 복구 못 하게요."

거짓말이다, 이놈아. 너도 한번 당해 봐. 혜리는 속으로 쿡쿡 웃었다.

"이걸로 빚 갚는 거다? 그때 산재 처리 못 해 준 거 미안하고…"

예, 예, 여부가 있겠습니까. 혜리는 짜증을 꾹 누르며 가짜 미소를 지어 보였다.

"그럼 인터뷰 시작할까요, 검사님?"
"그러시죠. <미래저널> 주혜리 기자님."

혜리는 고개를 끄덕이며 태블릿의 촬영 버튼을 눌렀다.

"결국 최미영의 단독 범행인 건가요?"
"검찰의 기소 의견은 그렇습니다. 용의자 최미영은 카이를 친자식처럼 여겨 왔습니다. 성공 가도를 달려온 커리어 전부를 포기할 만큼 소중했던 모양이에요. 최미영은 카이를 통해 자신의 삶이 보상받기를 원했고, 점점 더 집착적으로 카이를 관리하기 시작했습니다. 그 과정에서 학대도 있었던 것으로 추정되고요. 이와 관련된 증언도 다수 확보된 상태입니다."

"그렇다면 동기는 집착인가요?"

"뒤틀린 집착, 이지요." 강우가 혜리의 질문을 정정했다. "최미영은 점차 카이와 자신을 동일시하기 시작했어요. 대한민국 부모들에게 흔히 나타나는 현상이죠. 최미영에게 '카이 크레디트'는 하나의 브랜드였고, 그 브랜드를 기획한 자신이야말로 진짜 카이라고 믿었습니다. 일종의 리플리 증후군이랄까요. 최미영은 카이를 반드시 성공시켜야만 했습니다. 그래서 이런 범행까지 준비한 거고요."

"이번 사건이 철저한 기획의 산물이라는 뜻인가요?"

"<페어런트 101>의 기획 단계에서부터 범행을 준비한 것으로 판단하고 있습니다."

"만약 그렇다면 기획이 성공하긴 했네요."

혜리는 차갑게 평했다.

사건 이후, 카이의 인기는 여느 때보다도 높게 치솟았다. 팔로워는 50억을 돌파했고, 조회 수는 연일 신기록을 경신하고 있었다. 이 기세를 몰아 코르도바는 카이의 인형을 본격적으로 대량 생산하기 시작했다. 트라이플 래닛이 만든 한정본처럼 원본을 완벽하게 재현하진 못했지만, 그래도 꽤 비슷한, 아주 조금씩 색다른 개성을 지닌 대량 생산품이었다. 조잡한 인공지능 칩을 단 카이의 인형은 세계 곳곳으로 팔려 나갔고, 집집마다 인테리어처럼 하나씩 자리 잡았다.

모두가 카이를 사랑했다. 카이가 원했던 대로. 최미영이 원했던 대로. 결국엔 창고에 틀어박혀 잊히겠지만, 적어도 당분간은 그럴 터였다.

"그럼 리모컨을 빼돌린 것도 최미영인가요?"

"네. 본인이 자백했습니다. 코르도바 연구실에서 유출했다고요. 최미영이 42번에게 리모컨을 건네는 모습도 CCTV에 포착됐어요. 사건이 일어나기 일주일 전에요."

"그럼 42번은…"

강우는 한숨을 쉬었다.

"42번은 여전히 자신이 범인이라 주장하고 있어요. 그래야만 자신이 진짜라는 환상이 유지되는 모양입니다."

"재판이 복잡해지겠군요."

"복잡할 것도 없습니다. 증거는 확실하니까요."

시계를 보니 약속한 시간이 훌쩍 지나 있었다. 혜리는 태블릿을 접었다.

"인터뷰는 여기까지. 수고하셨어요."

"바로 일어나도 되지? 요즘 많이 바빠서."

강우는 곧장 자리에서 몸을 일으켰다.

"아, 맞다." 그녀는 갑자기 생각났다는 듯 능청스럽게 손뼉을 쳤다. "마지막으로 뭐 하나만 더 물어봐도 돼요? 오프 더 레코드로."

"뭔데?"

"에밀리랑 무슨 거래 했어요?"

"거래라니?"

"검사님도 아시잖아요. 진짜 가해자가 누구인지."

"무슨 뜻인지 모르겠는데."

어설프다, 어설퍼. 강우의 표정을 확인한 혜리는 더욱 심증을 굳혔다.

"최미영 매니저가 교통사고를 당했었다는 거 아시죠? 카이 크레디트가 101명으로 복제되기 일주일쯤 전에요. 수사 중에 의료 기록을 좀 살펴봤는데, 머리 쪽을 심하게 다쳐서 뇌사 판정까지 받았더라고요. 그런데 놀랍게도 최미영은 한 달 만에 완전히 회복했어요. 기적처럼요. 그래서, 여기서부턴 제 소설인데…"

혜리는 추리를 시작했다.

"최미영은 카이를 자식처럼 사랑했어요. 그래서 이런 생각을 했죠. 코르도바와의 온갖 계약과 전속 의무에 얽매인 카이를 구해야겠다고. 노예처럼 살아가는 아이에게 자유를 주어야 한다고. 그래서 최미영은 계획했어요. 카이의 의식이 복제되는 동안 코르도바 몰래 카이의 뇌를 자신의 몸에 이식하기로. 카이에게 새 삶을 주기로.

최미영의 몸에서 깨어난 카이는 에밀리와 함께 <페어런트 101>을 기획했어요. 전설로 남기 위해서. 그리고 자신의 재산을 에밀리에게 상속하기 위해서. 카이는 희생자가 아니라 가해자였던 겁니다. 이 모든 건 자작극이었고요."

혜리는 강우의 표정을 살폈다. 강우의 얼굴엔 아무 반응도 나타나지 않았다.

"하지만 카이는 예상하지 못했어요. 에밀리가 배신할 줄은. 에밀리가 복제된 카이에게 애정을 느끼게 될 줄은 몰랐던 거죠. 에밀리는 진짜를 버리고 가짜들을 택했어요. 모든 죄를 최미영에게 뒤집어씌우고 카이의 이름을 지켜 냈어요. 101명의 카이들이 사람들에게 계속 사랑받을 수 있도록. 물론 이 모든 일들은 마음 약한 어떤 검사님의 협조가 있었기에 가능했겠지만요."

혜리는 회심의 미소를 담아 찡긋 윙크했다.

"어떤가요, 제 소설."

진강우는 의미를 알 수 없는 미소를 지으며 천천히 입을 열었다.

"너무 비약인데."

형사 3이 죽었다

- 정재환 -

황금가지 공모전에 당선된 단편들이 출간 혹은 출간 예정 중이다. 스스로 코미디에 재주가 있다고 생각하며 SF에도 관심이 크지만 현재는 미스터리가 가장 즐겁다. 소설과 시나리오를 쓴다.

형사 3이 죽었다.

그 소식을 처음 들었을 때, 나는 제작부 박 부장이 운전하는 승합차의 뒷좌석에 앉아 있었다. 밖은 막 떠오른 해가 힘겹게 어둠을 극복하는 중이었고, 나는 성에가 가득 낀 차창 밖으로 망연한 시선을 두고 있었다. 운전 중 걸려 온 전화를 받은 박 부장이 통화 상대에게 놀라 되물었다.

"형사 3이 죽었다고?"

처음엔 그 말이 그저 형사 3이 죽는 장면을 촬영했다는 뜻인 줄 알았다. 하지만 뒤이어 들리는 그의 당혹한 어조가 형사 3이 영화 속이 아닌 실제 현실에서 죽었음을 충분히 짐작케 했다. 짧은 답을 몇 번 더 하고 전화를 끊은 그가 심각한 표정으로 중얼거렸다.

"이거 큰일 났네."

나와 함께 뒤에 타고 있던 단역들 중 주민 1이 재빨리 물었다.

"누가 죽어요?"
"형사 3이 죽었다고 하네요."

이번엔 조수석에 타고 있던 주민 2가 놀라 물었다.

"네? 왜요?"
"어젯밤에 술 마시는 장면 촬영하는데, 형사 3이 마시던 소주 안에 농약이 들어가 있었대요. 참 나, 이게 무슨."

그때까지 풍절음만 가득하던 차 안은 형사 3이 죽었다는 소식에 사람들의 말소리로 소란스러워졌다. 형사 3 나이가 몇이냐, 자식은 있냐, 어떻게 이런 일이 생기냐, 나 역시 이전 현장에서 몇 번 마주쳤던 그의 얼굴이 머릿속에 떠올라 안타까운 마음이 들었지만 그 애도가 그리 오래가지는 않았다.

이번 영화에서 범인 3 역할을 맡은 나는 오늘 밤 예정된 내 촬영 분량은 어떻게 되는 건지, 어쩌면 이 일로 영화 제작이 아예 무산되는 건 아닌지 걱정하며 다시 차창 밖으로 시선을 돌렸다. 진눈깨비에 젖은 황량한 밭과 홀로 쓸쓸해 보이는 외딴집들만 차갑게 나를 스쳐 지나갔다. 문득, 무명 배우는 죽어도 이름이 아닌 형사 3으로 불리는구나 싶어 쓴 침을 한 번 삼켰다.

*

초등학교 5학년 때 교내에 연극제가 있었다. 선생님

의 지시에 우리 반도 고전을 하나 골라 연극을 준비했다. 내가 어쩌다 그 역을 맡았는지는 기억나지 않지만 어쨌든 나는 나무였다. 온통 밤색으로 칠한 종이를 몸에 두르고 조잡하게 만든 초록색 잎사귀를 손에 든 후 나무랍시고 뒤에 가만히 서 있는, 그것이 내 생에 첫 번째 맡은 역할이었다.

우리 반 차례였다. 앞에서 연기를 하던 아이 중 하나가 과하게 몸을 움직이다가 그만 뒤에 서 있던 나를 덮치며 내 발을 세게 밟았다. 발등에 떨어진 불 같은 통증에 나는 그만 나무의 본분도 잊고 크게 소리를 지르고 말았는데, 그게 그렇게 재미있었는지 앞에 있는 수백의 또래 관객들이 일제히 나 하나만 바라보며 깔깔 웃었다. 통증이 싹 물러나고 정신이 아득해졌다. 형언할 수 없는 기운이 나를 감싸 온몸이 녹았다. 비록 순식간에 지나간 일이지만, 내가 배우의 꿈을 갖게 하는 데에는 한 치의 모자람도 없었다.

*

짙은 잿빛의 아스팔트를 삼십 분 정도 더 달려 로케이션 장소인 시골 마을에 도착했다. 스포츠머리를 한 젊은 제작부원 하나가 우리를, 아니 정확히 말하면 그의 상관을 마중 나와 기다리고 있었다. 차에서 내린 박 부장에게 그가 현장의 상황을 빠르게 보고했다. 새벽에 들이닥친 경찰들이 이미 현장을 한차례 휩쓸고 갔으며, 영화의 주연배우는 형사 3의 빈소가 마련된 병원에, 감독과 조연출 및 일부 스태프들은 경찰서에 가 있어 현재 촬영은 완전히 중단된 상태라고 했다. 그의 보고를 들으며 마을 초입으로 걸어 들어가자 어제 그 사건이 벌어진 작은 정자가 눈에 들어왔다.

그곳은 모든 것이 어젯밤 그대로 얼어붙어 있었다. 피사체 없이 멀뚱히 서 싸늘한 바람을 고스란히 맞는 카메라, 해가 더 밝았지만 여전히 높이 걸린 조명, 평상 위 낭자한 음식 찌꺼기와 정자를 사각으로 둘러친 경찰의 통제선이 어제 이곳에서 심상치 않은 일이 벌어졌음을 말하고 있었다.

잠시 정자를 둘러본 우리는, 곧 제작진이 쉼터로 빌렸다는 마을의 한 강당으로 향했다. 그곳 옥상은 오늘 밤 촬영이 예정된 장소이기도 했다. 정자로부터 걸어서 약 오 분 거리만큼 떨어져 있는 강당은 황량한 들판 한가운데 덩그러니 있어 한껏 외로운 느낌을 풍겼다. 가까이 다가가 보니 오래된 흔적들이 여기저기 눈에 띄었다. 누리끼리한 외벽은 갈라지고 벗겨져 보기 흉했고, 그 아래로는 잡초들이 너저분하게 널려 있었다. 경첩에 녹이 슬었는지 회색 철문을 열자 기분 나쁜 삐거덕 소리가 났다. 그 안의 광경도 바깥과 다를 바 없었다. 투박한 검은색 커튼과 앉으면 그대로 부서질 것만 같은 낡고 긴 나무 의자들이 강당 안을 둘러쌌다. 천장에 드문드문 달린 전등은 수명을 다했는지 그 광질이 음침했고, 뭐라 꼬집어 말할 수 없는 고약한 냄새도 가득해 그 안에 들어선 나는 대번에 기분이 불쾌해졌다.

강당 안에는 몇몇 스태프와 단역이 아침 된바람을 피해 끼리끼리 모여 있었다. 고개를 두리번거려 누군가를 찾아낸 박 부장이 곧바로 그를 향해 성큼 걸었다.

평소라면 조연출을 찾아 다음 지시를 받았겠지만, 그가 없는 관계로 우리는 강당에 들어가서도 그의 뒤를 졸졸 따랐다.

박 부장이 찾아간 사람은 장발을 한 중년의 미술 팀 실장이었다. 그는 손에 든 작은 나무판자 하나를 허공에 보란 듯이 흔들며 앞에 세운 팀원들을 한창 닦달하는 중이었다.

"누구냐? 긴장 안 하냐? 평소에 정신 놓고 다니니까 뭘 칠한 줄도 모르고 막 만지지. 이러니까 사람이 죽어, 안 죽어?"

한 면 전체를 빨갛게 칠한 나무판자는 귀퉁이의 한 부분만 나무 색이 드러나 있었다. 촬영 소품으로 쓰려고 빨간 페인트를 칠했는데 누군가가 그것이 다 마르기도 전에 실수로 만진 모양이었다. 화가 날 수도 있는 상황이었지만 어제 벌어진 일 때문인지 내 눈에는 그가 공연한 화풀이를 하는 것처럼 보였다. 우리가 다가가는 소리를 들었는지 고개를 돌린 그가 박 부장을 알아보고는 금방 울 듯한 표정을 지었다.

"박 부장님! 큰일 났습니다!"

처음부터 자세히 말해 보라는 박 부장의 말에 그가 하소연하듯 어제의 이야기를 들려주었다.

"어제 낮에 강당 옆 들판에서 주인공 이미지 컷 있었거든요. 준비 다 하고 촬영 들어가는데 감독님이 갑자기 고개를 갸웃하더니 잡초가 생각보다 너무 많다고 하시는 거예요. 그러니까요. 저번에 와서 다 보셨으면서 갑자기 딴소리하신 거죠. 배경이랑 앵글을 바꿀 수는 없고 촬영 딜레이 돼도 좋으니까 잡초를 좀 제거한 다음 찍어야겠다고. 어휴. 아시잖아요 성격. 언제 사람 붙어서 하나하나 뽑아요. 풀 샷인데. 조연출이랑 상의해서 아예 농약을 치기로 했어요. 미경이한테, 미경이요? 우리 막내요. 근처 농가 가서 농약을 좀 빌려 오라고 했어요. 다시 돌려주기에는 농가가 꽤 멀리 있으니까 아예 빈 병을 하나 가져가서 거기에 농약을 담아 오라고 했거든요. 그랬더니 걔가 생각 없이 소품으로 준비해 온 병 하나를 들고 간 거예요. 예비도 있으니까 제 딴에는 문제 될 거 없다고 한 건데, 뭐, 걔 생각대로 농약을 담은 병은 다 쓰고 버리면 되니까 촬영에 문제 될 일은 없었어요. 빌려 온 농약을 분무기에 담고 다 쓴 병을 미경이한테 주고는 혹시라도 소품이랑 섞일까 싶어서 바로 버리라고 했죠. 그러고 나서 미경이가 강당 옆에 있는 쓰레기통에 그 병을 버리는 걸 제가 분명히 봤거든요? 근데 그게 어쩌다가 촬영에 쓸 빈 병들에 섞였는지 술 마시는 장면을 찍다가 그 난리가 난 거예요."

그 후 이어진 둘의 대화까지 정리해서 본 사건의 전말은 이렇다. 어젯밤 정자에서 술 마시는 장면을 촬영하기 위해 미술 팀에서 미리 특정 제품의 소주병 몇 개를 준비해 가져왔다. 그 제품은 이천년대 중반까지 이 지방에서만 팔았던 것으로 영화 속 시대와 배경을 한번에 보여 줄 수 있어 감독이 특별히 미술 팀에 주문했던 것이다. 촬영에 쓰인 소주병은 총 여덟 병. 그중 일곱 병은 다 마신 것처럼 빈 상태로 평상 위에 올려 두고 단 한 병에만 실제 소주를 채워 술 마시는 장면을 촬영했는데, 유일하게 소주를 채운 빈 병이 어찌 된 일인지 농약을 담았던 그 병이었던 모양이다.

만약 소주가 아닌 물이 섞였다면 이상한 맛을 느낀 형사 3이 바로 뱉었을지도 모르지만, 알코올과 섞인 극소량의 농약은 눈치채지 못했는지 그는 연거푸 잔을 비웠고, 결국 열 테이크까지 진행한 촬영이 끝나자마자 토사물을 한가득 쏟아 내며 고통스러워하다 그대로 목숨을 잃고 말았다.

그들이 나누는 대화 중간중간 무언가 석연치 않은 부분이 있었지만 내가 그걸 반추해 볼 새도 없이 강당에 지역 경찰 하나가 들이닥쳤다. 다른 용무로 강당을 찾은 듯 보이는 그가 스태프들의 쏟아지는 질문 세례에 현재까지 밝혀진 수사 내용 몇 가지를 먼저 털어놓았다.

형사 3이 마신 농약은 티스푼 반 정도의 양만 체내에 들어가도 치사량인 제품이다. 그 위험성 탓에 몇 년 전부터 판매가 금지된 건 물론이고 이미 사서 가지고 있는 것도 반납하지 않으면 과태료를 물어야 하지만, 워낙 그 효과가 탁월해 이미 대량으로 구입한 농가에선 몰래 다른 병에 담아 쓰고 있는 흔한 농약이다. 현장의 모든 병을 수거해 조사해 본 결과, 형사 3이 마신 술이 담긴 그 병 하나에서만 농약 성분이 검출된 것으로 보아 그 농약을 담았던 병이 그대로 소품 안에 섞인 것으로 보인다.

설명을 마친 경찰이 이번엔 거꾸로 스태프들에게 물었다.

"김미경 씨라는 분이 미술 팀이라고 했나요?"

미술 팀 실장이 대뜸 나서 답했다.

"네. 우리 막내예요."

경찰이 이제 그를 보고 물었다.

"죽은 남자 배우랑 김미경 씨 사이가 이상하고 그러진 않았어요?"

그 의심이 역력한 질문을 듣자마자 실장이 성난 표정으로 쏟아 냈다.

"무슨 사이가 어때요. 말도 한 번 안 섞어 봤을 텐데. 아니, 미경이는 대체 왜 끌고 가서 그래요. 걔가 농약이 담긴 병을 쓰레기통에 버린 거, 그때 있던 배우, 스태프들 다 봤다니까요? 그저 연예인 가까이서 보고 싶다는 이유로 처음 영화 스태프 된 여자앤데 그 쪼그만 애가 무슨 이유로 사람을 죽여요."

그의 말이 끝나자마자 연출부원 하나도 나서 함께 그녀를 변호했다.

"맞아요. 미경이도 일이 그렇게 되고 계속 우리한테 그 말 하면서 울었어요. 내가 병 버린 거 다들 분명히 봤으면서 나한테만 왜 이러냐고. 미경이가 아니고 다른 누가 병을 바꿔치기한 걸 수도 있잖아요."

물론 그럴 수도 있다. 허나 그의 말이 맞다 하더라도 풀리지 않는 점이 하나 있다. 마침 나와 같은 생각을 했는지 조명 팀의 누군가가 나 대신 말했다.

"누가 일부러 병을 바꿨다고 해도 이상한 거 아니에요? 빈 병 여덟 개 중에 딱 하나만 선택해서 술을 채웠는데 그게 그 농약이 들어 있는 병이 될 줄 어떻게 알았겠어요? 완전히 우연이잖아요. 그 빈 병 중에 하나를 선택해서 소주를 채운 건 감독님인데 그럼…"

거침없이 말하던 그가 덜컥 말을 멈추고는 놀란 표정을 지었다. 그것이다. 이것이 단순한 사고가 아닌 살인 사건이라면 병을 바꾼 것만으로는 부족하다. 바꾼 그 병을 선택해 그 안에 술을 채워야 한다. 그때서야 이 범죄는 비로소 완성된다. 방금 스태프가 한 말대로 그중의 한 병을 선택해서 술을 채운 사람이 감독이라면 적어도 미술 팀 김미경보다는 그가 더 유력한 용의자다.

우연이라고 하더라도 더 치명적인 우연이다. 우리가 무슨 생각을 하는지 안다는 듯 경찰이 대수롭지 않게 말했다.

"지금 다 조사 중이니까."

그는 어제 사건이 일어난 그 장면을 찍은 영상을 가져가야 한다며 뒤늦게 용건을 말했고, 촬영 팀 중 누군가가 원본을 복사해 주겠다며 그를 강당 한구석으로 안내했다. 기다리는 동안 간이 탁자 위에 있는 노트북으로 나를 포함한 몇몇이 문제의 그 장면을 다시 돌려 보았다.

시나리오상 그 장면이 나오게 된 경위는 이렇다. 서울의 특수부 형사 팀이 조직적으로 벌어지는 연쇄 강도 살인 사건을 추적한다. 끈질긴 수사로 사건의 실마리가 조금씩 풀리던 중, 영화의 주인공인 형사 팀장의 아내를 범인 패거리의 누군가가 경고처럼 살해한다. 이후 형사직을 비롯, 모든 것을 내려놓은 형사 팀장은 강원도로 와 과거의 기억을 지우려 한다. 시간이 흐른 후 그의 옛 팀원들이 시골 마을에 있는 그를 찾아오고, 오랜만에 재회한 그들은 마을의 한 정자에서 거나하게 술을 마신다.

장면이 시작되면 형사 1은 비틀거리며 오줌을 누러 간다. 형사 2는 만취해 테이블에 쓰러진다. 형사 팀장은 형사 3의 빈 잔에 소주를 따른다. 평소 그를 존경해 따르던 형사 3은 괴로운 표정으로 연신 소주를 들이켠다.

"남자답게 잘생기긴 했네, 장현이."

경찰이 모니터 속 형사 팀장을 보고 눈치 없는 말을 던졌다. 주인공인 형사 팀장 역할은 대한민국 최고의 톱스타 장현이 맡았다. 경찰의 말에 모두가 잠깐이나마 장현을 쳐다보았지만 나만큼은 형사 3에게서 눈을 뗄 수 없었다. 그는 딱할 정도로 연기를 못했다. "제가 죽일 놈입니다. 팀장님!" 술잔을 비운 후 하는 그 단 한 줄의 대사를 제대로 소화 못해 테이크는 점점 늘어났다. 그럴 때마다 그는 독배를 들었다. 어설픈 그의 연기가 그의 죽음을 재촉한 셈이다. 테이크가 끝날 때마다 짜증스럽게 외치는 커트 소리에 감독의 스트레스가 고스란히 느껴졌다. 감독의 눈치를 살피는 형사 3의 얼굴에 내 모습이 자연스럽게 겹쳤다.

*

중고교 시절에는 나보다 더 강렬하게 배우를 염원하는 사람을 보지 못했다. 그때는 열의가 곧 역할이었기에 나는 늘 주인공이었다. 연습은 즐거웠고, 무대는 황홀했고, 극이 끝난 뒤에 오는 유명세에 행복했다. 그때 나는 분명 내가 주인공인 세계에 살았다.

그 세계는 성인이 되자 와르르 무너졌다. 그때서야 마주한 바깥세상엔 연기에 미친 놈들이 가득했다. 우물 안에 있을 때야 내가 꽤 잘난 얼굴인 줄 알고 거들먹거렸지만 바깥으로 나오니 나보다 더 건방지게 굴어야 할 인물들이 차고 넘쳤다. 열정도, 재능도, 그 어느 것 하나 특별한 구석이 없게 된 나는 더 이상 이 세계의 주인공이 될 수 없었다. 회사원 1과 상사의 뒷말을 했고, 군인 2가 되어 험한 산을 올랐고, 양아치 3과 함께 땅바닥에 침이나 뱉었다. 감독보다는 조연출의 지시를 받았고, 그마저도 연기에 대한 이야기가 아닌 내 촬영 시간이 미뤄지게 되었다는 통보가 거의 전부였다.

어쩌다 대사라도 하나 있는 역할을 맡으면? 그 한 마디로 누군가의 눈에 들길 바라며 수천 번 웅얼거렸다. 나 역시 저 독배를 기꺼이 받았을 것이다.

문득 형사 3의 죽음이 계획된 살인이라면, 범인이 꽤나 영리한 방법을 썼다는 생각이 들었다. 연기 연출을 지독히 하기로 유명한 감독이 실제 술을 마시며 연기하자고 제안할 것을 예상해 독의 맛을 숨기고, 감독의 말이라면 불구덩이라도 뛰어들 단역배우의 성향을 이용해 그 독배를 기꺼이 받게 하고, 같은 장면을 반복해 촬영하는 영화 제작의 특성을 활용해 연기푸 그것을 마시게 하면서도 정작 자신은 영화라는 이름 뒤에 숨었다.

내가 그 치밀한 수법에 감탄하는 사이, 여덟 번째 테이크에서 대본에 없던 즉흥 연기가 나왔다. 평상에 엎드려 있던 형사 2가 몸을 천천히 일으키더니 농약이 들어 있는 술병을 들어 자신의 잔에 따르려고 했다. 그 순간, 모니터를 지켜보던 모두가 실제 영화를 관람하는 것처럼 탄성을 내며 긴장했다. 다행히 그 시도는 미수에 그쳤다. 주인공인 장현이 "넌 그만 마셔." 하며 그를 제지하는 즉흥 연기로 받은 것이다. 그럼에도 형사 2는 몸을 흐느적거리며 다시 자신의 잔에 술을 따르려 했고, 장현은 재차 그걸 말렸다. 그때서야 형사 2는 평상 위에 다시 엎드렸다. 누군가가 재미있다는 듯 말했다.

"장현이 사람 하나 살렸네."

나만 그렇게 보았던 걸까? 내 눈에는 그때 장현이 더없이 당황하는 것처럼 보였다.

*

어둠의 찌꺼기조차 싹 가신 아침이 되자 강당 앞에 파란색 밥차 하나가 등장했다. 차를 꾸민 모든 장식은 물론 함께 나타난 젊은 여성들의 옷 색깔도 모두 파란색이었다. 밥차는 극성스럽기로 유명한 장현의 팬들이 돈을 모아 준비한 것이었다. 장현이 가장 좋아하는 색이 파란색이라고 하여 그들의 컬러 역시 그것이 됐다. 모든 것이 무채색인 시골 풍경 한가운데에 저 혼자 새파란 밥차를 보고 있자니 나는 필요 이상으로 불쾌한 기분이 들었다.

현장 분위기가 어딘가 썰렁한 것을 의아하게 여긴 그녀들에게 스태프 하나가 어젯밤 벌어졌던 사건을 이야기해 주었다. 파란 그녀들은 순간 눈을 크게 떴지만, 어쩌면 오늘 장현의 얼굴을 보지 못할 수도 있겠다는 아쉬움이 금세 그들의 얼굴을 뒤덮었다.

그들이 그렇게 받드는 장현도 처음엔 그저 그런 아이돌이었다. 시원한 이목구비와 훤칠한 키를 가지고 있었지만 그 정도 인물은 연예계에 수두룩했다. 아이돌로는 힘들다고 판단했는지 팀을 나와 배우로 전향하지만 그는 여전히 고전을 면치 못했다.

그러던 어느 날, 뜬금없는 기사 하나가 인터넷을 도배한다. 한 불량 학생 무리에게 괴롭힘당하던 왕따 여학생을 장현이 몸싸움까지 해 가며 직접 구했다는 기사였다. 한동안 어디를 가나 그 이야기였다. 티브이만 틀면 그가 나왔다. 심지어 뉴스에도 나왔다. 그 기사 하나가 그의 인생을 뒤바꿨다. 정의로운 국민 청년 이미지를 갖게 된 그는 그해 조연으로 출연한 영화까지 시기적절하게 터지면서 일약 톱스타가 되었다. 그 후로는 하는 영화마다, 부르는 노래마다 장현이 하면 안 되는게 없었다. 아니, 내가 볼 땐 그때부터는 잘 될 일만 그에게 돌아갔다. 학창 시절 지역에서 유명한 문제아였다거나, 폭력적인 성향이 있다거나 하는 잡음도 잠깐 들렸지만 거대하게 커진 그에게 작은 상처 하나 내지 못하고 소멸했다.

나는 밥차 앞에 세워진 그를 본떠 만든 입간판을 마주 보았다. 서른셋인 그와 나는 동갑이다. 나 역시 시원한 이목구비를 가졌다는 소리를 자주 들었다. 키는 그보다 내가 조금 더 크다. 연기? 그 누구도 내가 그보다 한 수 아래라고 말할 수 없을 것이다. 그런데 우리는 왜 다른 세계에서 살까? 나는 그걸 그저 운명이라고 받아들여야 할까?

박 부장이 이미 온 밥차를 돌려보낼 수도 없다며 현장에 남은 사람들에게 식사를 권했다. 사람들은 하나둘씩 밥차 앞에 차려진 간이 테이블을 채웠다. 온통 파란 그것이 영 불쾌했지만 허기가 느껴지는 건 어쩔 수 없어 나 역시 밥과 반찬을 떠 가지고는 구석 자리에 앉아 입안에 음식을 밀어 넣었다.

그때였다. 강당 앞에 경찰차 한 대가 불쑥 나타나더니 뒷좌석에서 두 사람을 토해 내고는 오던 길 그대로 되돌아갔다. 둘은 어젯밤 촬영에 참여했던 형사 1과 2였다. 지친 표정의 형사 2는 차에서 내리자마자 강당으로 향했지만, 형사 1은 그대로 밥차로 향하더니 식판하나를 집어 들고는 수북하게 음식을 쌓았다. 새벽에 나와 같은 차를 타고 왔던 주민 1이 원래 알던 사이였는지 손을 번쩍 들어 그에게 수신호를 보냈고, 그걸 본 형사 1이 주민 1의 테이블로 냉큼 와 앉았다.

"아주 타이밍 좋게 왔네. 경찰서에서 조사받은 거야?"
"형식적인 거지 뭐. 우리가 무슨 죄가 있어."

형사 1은 결국 스태프 중 하나의 과실이 아니겠냐며 음식만 줄기차게 입에 넣었다. 글쎄, 그렇게 간단히 말하기에는 미심쩍은 부분이 한둘이 아니다. 주민 1이 밥을 뜨다 말고 다시 형사 1에게 말을 걸었다.

"근데 참, 시나리오 보니까 원래 형사 2가 술 먹는 역할이던데?"

옆에서 그들의 대화를 훔쳐 듣던 나는 급히 가지고 있던 시나리오를 뒤졌다. 과연 그의 말대로 술을 마시는 역할은 형사 2의 것이었다. 형사 3은 평상에 엎드려 자는 역할이었다. 둘의 역할이 바뀐 것이다. 형사 1이 입안에 있는 음식을 우물거리며 태연히 말했다.

"아침에 감독이 스태프들한테 그러데. 오늘 밤에 형사 2, 3 역할을 바꿀 거니까 맞춰서 준비하라고."
"왜? 갑자기?"

역시 감독이 어딘가 수상하다고 생각하는데, 형사 1이 주변을 한 번 두리번거리더니 작은 목소리로 수군거렸다.

"장현이 부탁했지 뭐."
"장현이? 왜?"
"형사 3이랑 둘이 같은 소속사야. 친한 친구고."

*

흔한 일이다. 톱스타가 출연하는 영화에 같은 소속사 배우가 마치 딸린 상품처럼 들어가 없던 역할도, 대사도 생기는 일들. 특히나 이렇게 클리셰투성이인 시나리오에, 첫 작품 이후로는 하는 영화마다 말아먹는 감독에, 믿을 것이라고는 오직 장현이라는 톱스타 하나뿐인 영화에선 그보다 더한 요구를 해도 제작사는 거부하기 힘들다. 일단 영화는 찍고 봐야 하니까.

이 바닥에 오래 있는 동안 그런 일을 목격한 적이 한두 번이 아니지만 이번엔 유독 꺼림칙한 기분이 들었다. 당연하다. 그 요구 하나로 죽을 사람이 바뀌었다.

강당 구석에 자리 잡은 나는 스마트폰으로 장현이 속

한 소속사 홈페이지에 들어가 배우 명단에서 형사 3의 얼굴을 찾았다. 그의 간단한 이력이 나와 있었다. 이름은 박성진. 나이는 서른셋. 연기 경력은 2년. 그동안 그가 출연했던 작품들의 목록을 보니 하나같이 장현이 주인공인 영화였다.

그의 이력 중 날 멈칫하게 만든 것이 하나 더 있었다. 그는 나와 같은 대학 출신이었다. 동년배인 그를 학교에서 보지 못한 것으로 보아 그의 전공이 연기는 아닐 거라는 생각을 하고 있을 때, 내 뒤로 다가온 누군가가 내 어깨를 툭 하고 건드렸다.

"조연출이 없어서 이름도 모르네. 범인 3님이죠?"

숏커트를 한 이 영화의 시나리오 작가가 청량한 목소리로 나를 불렀다. 전날 현장에 구경 차 온 그녀는 사건이 터지자 혼자만 빠져나갈 상황이 아니라 그대로 눌러앉았다고 한다.

"이따 밤 촬영에 대사 하나만 바꿔요."

내 옆에 앉은 그녀가 날 찾아온 용건을 시원하게 밝혔다. 나는 내 대사를 바꾸는 것보다 오늘 밤 촬영을 예정대로 진행한다는 사실이 더욱 놀라웠다.

"… 촬영해요?"

"하겠죠?"

"사람이 죽었는데요?"

대본을 손으로 휙휙 넘기던 그녀가 내 물음에 귀찮다는 듯 덧붙였다. 오늘을 마지막으로 이 영화에서 장현의 출연분 촬영은 모두 끝난다. 당장 내일부터 약 두

달간의 해외 투어 콘서트 계획이 있어 그는 오늘 밤 촬영을 끝으로 한국을 떠나야 한다. 오늘 예정된 촬영을 하지 못하면 영화 전체의 제작 일정이 두 달이나 미뤄질 뿐만 아니라 제작비도 무시 못 할 만큼 추가된다. 중요한 장면이라 안 찍을 수는 없으니 분명 오늘 촬영해서 끝낼 것이라고.

그녀의 말대로라면 나도 딱히 나쁠 건 없었다. 오늘 밤 촬영분은 이 영화에서 하나뿐인 내 대사가 있는 장면이니까.

그녀가 들고 있던 대본에 무언가를 갈겨 쓴 후 내게 내밀었다. 내 대사는 이렇게 바뀌었다.

[(비굴하게) 살려 줘!]

오늘 밤 촬영 예정인 장면은 건물 옥상에서 벌어지는 일이다. 다시 뭉친 형사 팀은 끈질긴 추적 끝에 마침내 범인 1, 2, 3을 검거한다. 경찰의 신분을 내던진 그들은 한 건물의 옥상을 취조실처럼 사용해 그들에게 보스의 정체와 행방을 묻는다. 그때 내가 장현에게 하는 대사는 [네 아들은 무사할 것 같냐?]. 그 뒤로는 내 말을 듣고 흥분한 장현이 긴 대사를 하며 되레 나를 위협한다.

상투적인 대사지만 나는 그 상황만큼은 꽤나 마음에 들었다. 어쨌든 주인공과 대사를 주고받으니 짧은 시간 나를 드러내기에 좋은 장면이라고 생각했다. 그렇게 생각했던, 그간 수없이 연습하며 여러 톤을 준비했던 그 대사가 지금 막 바뀌었다. 나는 마음속 끓어오르는 불덩이를 찍어 누르며 내 곁을 떠나려는 그녀에게 물었다.

"왜 바뀐 거예요? 갑자기."

형사 3이 죽었다

어쩌면 내게 미안할 법도 한데, 그녀는 그런 기색 하나 없이 내게 실토했다.

"장현 배우 지금 장례식장에 있는 거 알아요? 지금 도저히 연기할 수 있는 상태가 아니래요. 원래 장면 마지막에 긴 대사 있었잖아요. 도저히 마음이 심란해서 못하겠다고 연락 왔어요. 시나리오 좀 수정해 달라고."

한마디로 톱스타의 편의를 봐 주려 단역의 하나 있는 대사를 바꾼 것이다. 방금 막 그녀가 휘갈긴 내 대사를 노려보았다. 지금껏 내가 해 왔던 그 어떤 대사보다 마음에 들지 않았다.

*

장담하건대 치열하게 살았다. 방구석에 처박혀 담배 연기나 내뿜으며 세상이 어쩌니 예술이 어쩌니 나불대지 않았다. 누구보다 더 이 현실에 똑바로 발을 붙였다. 그런 내 앞에 끈질기게 나타나 추악한 이빨로 날 물어뜯는 괴물은 역시 돈이었다.

연기를 해서가 아니라, 연기를 하기 위해서 돈을 벌었다. 변동이 잦은 촬영 일정 탓에 정기적으로 출퇴근하는 일은 할 수 없었다. 피하고 싶었지만 결국 공사현장만 한 일터가 없었다. 발이 얼고 살이 탔다. 이른 새벽, 무거운 포대를 지고 허리가 휘면서도 앞으로 한 발자국씩 내디디며 밤에 할 대사를 중얼거렸다. 우습게도 나는 그런 나를 다그쳤다. 내 능력이 부족하다. 더 노력해야 한다. 끼니 굶어 모은 돈으로 무술과 악기를 배웠다. 나는 그렇게 현실을 존중했지만 그것은 방금 또 나를 배신했다.

그래. 이대로는 안 된다. 다른 계기를 만들어야 한다. 마치 장현이 그랬던 것처럼.

*

어쩌면 뛰어내릴 수도 있겠다 싶은 마음으로 강당 옥상에 올랐다. 한 현장에서 하루 차이로 형사 3과 범인 3이 연달아 죽는 조금은 우스꽝스러운 상상을 하며 옥상 문을 열었을 때, 난간 한편에서 대사 연습을 하던 형사 2와 눈이 마주쳤다. 뻔히 봤으면서 그냥 내려가기도 어색해 나는 그의 곁으로 가 마음에도 없는 인사를 건넸다.

"안녕하세요."

그가 살짝 고개 숙여 내 인사에 답했다. 내가 뻔한 서두를 꺼냈다.

"어떻게 이런 일이 다 생기는지. 영화 찍다가 사람이 죽고. 그렇죠?"

그는 귀찮다는 표정만 지을 뿐, 뻔한 대답 하나 하지 않았다. 오기가 생겼는지, 아니면 누군가와 이야기를 하고 싶었는지, 나는 전혀 그런 성격이 아닌데도 괜히 빈말을 꺼내 그의 대답을 유도했다.

"촬영본 봤는데 아저씨도 큰일 날 뻔하셨어요."
"네."

그가 짧은 대답으로 나와 더 할 얘기가 없다는 의사를 확실히 밝혔다. 두 번이나 무시당한 나 역시 더 말하고 싶은 마음이 싹 가셔 그저 먼 산이나 멀뚱히 보았지만, 옆에서 쉴 새 없이 들리는 그의 어색한 대사가 자꾸 내 귀를 찔러 혼자만의 시간도 온전히 가질 수 없었다. 참, 이놈이나 저놈이나 연기를 어디서 배웠는지.

"저기요. 제가 얼굴 몇 번 보지도 않은 사이에 이런 말 하기 좀 그렇기는 한데요. 대사는요. 글로 외우는 게 아니라 뜻으로 외우는 거예요."

그가 나를 무표정으로 쳐다보았다. 실수했나 싶었지만 이미 뱉은 말이었다.

"글로 외우고 말하니까 딱딱한 거예요. 그거 토씨 하나 똑같이 하는 게 중요한 게 아니에요. 전혀 다른 말을 해도 그 대사가 전달하는 의미랑 같으면 그게 더 맞는 거예요."
"아저씨, 연기 몇 년 했어요?"

멍청하게도 나는 기다렸다는 듯이 답했다.

"이십 년이요. 왜요? 그쪽은요?"
"사 년요. 아저씨, 그럼 이 영화에서 아저씨 대사가 뭐예요?"

머뭇거리던 나는 그와 눈도 못 마주치고 머저리같이 웅얼거렸다.

"살려 줘…."
"이십 년 연기했는데 대사가 '살려 줘.' 하나인 사람 조언을 내가 따라야 해요?"

어쭙잖은 충고를 하려다가 되레 한 방 먹은 나는 그에게서 고개를 돌리고 먼 산만 바라봤다. 뜬금없이 그에게 산 이야기를 꺼낸 나는 곧 스스로가 우스꽝스러워 웃음이 터졌고, 그 역시 그 상황이 우스웠는지 곧 나를 따라 웃기 시작했다. 그 웃음 한 방에 데면데면했던 우리 관계가 급속도로 허물어졌다. 우리는 이어 단역끼리 고개 끄덕일 수 있는 대화들을 나누었고 결국 그 자리에서 호칭까지 편하게 했다. 내가 그보다 세 살 많았다.

"네가 원래 그 역할이었다면서?"
"네, 그게 다행인지 참 그렇게 됐어요."
"그러니까 그게 다행인지 개 같은 건지, 아무튼 친구는 잘 두고 봐야지."

슬쩍 웃던 그가 묘한 표정을 지으며 의외의 말을 꺼냈다.

"근데 실은 둘이 친구라기보다 좀 관계가 그랬어요. 장현이 쩔쩔매더라고요."
"왜? 약점이라도 잡혔나?"

내가 농으로 던진 말에 형사 2가 진지하게 답했다.

"네. 뭐 단단히 잡혔던데."

의외의 대답에 놀란 내가 그를 향해 고개를 돌리자 그가 곧 긴 이야기를 털어놓았다.

"이번 영화 하면서 형사 팀끼리 술 많이 마셨거든요. 난 좋았죠. 장현이랑 친해지면 나쁠 거 있어요? 아무튼 그러면서 알았어요. 둘이 고등학교 동창인 걸. 근데 한때 장현이 그런 소문 있었잖아요. 학창 시절에 지역에서 유명한 문제아였다던가 뭐 그런. 그게 진짜 같은 게 가끔 사람이 좀 거칠다는 느낌을 받았어요. 술 들어가면 특히. 그런데 형사 3, 그러니까 성진이 형은 더 했어요. 가끔씩 장현을 고압적으로 대하는데 그때마다 장현이 꼼짝도 못 하더라고요. 혹시 예전에 그 기사 기억해요? 장현이 무슨 여학생을 구출해서…."

"응. 왜?"

"그게 실은 장현이 어쩌다 술 먹고 길거리에서 고등학생 하나를 두들겨 팼는데 걔가 학교 일진이었대요. 마침 그 자리에 괴롭힘당하던 여학생도 함께 있어서 소속사가 그렇게 수습해 기사가 나간 거래요. 돈 좀 썼다고. 성진이 형이 그런 이야기를 하면서 막 웃는데, 그게 좀 민감한 이야기인데도 장현이 뭐 꼼짝을 못 해요. 그리고…"

무슨 이야기를 이어 하려던 그가 말을 멈추고 잠시 망설였다. 내가 참지 못해 막 재촉하려고 할 때 그가 결심했는지 다시 이야기를 이었다.

"그저께 밤에도 촬영 끝나고 우리끼리 또 정자에서 술 마셨거든요. 넷이 한 열댓 병쯤 마셨나? 형사 1 형은 구석에서 쓰러져 자고 나도 좀 가물가물할 때였는데, 어쩌다 둘이 말다툼을 하기 시작했어요. 그때 성진이 형이 장현한테 이런 말을 했어요.
[너 씨발놈아. 너 옛날에 내가 가지고 다니던 폴더폰 기억나냐? 검은 거. 거기 있는 거 내가 한번 까? 그거 까면 너는 씨발…. 근데 뭐? 뭐라고?]
다음 날 정자에서 할 촬영 준비 한다고 스태프들이

가끔씩 왔다 갔다 하면서 듣는데 내가 다 민망하더라고요. 장현은 얼굴이 사색이 돼서 꼼짝도 못 하고. 진짜 뭐가 있긴 있나 싶었죠. 성진이 형 연기 전공도 아니에요. 제대로 배운 적도 없고. 소속사에도 장현이 그냥 꽂아 준 거죠."

"잠깐, 그리고 바로 그 다음 날 배역이 바뀐 거야?"

"그런 거죠 뭐."

갑자기 복잡한 사건이 단순해졌다는 느낌이 들었다.

"경찰 조사 받을 때 그 얘기 했어?"

"왜 해요 그런 얘기를. 쓸데없이."

"왜긴 왜야. 당연히 해야지."

"연기 그만둘 일 있어요? 괜히 얘기 새 나가서 장현이나 회사가 알면 어쩌려고요. 나랑 같은 처지니까 형한테나 이야기한 거지."

"지금 연기가 문제냐? 사람이 죽었는데. 살인을 했다고."

"살인이요?"

"그래. 살인."

"누가요?"

"누구긴 누구야. 장현이지."

"증거 있어요?"

"전날 밤에 그렇게 협박했다며. 그러고 나서 다음 날 죽었고… 그리고…."

나는 입을 다물 수밖에 없었다. 이번엔 그가 날 다그쳤다.

"그리고요? 장현이 농약이 들어 있는 병을 바꾼 걸 본 사람 있어요? 그 바뀐 병에 장현이 술을 채웠어요?"

병을 바꾼 것도 또 어떻게 바꾼 병에 감독이 술을 채우게 했는지도 나는 몰랐다. 결국 나는 초라한 동의를 구했다.

"아니, 의심스럽지 않아?"

"그렇게 의심스러우면 형이 가서 말해요. 내 얘기는 하지 말고."

그 사이 감정이 격해진 나는 그에게 필요 이상으로 모욕적인 말을 했다.

"그래 뭐. 그렇게 장현 빨아 주고 하면, 걔가 너 어디 영화에라도 출연시켜 줄지 모르지. 똑똑하네, 너."

내 말을 무시한 그가 시나리오에 눈을 두자 나는 쓸데없이 한마디를 더 붙였다.

"대사 연습은 왜 하냐? 어차피⋯"

"아 씨발 진짜!"

내 말을 거칠게 밀친 그가 성난 뒷모습을 보이며 옥상을 빠져나갔다. 그가 사라진 옥상 문을 한동안 바라보던 나는 곧 대본을 뒤집어 시나리오를 새로 썼다.

톱스타의 치명적인 약점을 잡고 있는 형사 3은 그간 끊임없이 그를 협박했다. 톱스타는 형사 3을 자신의 소속사에 넣어 주고 영화에도 여러 번 출연시키지만 그는 점점 더 과한 요구를 한다. 결국 이번 영화에서도 감독에게 부탁해 그에게 대사까지 준다. 톱스타는 생각한다. 형사 3의 존재는 결국 내게 큰 걸림돌이 될 것이다. 언젠가는 그가 내 날개를 꺾고 날 추락시킬 것이다. 그런 생각을 하던 중 그는 목격한다. 한 스태프가 농약이 담긴 병을 쓰레기통에 버리는 장면을. 그의 파란 마음이 검어진다. 감독의 연출 성향으로 볼 때 아마도 진짜 술을 마시며 하는 연기를 요구할 것이다. 아침에 배역을 바꾼 덕에 술 마시는 역할은 마침 형사 3이다. 강당 옆 쓰레기통에서 아까 버린 병을 몰래 꺼내 강당 안으로 들어가 촬영에 쓸 소주병들과 섞어 둔다. 아, 여기까지다. 현재 내가 쓸 수 있는 시나리오는 결국 여기까지다. 감독이 어떻게 저 병에 술을 따르게 했을까? 혹시 그와 공모한 걸까? 아니면 그저 우연히 그 바꾼 소주병에 따르길 기도한 걸까?

아니 그보다, 나는 지금 왜 이렇게 그를 의심할까?

*

나는 형사 3의 죽음이 철저히 계획된 살인이라는 증거부터 찾아야 했고, 그 증거는 결국 그 순간을 촬영한 장면에 숨겨져 있을 거라고 생각했다. 강당 안으로 들어간 나는 모든 촬영본을 담당하는 젊은 남자 스태프의 뒤로 다가갔다. 막 점심을 먹고 졸음이 밀려오는지 의자에 앉은 그가 마치 병든 닭처럼 졸고 있었다. 나는 한껏 어두운 얼굴을 하고 그의 옆으로 가 말을 걸었다.

"저… 부탁 하나만 해도 될까요?"

잠이 덜 깬 그가 흐리멍덩한 눈으로 나를 가만히 올려 보았다.

"실은 성진이가 저랑 같은 대학을 다녔거든요. 아, 그러니까 죽은 그 형사 3이…"

여전히 내가 무슨 말을 하는지 모르겠다는 듯 그가 어리벙벙한 표정을 지었다. 나는 아랫입술을 한 번 지그시 깨물고는 이어 말했다.

"혹시, 그 친구 마지막 연기하는 모습을 좀 볼 수…"

그리고 눈물을 꺼냈다. 울먹이는 내 모습을 당황한 표정으로 바라보던 그가 상황 파악이 됐는지 곧 나보다 더 슬픈 표정을 짓고는 앉아 있던 자리에서 일어나 내게 의자를 내줬다. 멀리서 나를 수상하게 바라보는 형사 2의 눈빛이 느껴졌다. 흥. 연기는 이렇게 하는 거다.

나는 정자에서의 촬영 장면을 첫 테이크부터 다시 보기 시작했다. 아까는 대수롭지 않게 여긴 장면들이 사정을 다 알고 보아서 그런지 수상하게 느껴졌다.

네 번째 테이크였다. 형사 3이 대사를 더듬어 엔지가 났다. 막 평상 위로 올라온 연출부원 하나가 형사 3이 마신 만큼 다시 병에 소주를 채우려는 장면에서 뒤늦게 영상이 멈췄다. 생각해 보면 방금 봤던 장면에서처럼 보통 저런 일은 연출부원이 한다. 그런데 처음 병에 술을 채운 사람은 감독이라고 했다. 왜 감독이 그런 일까지 직접 했을까? 혹시 자신이 무언가 표시한 병에 직접 술을 채우기 위해서라면 그건 누가 봐도 의심스러운 일이다. 그 결과로 지금 그는 경찰서에 있다.

그다음 테이크였다. 형사 3이 즉흥 연기를 했다. 만취한 척 평상을 손으로 세게 내려쳐 바로 옆에 놓인 빈병 하나가 쓰러졌다. 장현이 쓰러진 병을 다시 제자리에 놓고 상황은 계속되었다. 나는 그 테이크가 꽤 마음에 들었다. 형사 3의 즉흥 연기도 좋았고, 장현도 자연스럽게 받았으며, 마지막 대사도 모처럼 자연스러웠다. 하지만 그 테이크는 감독의 오케이 사인을 받지 못했다. 왜일까? 나는 테이블 위에 있는 스크랩북을 집어들어 방금 전 테이크의 엔지 사유를 찾았다. 거기엔 이렇게 적혀 있었다.

[평상에 다시 놓인 소주병의 상표가 정면으로 보임.]

상표? 영화 속 시대와 장소를 보여 주기 위해 일부러 준비한 소품인데 왜 상표가 드러나면 안 될까?

그때부터 나는 평상에 놓인 빈 소주병 위주로 장면을 보았는데, 그러자 곧 아무래도 이상한 점 하나가 눈에 띄었다. 평상 위에 다시 세팅한 빈 소주병의 상표를 카메라에 정면으로 보여 주는 테이크가 단 하나도 없었다. 기껏해야 상표의 옆 부분이 살짝 보인다거나, 다른 병에 겹쳐 잘 보이지 않게 두었다. 누군가가 병을 건드려 살짝 움직이기라도 하면 다음 테이크 때는 여지없이 상표가 잘 보이지 않도록 세팅을 하고 촬영했다. 카메라를 향해 상표를 정면으로 드러내는 병은 단 하나뿐이었다. 장현이 형사 3에게 술을 따라 주는 그 소주병, 딱 그것 하나뿐.

나는 다섯 번째 테이크를 다시 돌려보았다. 형사 3의 애드리브로 쓰러져 장현이 평상 위에 다시 세운 그 소주병을 특히 자세히 보았다. 그러자 비로소 보였다. 병의 상표 중앙에 있는 아주 작은 흠집 하나가. 동시에 내 머릿속에서 무언가가 번뜩였다. 그대로 자리를 박차고 일어난 나는 스크립터를 찾아가 다짜고짜 물었다.

"감독님이 술을 채운 병 하나 빼고는 다른 병들의 상표에 전부 흠집이 있었나요?"

그녀가 얼떨떨한 표정을 하면서도 곧 쉽게 털어놓았다.

"네. 촬영 시작 직전에 미술 팀이 촬영에 쓸 병들을 가져왔는데, 병에 붙어 있는 상표가 이동 중에 어디 부딪혔는지 상태가 조금 온전치 못하다고 했어요. 저도 봤는데 심한 건 아니었지만 상표의 귀퉁이가 살짝 찢어져 있다거나, 중간에 작은 구멍이 나 있거나, 아무튼 한 병 빼고는 전부 흠집이 나 있었어요. 동네 슈퍼에서 술을 사서 바로 마시는 설정인데 좀 꺼림칙한 거죠. 가뜩이나 디테일 노래 부르시는 감독님인데. 결국 결론이 나온 게, 어차피 술을 따를 한 병만 빼고 나머지는 다 마신 것처럼 평상 위에 가만히 놓여 있으니까요. 온전한 부분만 보이게 하거나, 다른 병으로 흠집을 가리게 한 거죠. 멀쩡한 한 병만 골라서 감독님이 술을 채웠고요."

병을 바꿨을 때 범인은 한 가지 작업을 더 했다. 농약이 미량 남아 있는 병을 제외한 다른 모든 병에 작은 흠집을 냈다. 농약이 들어 있는 병 하나만 상표를 온전히 두어서 감독이 술을 채울 병을 미리 정해 둔 것이다. 표시가 없는 것이 곧 표시였다.

이제 명백하다. 형사 3의 죽음은 사고가 아닌 사건이다. 의도한 것은 아니었겠지만 형사 3은 대본에 없는 연기로 내게 다잉 메시지를 남겼다. 누군가 나를 살해했으니 그 범인을 밝혀 달라고. 아니, 조금 더 정확히 말해 볼까? 날 죽인 톱스타의 그 추악한 이면을 밝혀 달라고.

*

그때부터 나는 본격적으로 형사처럼 굴었다. 현장에 있는 스태프들에게 물어 어제의 촬영 일정을 세세히 확인했다. 대략의 시간표는 다음과 같았다.

스태프들이 들판에 농약을 친 시각이 약 오전 12시, 그때부터 오후 4시경까지 스태프들 전원이 강당 안에서 촬영 대기. 잡초가 죽은 오후 4시경부터 강당 옆 들판에서 장현이 짧은 촬영 하나를 소화했고, 오후 5시부터 강당 안에서 저녁 식사 및 휴식. 오후 6시부터 밤 7시까지 촬영 준비를 하고, 밤 7시에서 8시까지 장현을 제외한 형사 팀을 마을 초입에서 촬영. 밤 8시부터 촬영 준비 후, 정자에서 그 사건이 벌어진 촬영을 시작.

이 시간표에서 내가 주목한 시점은 바로 7시부터 8시까지의 한 시간이다. 그 외의 시간엔 스태프들이 강당에 모여 있거나 자주 들락날락했다. 밤 7시에서 8시까지야말로 거의 모든 스태프들이 마을 초입에서 촬영을 하고 있었기에 강당 안은 그때가 제일 한산했다. 그리고 그 시간에 촬영이 없던 장현은 역시나 수상한 움직임을 보였다. 그의 행적을 묻는 내 질문에 그와 함께 대기 차량에 타고 있던 분장 팀 스태프가 이런 말을 했다.

"장갑이랑 마스크를 챙기더니 한 10분만 뛰고 오겠다고 나가셨어요. 소화 좀 시킨다고. 그때요? 한 7시 정도? 아!"

휴대폰을 꺼내 무언가를 확인한 그녀가 곧 내게 말했다.

"정확히 7시 11분에 나가셨어요. 친구가 막 장현 배우님 사인 하나만 받아 달라고 문자로 부탁해서 제가 종이 꺼내 들고 부탁했을 때라서요."

제작부원 하나가 그 증언을 뒷받침했다.

"비품 하나 갖다주고 강당을 지키러 돌아가는 길에 장현 배우님을 마주쳤어요. 강당 앞쪽 길에서요. 7시 10분? 20분? 네. 강당 안에 들어갔을 때는 저 혼자였어요. 아 참, 막 강당 안으로 들어갈 때 옆 들판에서 음향 팀 스태프가 현장음 따고 막 철수 중이었어요."

로케이션 현장에서는 보통 촬영 장소의 고유한 소리를 녹음한다. 제작부원의 이야기는 그때 마침 음향 팀 스태프 하나가 강당 옆 들판에서 그 일을 하고 있었다는 말이다. 흥분한 나는 그대로 그를 찾아가 단도직입적으로 물었다. 혹시 장현이 강당 안으로 들어가는 장면을 보았냐고.

"강당을 등지고 서 있어서 누가 그 안에 들어갔는지는 못 봤는데요."

아! 만약 그가 장현이 강당 안으로 들어가는 모습을 목격했다면, 혹은 쓰레기통이라도 뒤지는 장면을 보았다면 그것은 꽤 결정적인 증거가 될 수 있었는데. 아쉬운 마음에 어렵게 뒤돌아 몇 걸음 떼는데 그가 뒤늦게 무슨 생각이 났는지 내 등에 대고 소리쳤다.

"어쩌면 들은 건 있을 수도 있어요."

그를 따라 강당 안으로 들어가자 그가 곧 음향 장비 하나를 가져왔다. 이전 현장에서 몇 번 호의적인 대화를 나누었던 탓인지 그는 흔쾌히 내게 당시 녹음했던 소리를 들려주었다. 나는 우선 시간부터 확인했다.

"이거 정확히 언제 녹음된 건지 알아요?"

그가 장비의 버튼을 몇 번 가볍게 누르더니 말했다.

"7시 14분부터 19분까지요."

차에서 나온 장현이 강당까지 달리면 딱 도착하고도 남을 시간이다. 나는 지푸라기라도 잡는 심정으로 그때의 소리에 귀 기울였다. 허나 5분 내내 들리는 것은 오직 들판을 세차게 가르는 바람 소리뿐이었다. 그렇게 서너 번을 들었을까? 아무래도 의미가 없어 그만 들으려던 참이었다. 아까부터 옆에서 함께 그 소리를 듣던 음향 기사가 혼자 무얼 들었는지 기기를 조작해 특정 구간의 소리만 날카롭게 키우고는 그 구간만 반복 재생시켰다. 그제야 내 귀에도 알 수 없는 끽끽 소리가 들렸지만, 그게 무슨 소리인지는 도무지 갈피가 잡히지 않았다. 그렇게 한 열 번쯤 반복해 들었을 때였다. 음향 기사가 갑자기 자리에서 벌떡 일어나더니 강당 입구를 향해 성큼성큼 걸었다. 이것 보라는 듯 그가 씩 웃으며 강당의 철문을 열었다.

끼익. 장현은 분명 그때 강당 문을 열었다.

*

현장에는 범인 3이 형사 3을 죽인 범인을 쫓는다는

소문이 퍼졌다. 죽은 형사 3과 내가 같은 대학을 다녔던 친한 친구라는 반은 맞고 반은 틀린 소문도, 장현의 동선을 캐물은 일로 내가 그를 범인으로 의심한다는 소문도 함께 돌았다.

사람들의 반응은 뻔하게 나뉘었다. 나를 응원하거나 손가락질하거나. 물론 대다수가 후자였다. 그들은 이 세계의 질서를 깨려는 나를 달갑게 보지 않았다. 나는 몇 안 되는 전자에 해당하는 사람들에게 보란 듯 결과물을 내놓고 싶었지만, 그러기 위해서 내가 보아야 할 마지막 단서의 담당자는 안타깝게도 후자에 속하는 인물이었다.

내가 마지막으로 확인하고 싶었던 것은 바로 메이킹 필름이다. 보통의 촬영 현장에서는 영화의 홍보에 사용하거나, DVD를 만들 때 보너스 트랙에 담을 용도로 제작 과정이 담긴 영상을 따로 찍는다. 그것이 내가 이 현장에서 확인할 수 있는 마지막 단서였지만, 그것을 담당하는 스태프는 아까부터 내게 차가운 눈빛을 보냈다. 얼씬도 하지 말라는 뜻이었지만 여기까지 와서 물러날 수는 없었다. 나는 기어코 그에게 다가갔다. 결국 또 내가 할 수 있는 건 연기뿐이었다. 내가 울상을 지으며 말을 꺼내려 하자 그가 보고 있던 스마트폰에서 눈도 떼지 않고 내 말을 막았다.

"이미 복사해서 다 경찰에 넘겼거든요? 그 사람들이 알아서 할 일이지 범인 3님이 왜 이러세요?"

범인 3 주제에 형사 노릇하지 말라는 투였다. 매몰차게 거절당하는 내 모습을 근처에서 가만히 지켜보던 형사 2가 보란 듯 비웃으며 강당 밖으로 나갔다.

나는 구석의 낡은 의자에 털썩 앉아 다시 한번 생각을 정리했다. 모든 증언을 종합해 볼 때 역시 장현이 의심스럽다. 하지만 겨우 지금껏 알아낸 정도로 그가 살인을 저질렀다고 주장하기에는 그 근거가 턱없이 부족하다. 결정적 증거가 필요하다. 아니, 그런 게 대체 있기나 할까?

무언가 잡힐 듯 잡히지 않는 상황에 아쉬움을 넘어 답답함을 느끼는데, 밖으로 나갔던 형사 2가 거칠게 강당 문을 열며 나타났다. 새파랗게 질린 그의 얼굴을 보자마자 밖에 무언가 심각한 일이 터졌음을 단번에 알 수 있었다.

"저… 정자에! 형사 1이… 형사 1이 죽었어요!"

형사 1? 형사 1은 대체 왜?! 그의 말에 모두가 강당 밖으로 뛰쳐나갔다. 나 역시 머릿속이 복잡해져 밖으로 급히 뛰쳐나가는데 파수꾼처럼 문 옆에 서 있던 형사 2가 내 팔을 거칠게 붙잡았다. 나를 제외한 모두가 강당 밖으로 뛰쳐나간 후, 그가 달리는 그들의 뒤를 따라 여유롭게 뒷걸음질 쳤다. 그러고는 내게 표정으로 말했다. 연기는 이렇게 하는 거라고.

나는 고마운 마음을 느낄 새도 없이 메이킹 필름이 있는 곳으로 달렸다. 허겁지겁 카메라 전원을 켜 어제 장현이 운동하러 나갔다는 그 시간대와 가까운 영상들을 확인했다.

우선 6시 38분에 찍은 영상이 있었다. 강당 안의 분주한 스태프들이 보였다. 장비를 옮기는 촬영 팀, 비품을 정리하는 제작부, 전화기를 붙잡고 누군가와 큰 소리로 통화 중인 조연출의 모습이 보였다. 그들을 촬영하며 카메라를 이동하는 중간에 미술 팀 실장이 잠깐 모습을 드러냈다. 무릎을 꿇어앉은 그가 바닥에 나무판자 하나를 두고 빨간색 페인트를 칠하고 있었다. 내가 아까 본 그 나무판자였다.

7시 3분. 사람들이 모두 나가길 기다린 듯, 카메라는 텅 빈 강당의 모습을 천천히 훑어 보여 주었다. 강당 한구석에 그 문제의 소주병들이 들어 있는 박스가 보였는데, 그 병들의 주둥이 위에 아까 보았던 그 빨간 나무판자가 올려져 있었다. 실장이 색을 다 칠한 후 그 위에 올려 둔 모양이었다.

다음은 마을 초입에서 진행된 촬영 현장을 찍은 영상이었고 그다음은 다시 강당이었다. 시간은 8시 4분. 카메라는 촬영이 끝나고 강당 안으로 들어오는 스태프들의 모습을 담았다. 막 강당에 들어온 연출부원 하나를 인터뷰할 때, 그 뒤로 다시 그 빨간 나무판자가 보였다. 그것은 여전히 소주병들의 주둥이 위에 올려져 있었지만 왜인지 나는 그것이 아까와는 어딘가 달라졌다고 느꼈다. 서둘러 이전 영상을 다시 돌려 보았다. 내 느낌이 맞았다. 7시경에 찍힌 나무판자의 모서리는 박스와 같은 방향으로 놓여 있었는데, 8시경에 찍힌 판자 모서리의 방향은 박스 모서리의 방향과 어긋나 있었다. 그 사이에 누가 저 나무판자를 건드렸다. 누군가가 7시에서 8시 사이에 저 병을 바꿔치기했다.

아! 페인트!

아까 미술 팀 실장이 쥐고 흔들던, 한쪽 귀퉁이에만 나무 색이 드러났던 그 빨간 나무판자가 머릿속에 번뜩 떠올랐다. 그래! 범인의 손에는 아마 빨간색 페인트가 묻어 있을 것이다! 아니, 아니지. 만약 장현이 범인이라면 멍청하게 저 병들을 맨손으로 만지진 않았을 것이다. 스태프도 아닌 장현이 자신이 술을 따랐던 병 외에 다른 병에서도 모두 지문이 나오면 의심받을 테니까.

[장갑이랑 마스크를 챙기더니…]

이어 분장 팀 스태프에게 들었던 말이 자연스럽게 머릿속에 떠올랐을 때, 갑자기 밖이 소란스러워졌다. 강당 문을 열고 밖으로 나가자 막 밥차에서 뛰쳐나온 파란 그녀들이 멀리서 오는 한 무리의 사람들을 향해 소리 지르며 달려가는 광경이 보였다. 그 무리는 강당으로 오고 있었는데 그 선두에는 아까 강당을 뛰쳐나갔던 사람들이 보였다. 그 뒤로는 카메라를 들고 있는 기자들과 경찰복을 입고 있는 경찰들도 보였다. 그리고 그 모두의 중심엔 그가 있었다. 훤칠한 키에 시원한 이목구비. 장현. 톱스타가 돌아왔다.

*

누추한 강당 안으로 들어온 톱스타가 그곳이 원래 자신의 자리인 것처럼 강당 중앙으로 나아갔다. 매니저들과 소속사 직원들이 신하처럼 그의 뒤를 따랐고, 파란 그녀들은 시녀처럼 그 뒤를 이었다. 옆에서 나란히 걷는 경찰들은 그를 경호하는 듯 보였고, 그에게 시선을 고정한 채 뒷걸음질 치는 기자들은 그의 열렬한 신도들 같았다. 그들의 중심에서 걸음을 멈춘 톱스타가 자신의 세계를 한 번 둘러보고는 남자다운 그 입술을 서서히 뗐다.

"존경하는 스태프님들과 동료, 선후배 배우님들. 어젯밤, 이 영화에서 형사 역할을 맡아 저와 호흡을 맞추던 젊은 배우 하나가 세상을 떠났습니다."

잠시 숨을 고른 그가 특유의 그 묵직한 목소리로 말을 이었다.

"형사 3, 아니 성진이는 제 친한 친구였습니다. 제학창 시절은 그 친구와 함께 만든 추억으로 가득합니다. 그 친구는 늘 에너지가 넘쳤습니다. 배우 생활중 지칠 때마다 저는 그런 성진이를 보며 다시 힘을낼 수 있었습니다. 사실 믿기지가 않습니다. 성진이가 지금 당장에라도…"

톱스타는 그 부분에서 울컥했다. 적절했다. 애써 울음을 삼킨 그가 다시 입을 열었다.

"저는 오늘 오후까지 성진이 곁에 있었습니다. 못다한 촬영이 있었지만 도저히 다른 일은 생각할 수 없었습니다. 그러다 문득 생각났습니다. 사진 속에서절 보고 환히 웃는 성진이와 눈이 마주치고는 뒤늦게야 깨달았습니다. 네. 성진이는 제 친구이기도 하지만 꿈 많았던 배우이기도 합니다. 저와 함께 연기할 수 있다며 아이처럼 좋아하는 그 친구의 모습이저는 아직도…"

더 말을 잇지 못한 장현이 닭똥 같은 눈물을 뚝뚝 떨어뜨렸다. 쉴 새 없이 터지는 카메라 셔터와 파란 그녀들의 울음소리가 지금 이 순간이 절정임을 알렸다. 강당 안의 모두가 그의 세계에 빠져들었을 때 그가 울음 섞인 마지막 대사를 토해 냈다.

"… 성진이의 죽음이 헛되지 않게 하기 위해서라도 저는! 이 영화! 꼭 완성하겠습니다!"

나는 그때 옆에 있던 기자의 노트북 화면에 막 쏟아지는 문구를 보았다.

[장현, 죽은 친구를 위해 촬영 강행!]

그렇지. 숫자로 불리는 단역의 죽음쯤은 장현이라는 별을 더 빛내는 연료로 쓰고 버리겠지.

*

톱스타의 뜻대로 강당 옥상에서는 촬영 준비가 한창이었다. 스태프들은 모처럼 바쁘게 움직였고, 배우들은 다시 시나리오에 눈을 돌렸다. 관객도 늘었다. 경찰 몇 몇이 사건 조사를 핑계로 촬영 현장을 구경할 참이었고, 기자들은 장현의 마지막 장면을 담기 위해 카메라를 꺼냈으며, 파란 그녀들은 당연히 이 순간만을 기다렸다.

의자에 앉아 느긋하게 촬영을 기다리던 장현이 현장에 있던 한 스태프에게 긴 이야기를 들으며 나를 쳐다보았다. 아마 내가 형사 3을 죽인 범인을 쫓았다는 이야기를 듣고 있겠지. 내가 그와 같은 대학을 다닌 절친한 친구란 이야기도. 무엇보다 내가 그를 범인으로 생각한다는 것도 알았을 것이다.

옥상으로 올라오기 직전, 나는 분장 팀 그녀에게 한 가지 사실을 더 확인했다. 나는 장현이 돌아왔을 때도 여전히 장갑을 끼고 있었냐 물었고 그녀의 대답은 예스. 그가 페인트가 묻은 장갑을 오는 도중에 길에 버리지는 않았다는 뜻이다. 나는 장현이 장갑을 낀 탓에 페인트를 만진 촉감을 느끼지 못해 장갑에 그것이 묻었는지 아마 몰랐을 것이라고 추측했다. 시간이 조금만 더 있었다면 내가 그의 장갑을 찾아 확인할 수 있었겠지만, 연출부원 하나가 내가 입을 재킷을 건네주며 곧 촬영이 시작됨을 알렸다.

이대로 끝나는 걸까? 마지못해 재킷을 입는데 그 안 주머니에 무언가가 들어 있었다. 주머니에서 꺼내 본 그것은 이천년대 초중반에 썼을 듯한 검은색 폴더 폰이었다. 이전 현장에서 썼던 소품을 제대로 회수하지 않고 그대로 넣어 둔 모양이었다. 그것을 보자 죽은 형사 3이 장현을 위협할 때 언급했던 그 검은색 폴더 폰이 자연스레 생각났다.

대체 무엇일까? 톱스타의 비밀은. 그것은 형사 3이 마셨던 독배만큼이나 치명적인 것일까?

*

온통 어두운 세상에 희고 노란 빛들이 터진다. 그 빛들이 만들어 낸 세계의 중심에 장현이 선다. 모두가 그를 주목하며 숨죽이면 누군가가 이 세계의 시작을 알린다.

액션!

난간 한편에 무릎을 꿇고 앉아 있는 내게 다가온 형사 2가 나와 눈높이를 맞추고는 내 멱살을 잡았다.

"말해. 누구야? 누가 죽였냐고! 저 아래로 떨어트려 줄까?"

그의 어색한 대사가 끝나면 이제 장현의 차례다. 형사 2의 뒤에서 나를 가만히 지켜보던 그가 한 걸음 한 걸음 다가와 내 앞에서 멈췄다. 한동안 나를 내려다보던 그가 폼을 잡고 말했다.

"안 부끄럽냐? 이런 짓…."

킥. 그의 대사가 끝나기도 전에 웃음이 터져 버렸다. 뭐? 남의 손을 빌려 친구를 살해하고, 스태프에게 누명을 씌우고, 그 뒤에 비겁하게 숨은 놈이 하는 말이 뭐?

감독이 짜증 섞인 목소리를 냈다.

"범인 3. 웃지 마시고 다시 한번 갑시다."

쓸모없는 장면들이 지나가면 내 앞에 선 톱스타가 뻔 뻔하게 반복한다.

"안 부끄럽냐? 이렇게 사는 거 부끄럽지도 않아?"

이제 내가 해야 할 대사는, 내가 그에게 할 말은… 내가 왜? 내가 왜 너 같은 놈에게 살려 달라는 말을 해야 하지?

"컷! 시간도 없는데 집중 좀 합시다."

아까보다 한층 날카로워진 감독의 말투를 듣자 나는 그에게도 분노가 치밀었다. 장현만을 바라보는 이 세계가 역겨웠다. 내가 그러거나 말거나 어느새 또 내 앞에

선 장현은 나를 내려다보고 내가 할 대사를 재촉했다. 어서 빨리 내가 바꾼 그 대사나 하고 꺼지라는 표정으로. 저런 놈에게 살려 달라고 빌 수는 없다. 그래. 그들이 원하는 대사만 해서야 나는 영원히 숫자로 불릴 것이다.

결심했다. 그와 나의 세계를 뒤집기로.

"너는?"

장현이 움찔했다. 나는 한 번 더 그에게 덤볐다.

"너는 안 부끄럽냐?"

애드리브인 줄 알았는지, 내가 다른 대사를 했음에도 불구하고 감독은 장면을 멈추지 않았다. 그래. 이건 엔지가 아니지. 이게 이 뻔한 영화에서 유일하게 봐 줄 만한 장면일 테니까.

자리에서 일어난 나는 그대로 뒤를 돌았다. 빛이 쏟아져 눈이 부셨다. 내 앞에는 이제 나를 비추는 조명과, 내 모습을 담을 카메라와, 내 목소리에 귀 기울이는 마이크와, 나만을 바라보는 관객들이 있었다. 잠깐 그때가 떠올랐다. 내가 나무였을 적. 모두가 나 하나만 바라보던 그때.

나는 관객들을 서서히 둘러보았다. 어쩌면 그들은 모두 안다. 형사 3을 죽인 범인이 누구인지. 적어도 여기서 누가 가장 의심스러운지. 장현이라는 톱스타를 건드려 행여 자신에게 해가 올까 봐, 보고도 못 본 척 고개를 돌리거나, 듣고도 못 들은 척 입을 다물었다. 한낱 무명 배우인 내가 알아낸 사실을 경찰이 못 알아냈을 리 만무하다. 그럼에도 그들은 지금 저기 한구석에서 나를 멍한 표정으로 바라보는 김미경이라는 앳된 여자아이의 과실로 이 사건을 덮으려 한다. 나는 장현보다 더 남자다운 내 입술을 뗐다.

"어제 영화 촬영 중 단역배우 한 명이 죽었습니다."

모두가 입을 떡 벌리고 나를 바라보았다. 나는 목소리를 한층 높였다.

"그런데도 우리는 지금 영화를 찍고 있습니다. 이해할 수 있나요? 겨우 형사 3이 죽어서 그런가요? 그는 우리와 같은 사람이 아닌가요?"

어이없는 표정을 한 감독이 내게 소리라도 지르려는 기세였지만 내가 먼저 질문을 던져 그의 말을 막았다.

"감독님. 조사받을 때 말씀하셨나요? 형사 2와 3의 배역이 바뀐 일이요. 혹시 감독님이 배역을 바꿨다고 이야기하지는 않으셨나요? 장현이 요구했다는 이야기는 빼고요."

감독은 당황했고, 경찰은 달라진 눈빛으로 그를 보았다.

"감독님은 어제 그 여덟 개의 빈 병 중에 농약이 담긴 병을 골라 소주를 채웠습니다. 감독님이 하필 그 병에 술을…"

여기까지 말하자 그가 코웃음을 치며 내 말을 잘랐다.

"그래서 뭐요? 날 의심한다고요? 내가 그 병에 술을 채운 건 다른 병들에 전부 흠집이 생겨서 그런 거라고 이미 경찰에 다 이야기했습니다."

고맙게도 그가 내가 꺼내려던 서두를 대신했다.

"네. 그겁니다. 감독님. 그건 우연이 아니에요. 누군가 의도를 가지고 병에 흠집을 낸 겁니다. 흠집 없는 단 하나의 병에, 그러니까 농약이 들어 있는 병에 감독님이 술을 채우게 하려고요. 형사 3이 죽은 건 스태프의 과실로 일어난 단순한 사고가 아닙니다. 이건 분명한 살인 사건입니다."

여기까지 말한 나는 잠시 쉬며 장현을 보았다. 그는 아까부터 우습다는 표정으로 나를 보고 있었다. 나는 다시 관객들을 향해 고개를 돌렸다.

"현장에 있던 분들은 알다시피 저는 오늘 하루 종일 범인의 정체를 밝히려고 노력했습니다. 여기 있는 모두에게는 겨우 형사 3이었을지 모르지만 저에게는 박성진이라는 누구보다 친한 친구였으니까요."

기자들을 바라보며 잠시 숨을 고른 나는 다시 말을 이었다.

"장현 배우에게 묻고 싶은 것이 있습니다."

뒤를 돌아 장현을 보았다.

"어젯밤 7시 15분경, 왜 이 강당 안에 들어가셨나요?"

그가 어쩌면 당황하지 않을까 싶었지만 그는 태연한 표정으로 답했다.

"배우님이 지금 무슨 말씀을 하는지 모르겠습니다. 저는 강당에 들어가지 않았습니다."

"들어가지 않았다고요?"

"네. 운동하느라 강당 근처를 뛰기는 했지만 그 안에 들어가지는 않았습니다."

나는 다시 뒤를 돌아 아까 내게 증언을 해 준 제작부원을 찾아 물었다.

"그때 장현을 강당 앞에서 보셨다고 했죠?"

잠깐 머뭇거리던 그가 결심한 듯 입을 열었다.

"네. 7시 몇 분쯤 강당으로 가는 길에 장현 배우님을 마주쳤습니다."

"아, 그래요. 강당을 한 바퀴 돌아오는 길에 저 스태프분과 마주쳤어요. 그런데 그것이 제가 강당 안에 들어갔다는 증거가 되나요?"

나는 서둘러 되받는 장현의 질문을 무시하고 이번엔 음향 스태프를 찾았다. 그는 내게 기대를 거는 부류 중에서도 가장 앞장서 있는 남자답게 나와 눈도 채 마주치기 전에 증언했다.

"제가 7시 14분부터 19분까지 강당 옆 들판에서 현장음을 녹음했는데요. 15분과 19분에 각각 한 번씩 끼익 하는 이상한 소리가 들어갔습니다. 처음에는 몰랐는데 그게 계속 들어 보니까 강당 문이 열릴 때 나는 소리였어요."

내가 모두의 이해를 돕기 위해 빠르게 거들었다.

"그러니까 그때 누가 강당에 들어갔다가 나온 소리가 녹음된 겁니다. 돌아가는 장현 배우를 마주친 제작부원이 강당 안에 들어갔을 때 그 안에는 아무도 없었다고 했습니다. 그럼 그 바로 직전에 그 소리는 누가 낸 걸까요?"

장현이 실토를 했으면 싶었지만 그의 표정을 보니 그는 끝까지 버틸 기세였다. 나는 한 번 더 몰아붙였다.

"7시 11분, 장현은 마을 초입에 있는 자신이 대기하고 있던 차량에서 빠져나옵니다. 그 모습을 본 목격자는 그와 함께 차 안에 있던 분장 팀뿐만 아니라 마을 초입에서 촬영을 진행하던 스태프 등 한둘이 아닙니다. 그 길로 장현은 강당으로 달립니다. 7시 15분, 강당에 도착한 그는 강당 옆의 쓰레기통 안에서 농약이 담긴 병을 꺼내 들고 아무도 없는 강당 안으로 들어갑니다. 소품으로 쓰일 빈 소주병들을 찾아낸 그는 못과 같은 날카로운 것을 이용해 그 병들의 상표에 작은 상처를 냅니다. 농약이 담긴 병의 상표에만 아무 상처도 내지 않고 그 안에 섞고요. 그 모든 작업을 마치고 강당을 나온 시각이 7시 19분. 녹음본에는 아슬아슬하게 이때 문을 열고 나오는 소리까지 잡혔습니다. 그리고 달린 지 얼마 안 돼서 아까 증언한 제작부 스태프를 마주친 겁니다."

내가 여기까지 정리해 말하자 장현이 빤히 내 얼굴을 바라보았다. 나는 그의 시선을 여유롭게 받았다. 그렇게 보아야 했다. 모두 알고 있다는 눈으로.

"아닌가요. 배우님?"

내가 한 번 더 다그치자, 그가 결국 그동안의 태연한 표정을 그만두었다. 그러고는 곧 피식하며 작은 소리로 욕설을 내뱉었다. 그와 떨어져 있던 스태프들은 못 들었겠지만 그와 가까웠던 나는 분명히 들었다. 바로 옆에 있던 형사 2의 표정이 살짝 동요하는 걸 보니 아마 그도 들었다. 짧은 코웃음을 한 번 더 친 장현이 한 걸음 나서며 말했다.

"그래요. 들어갔습니다. 맞아요. 들어갔어요. 사실 조금 궁금했어요. 스태프들 쉬는 강당 안이 어떤가 싶어서, 그냥 궁금해서 잠깐 둘러보고 나왔어요. 그게 전부예요. 소주병이요? 병은 무슨. 저는 그게 어디 있는지도 몰랐습니다. 범인 2님? 아니 3님인가요? 무엇보다 제가 성진이를 왜 죽입니까? 성진이는 제 오랜 친구예요. 정말, 정말 지금 이 상황이 너무 나는…"

그가 돌연 울먹이는 것으로 연기를 마무리했다. 결정적 증거를 찾지 못한 나는 그가 실토하기만을 바랐지만 그는 끝내 버텨 냈다. 애초에 결정적인 패 하나 없이 성급히 건 싸움이었다. 이대로 허무하게 끝나는 걸까?

그때, 어둠 속에서 의외의 목소리가 들렸다.

"실은… 아까 조사받을 때 하지 못한 말이 있어요."

형사 2가 입을 열었고 장현이 울음을 멈췄다. 한 발자국 앞으로 나선 형사 2가 모두에게 그 모습을 드러냈다.

"저는 이번 영화를 하면서 장현 배우님, 그리고 형사 3과 많은 술자리를 가졌습니다."

고개를 돌린 형사 2가 장현과 눈을 마주치고는 말을 이었다.

"그럴 때마다 제가 목격한 둘의 관계는 친한 친구 사이라고 말하기 어려웠어요. 죽은 성진이 형은 장현 배우님을 늘 함부로 대했습니다. 어떨 때는 보기 민망할 정도로요. 장현 배우님은 그럴 때마다 무슨 약점이라도 잡힌 사람처럼…"

"닥쳐."

장현이 낮고 위협적인 목소리로 형사 2의 말을 잘랐다. 이번엔 모두가 들었다. 아차 싶었는지 그가 뒤늦게 화를 눌러 가며 말을 이었다.

"술을 몇 번이나 같이 마셨다고… 아는 척을 하세요. 남들이 들으면 오해할 말을 하시네, 배우님 참."

모두가 그를 보는 시선이 조금은 달라졌음을 느꼈을까? 묻지도 않는데 그가 서둘러 자신의 결백을 주장했다. 이미 국민 청년 장현의 모습은 아니었다.

"아니. 네. 저도 그렇게 생각했어요. 누가 병을 바꿨다고. 그런데 소품이 있는 강당 안에 들어갔다 나온 것이 제가 범인이라는 증거가 되나요? 내 바로 뒤에 들어갔다는 스태프도 그렇고 여기 있는 사람들 중에 강당을 들락날락하지 않은 사람 있어요? 아주 다들 뻔질나게 왔다 갔다 하던데?"

그의 말이 맞았다. 그 후로 강당을 들락날락한 건 그뿐만이 아니었다. 형사 2의 증언으로 톱스타의 이면이 드러났지만 결국 거기까지. 그 증언이 그의 범행까지 증명할 수는 없었다. 견고한 그의 세계를 깨트리기에는 내가 가진 망치가 너무 물렀다.

나는 고개를 돌려 관객들을 둘러보았다. 내게 모였던 시선이 하나둘씩 흩어졌다. 아! 한 걸음! 딱 한 걸음만 더 가면 될 텐데! 내가 그토록 바라던 그 세계가 잡힐 듯 내 눈앞에 있는데! 다시 그에게 무릎을 꿇어야 할까? 안 돼! 그럴 순 없다! 여기서 내가 페인트가 묻은 그 장갑이라도 내놓는다면 그에게 치명적인…

아! 비밀! 그의 치명적인 비밀!

급히 재킷 안주머니에 손을 넣은 나는 검은색 폴더 폰을 꺼내 들어 머리 위로 높이 들어 올렸다. 그래. 연기라면 내가 그보다 분명 한 수 위다.

"대학 시절. 성진이와 저는 매일 같이 어울려 다녔습니다. 실은 당시에…"

크게 외친 내게 다시 모두의 시선이 모였다. 한 번 숨을 고른 나는 장현을 보았다. 내가 들어 올린 휴대폰을 보고 격하게 흔들리는 그의 눈빛을 보며 나는 직감했다. 내가 이겼다고.

"당시 아이돌이었던 장현이 TV에 나올 때마다, 성진이는 학창 시절 그와 어울려 다녔던 이야기를 제게 자주 했습니다. 이 휴대폰에 있는… 사진들을 보여주면서요."
"씨발! 무슨 헛소리를 하는 거야!"
"지금 제 손에 있는 이 휴대폰은 촬영 현장에 남아 있던 성진이의 가방에서 찾아낸 물건입니다. 아마 또 장현에게 보여 주며 협박하려고 가지고 왔을 겁니다. 지금껏 그랬으니까요. 옳지 못한 일이지만, 성진이는 늘 이 휴대폰에 들어 있는 사진과 영상으로…"
"영상? 영상이 있어?"

장현이 섬뜩한 눈을 하고 내 말을 날카롭게 잘랐다. 동시에 모든 관객이 잔뜩 기대하는 표정으로 내 다음 대사만을 기다렸다. 휴대폰을 더 높이 들어 올린 나는 마지막 대사를 외쳤다.

"여기 이 휴대폰은 증거로 경찰에…"

그때였다. 말을 채 마치기도 전에 장현이 마치 성난 황소처럼 내게 달려들었다. 내 허리를 거세게 휘어잡은 그가 나를 옥상 난간까지 밀고 나갔다. 야수 같은 그 힘에 밀려 난간에 거칠게 부딪힌 나는 그만 들고 있던 휴대폰을 바닥에 떨어트렸고, 장현이 재빨리 그것을 주웠다. 한껏 흥분한 그가 막 휴대폰을 열어 보려는 찰나, 어느덧 달려온 형사 2가 그의 손에 있던 휴대폰을 다시 뺏어 들었다. 둘은 낮은 난간을 옆에 두고 팽팽한 힘 싸움을 벌였다. 경찰들이 그때야 달려들었지만 조금 늦었다. 형사 2가 휴대폰을 쥔 손을 난간 밖으로 뻗었고, 장현 역시 그것을 되찾기 위해 손을 쭉 뻗었다. 그때 그의 허리가 난간에 위태롭게 걸렸지만 그는 전혀 신경 쓰지 않았다. 거침없이 손을 뻗은 그가 기어코 휴대폰을 움켜잡았다. 동시에 그의 몸이 난간 밖으로 급격히 기울었다. 장현의 몸이 잠시 허공에 떠오른 것처럼 느껴진 찰나, 그가 곧 땅바닥으로 곤두박질쳤다. 그러면서도 그는 끝내 휴대폰을 놓치지 않았다.

내가 잘못 보았을까? 한참 아래로 떨어지는 톱스타의 표정이 그 어떤 때보다 평온해 보였다.

*

검은 커튼 사이로 들어온 햇살이 감은 내 눈을 간지럽혔다. 잠깐 잠이 들었다. 낡고 긴 의자에서 몸을 일으켜 주변을 둘러보니 다수의 경찰들이 강당 안을 돌아다니고 있었다.

톱스타가 추락한 후, 나는 내가 밝혀낸 모든 것들을 경찰에게 털어놓았다. 장현의 소지품 중 빨간 페인트가 묻은 검은 장갑이 있을 것이고, 메이킹 영상을 보여 주며 그것이 범행의 결정적인 증거라는 이야기도 했다. 잠시 뒤에 나를 찾아온 경찰이 말했다. 검은 장갑은 있지만 빨간 페인트가 묻어 있지는 않다고. 혹시 세탁을 했을 수도 있으니 가져가 조사해 보겠다고.

어쩌면 장현은 장갑에 페인트가 묻었는지 알았다. 하지만 끼고 나간 장갑이 갑자기 없어진 것을 사람들이 의아하게 여길까 봐 버리지 않고 그대로 돌아와 세탁하는 방법을 택했다. 어차피 손가락에 묻은 작은 페인트 자국 따위 누가 신경도 쓰지 않을 테니까. 침착한 판단이었다.

의자에서 일어난 나는 천천히 강당의 출구를 향해 걸었다. 이제는 나도 이곳을 벗어날 때가 되었다. 회색 철문을 활짝 열어젖히자 따스한 아침 햇살이 내 얼굴에 가득 쏟아졌다. 그 빛에 잠시 눈이 부셨다. 강당 앞에 서 있던 한 무리의 기자들이 나를 보고는 일제히 손을 들었다. 어젯밤 그 사건 이후 그곳에 있던 모든 기자가 나를 찾았다. 기사가 어떻게 날까? 진짜 범인을 밝혀낸 범인 3? 친구의 죽음에 진실을 밝힌 범인 3? 아니, 이제는 내 이름을 부르겠지.

당분간 온라인을 도배할 헤드라인을 머릿속에 떠올리며 그들에게 다가가려 할 때, 강당 문 옆쪽에서 소품들을 정리하는 스태프들 중 미경이라는 여자를 보았다.

그녀는 거의 시체나 다름없는 안색을 하고 있었다. 이 틀간 일어난 이 모든 비극이 자신의 실수 때문이라고 생각하는 것 같았다. 자신이 애초에 그 병에 농약을 담아 오지 않았다면 이런 일들이 생기지 않았을 거라는 죄책감. 글쎄, 과연 이 모든 게 그녀 때문이었을까? 아니다. 결국 언젠가는 일어났을 일이다.

그녀가 주워 옮기던 소품 중 페트병 하나가 떨어져 내 앞으로 굴러왔다. 허리를 숙여 그것을 주운 나는 힘없이 다가온 그녀에게 웃으며 그것을 건넸다. 초췌한 얼굴을 한 그녀가 그것을 받으려 내게 손을 뻗었을 때, 나는 동시에 두 가지 색을 보았다.

그녀의 손목에 걸려 있는 파란색 팔찌와 손가락에 묻은 빨간 페인트 자국.

… 연예인 가까이서 보고 싶다는 이유로 처음 영화 스태프 된 여자앤데… 촬영 준비한다고 스태프들이 가끔씩 왔다 갔다 하면서 듣는데… 걔가 생각 없이 소품으로 준비해 온 빈 병 하나를 들고 간 거예요….

"… 경록… 경록 씨… 경록 씨!"

나를 기다리던 기자 중 하나가 내 이름을 불러 나를 깨웠다. 잠시 그대로 멍하게 서 있던 나는 고개를 돌려 강당 안을 보았다. 골치 아픈 표정의 경찰들과 분주히 철수를 준비하는 스태프들의 모습이 보였다. 내가 방금까지 앉았던 의자에 앉아 가만히 날 바라보는 형사 2와 눈이 마주쳤다. 어제의 일 때문일까? 그 역시 강당의 음침한 광질만큼이나 어두운 표정이었다. 나는 그의 불안한 시선을 외면하고 다시 앞을 보았다. 수많은 기자들이 나를 보며 환히 웃었다.

　마지막으로 그녀를 보았다. 내가 페트병을 쥔 손에 힘을 빼지 않자 그녀는 곧 울음이라도 쏟을 표정으로 나를 쳐다보았다. 한동안 그녀의 그 글썽한 눈을 마주했다. 선택은 어렵지 않았다.

　나는 천천히 손에 힘을 빼고 페트병을 놓았다. 울먹이는 그녀를 등지고 서서히 발걸음을 옮겼다.

　앞으로.

　이제는 내 이름을 불러 줄 그 세계로.

증강 콩깍지

- 황모과 -

일본에 이주해 만화가 스튜디오에서 제작 스태프로 일했고
만화 관련 통·번역 매니지먼트 일을 병행해 왔다. 창작
현장에서 생활고에 시달리다 생계를 위해 전직,
IT 기업에서 6년 일하면서 AI 부서에서 IoT 제품의 기획
개발 현장도 엿봤다. 한국 SF를 읽으며 늦깎이 소설가를
꿈꾸게 되었고 다시 생활고를 각오하고 있다.
브릿G 추천작에 <삼호 마네킹>, <남겨진 자들의 시간>,
<가족이 되는 길>이 선정됐다. <모멘트 아케이드>로
제4회 한국과학문학상 공모전에서 중·단편 대상을
수상했고, 동명의 수상집이 출간되었다. 2020년 6월
황모과 소설집《밤의 얼굴들》을 출간했다.

1.

"윤성 오빠, 말해 봐. 오빠 콩깍지로 보는 나는 누구 닮았어?"

늦은 오후 커피숍. 과제하던 손을 멈추고 문지유 양이 눈을 빛냈다.

"어, 그게… 당연히 '핫핑크존' 보컬 왕태리지."

나는 잠깐 당황하다 둘러댔다. 0.1초 뜸을 들였더니 눈치 빠른 민지유 양의 눈이 좌우로 조금 길게 늘어났다. 놀라울 정도의 미인은 아닌, 걸그룹 핫핑크존의 보컬 담당 왕태리. 지유는 왕태리와 눈매가 아주 약간 닮았다는 얘기를 듣고 있었다. 지유는 요즘 왕태리의 보컬 부분을 나름 연구해 노래방에서 모창을 시도하더니, 급기야 머리 스타일과 화장법도 비슷하게 따라잡으며 100미터 태리라는 별명을 획득한 참이었다.

나는 '콩깍지' 앱에서 요즘 사용하고 있는 필터가 일본 배우 이케쓰마 마리노라고는 도저히 고백할 수 없었다. 첨단 의료 기술을 전신에 탑재한 마리노짱. 비현실적인 H컵 가슴과 아테네 조각상을 연상시키는 인공적인 몸매. 나처럼 대수롭지 않은 남자들은 도저히 범접하기 어렵다. 실제로 눈앞에서 마주하기라도 한다면 딱 움츠러들고 말 타입이다. 세상 필부들이 경배해 마지않는 섹시함을 두르고 계신 분이긴 하지만, 말하자면 필터를 통해 만나는 게 딱 좋은 유형인 것이다.

나는 다양한 타입의 여배우들과 콩깍지 앱 필터로 만나 연애했다 헤어졌다. 청순 섹시형 탤런트 P, 가련해 보이는 외모와 달리 밤이 되면 사나운 전사가 되어 으르렁거리는 가수 Q, 귀엽고 가련한 이미지로 국민 동생이라 불리지만 결정적 순간에 상대를 리드하는 백치미 아이돌 R, 파워풀한 운동신경을 자랑하다 이른 은퇴 후 우아한 모델로 전향한 트랙의 퀸 S, 실생활도 개성이 넘치는 것으로 알려진 4차원 영화배우 T, 서른이 지나서도 상큼함이 퇴색되지 않는 국민 누나 모델 U 등등…. 유명인이지만 가볍게 만날 수 있는 존재들이었다. 만남이 손쉬운 만큼 싫증이 느껴지는 것도 순식간이었지만.

그런 찬란한 개성과 유능한 외모를 자랑하는 사람들을 두루 만나고 난 뒤, 최근 새로 만나게 된 필터들은 성인들의 판타지 세계에 머무시다 미천하고도 경험 부족한 수컷들 앞에 강림하신 전 세계 에로틱 스타들이었다. 어차피 마리노 필터도 한 달을 못 채우고 버릴 게 뻔했지만, 세상은 넓고 섹시한 여배우 필터는 무궁무진했다.

'콩깍지'라는 이름의 앱은 증강 현실 소프트웨어다. 안경이나 콘택트렌즈와 연동되어 연인의 모습을 미리 장착한 필터의 모습(대개 유명한 연예인)으로 래핑해 주는 영상 보정 앱이다. 앱 자체는 무료였고, 런칭 초기에는 사진을 찍으면 연예인 누구누구와 닮아 보이도록 보정되는 메이크업 카메라 기능으로 10대 청소년들 사이에서 대히트를 쳤다. 그 후 안경이나 스마트 렌즈에 연동하는 증강 현실 액세서리 패키지와 유명인 필터가 구매력 있는 20~30대 소비자를 대상으로 유료화되었고, 자신이 선호하는 연예인으로 상대방을 래핑시키는 가상 연애 서비스로 각광받았다.

'당신의 판타지는 소중하니까.'

감각적인 메인 카피와 함께 트렌디하고 세련된 광고가 젊은이들에게 먹혔다. 구태여 현실과 가상을 구분할 이유를 찾지 않는 우리 세대의 삶의 방식과 맞아떨어진 것이다. 있는 그대로의 상대를 사랑하지 못한다는 둥, 연예인과 연애하고 싶은 충동을 필터로 대리 만족할 뿐이라는 둥, 전통적이고도 고리타분한 연애와 결혼의 가치를 중시하는 보수적인 사람들의 비난에도 불구하고 콩깍지 필터는 말도 안 되게 많이 팔렸다. 요즘 연인들 사이에선 상대방이 사용하는 필터를 묻지 않는 것이 공공연한 에티켓이 되고 있다. 서로의 판타지를 쿨하게 인정하고 더 나아가 은밀히 지켜 주는 게 연애의 범절이자 도리인 것이다. 콩깍지 개발사는 해외 경제지가 선정한 영향력 있는 글로벌 브랜드 톱 100에 이름을 올렸다.

콩깍지 서비스의 진정한 경이로움은 사랑하는 상대를 더욱 사랑할 수 있도록 마음까지 보정해 준다는 점에 있다. 익숙함은 편안함이 되기도 하지만 자칫 지루함이 되기도 쉽다. 짧디짧은 사랑의 유효기간을 연장시켜 주는 셈이었다. 죽마고우인 현성이를 비롯해 남자들끼리 모이면 우리는 낄낄댔다.

"시각적 비아그라라 할 수 있지."

누군가 그런 비유를 하자 술자리에서 환호가 터졌다. 우리는 녀석의 문학성에 찬사를 보냈다. 우린 비아그라를 사용할 필요는 없지만, 딱 그만큼 자극이 필요한 혈기 왕성한 남자들이었다.

필터의 확장성은 실제 인물에 그치지 않았다. 변덕스러운 3차원 인간을 도저히 사랑할 수 없는 사람들은 상대를 2차원 영상으로 변환시키는 캐릭터 필터를 애용했다. 상대의 목소리마저 특정 캐릭터의 성우 톤으로 자동 변환시켜 주는 음성 합성 기능도 병용되었다.

지유는 인기 탤런트 민보흠을 콩깍지 필터로 사용하고 있으니 우리의 숨겨진 욕망은 피차일반이다. 유달리 비싼 가격이 책정된 플래티넘 필터가 실제 민보흠을 훌륭하게 재현하고 있으며 래핑 정밀도가 상당하다는 것이 세간의 평판이었다. 그의 연인인 아나운서 신나리가 필터를 통해 보는 민보흠이 실체보다 더 실제 같다는 글을 SNS에 올렸고, 그 바람에 민보흠 필터가 유명세를 탔다. 열풍에 힘입어 콩깍지 필터와 사랑의 본질이라는 주제가 방송 토론 프로그램의 단골 소재가 되곤 했다.

지유가 잠들었을 때 나는 필터가 장착된 지유의 안경을 끼고 거울을 본 적이 있다. 잠든 지유의 눈꺼풀을 까뒤집어 카메라에 얼굴 인식을 시킨 뒤 잠금장치를 풀었다는 건 비밀이다. 민보홈 필터가 덧입혀진 내 모습이 너무나 훌륭해 감탄사를 내지르고 말았다. 남녀노소 누구나 호감을 느낄 훈훈하고 바람직한 모습이었다. 신은 불공평하지만 콩깍지 개발사는 내 여자친구에게 민보홈 필터를 판매했다. 역사의 매 순간, 기술은 인간의 결점을 어떻게든 보정해 온 것이다.

그 후 나는 평소 관심도 없었던 민보홈 연구에 몰두했다. 민보홈이 나오는 영화와 드라마를 적극적으로 섭렵했다. 분석과 연구는 실천과 적용을 통해 일상에 구현되는 법. 지유를 설레게 할 민보홈의 대사를 몇 번 흉내 냈더니 그녀가 숨을 못 쉴 정도로 웃었다. 콩깍지 필터를 통해 우리 애정이 더욱 깊어지고 있음을 느낄 수 있었다. 시각적 정보는 세상을 해석하는 주요하고 유효한 기준이며, 사랑의 깊이는 노력, 즉 돈 쓰는 방식에 비례하는 법이다. 지유는 민보홈 필터를 주기적으로 업그레이드했고 나는 여배우 필터를 빈번히 교체했다. 우리는 필터를 통해 서로를 응시한다. 사랑은 매일 재탄생한다. 필터는 상대의 매력을 증강시킨다. 우리는 연인의 감춰진 가능성을 기어이 찾아내는 것이다.

나는 작년에 라식 수술을 받으면서 콩깍지 연동 액세서리인 스마트렌즈를 안구에 삽입했다. 비이성적 영역에 꼭꼭 숨겨 놓은 판타지, 특히나 성적 판타지는 타인이 알 수 있는 곳에 두면 안 되는 법이다.

나는 3년째 지유와 따끈따끈한 연애를 만끽하는 중

이었다. 그 사이, 한 달에 한 번이었던 여배우 필터의 교체 주기는 2~3일로 바뀌었다. 그 후 내 취향은 포르노 여배우 쪽으로 넘어갔고 배우들의 국적은 아시아를 한 바퀴 돌아 러시아와 유럽을 거쳐 서쪽으로 거침 없이 진출하고 있었다. 필터로 재탄생된 섹시한 여자들이 세상에 너무 많았다. 지유는 재연 배우처럼 모든 필터와 잘 어울렸다.

"요즘 나 대역 배우가 된 기분이야."

지유가 낮은 목소리로 읊조렸다.

콩깍지는 널리 통용되었다. 가장 크게 영향을 끼친 분야로는 연예계를 꼽을 수 있다. 특별함의 대명사였던 영화배우나 모델 등 셀럽들의 직업적 역할이 평범해졌다. 어느 순간부터 영화 관객들은 자신이 선호하는 배우의 필터를 착용하고 작품을 감상했다. 영화관에 들어서면서 특정 배우를 자신의 필터로 래핑하는 개별 튜닝이 일반화되었다. 영화 제작자들은 더 이상 배우들에게 거액의 개런티를 지불하지 않았다. 배우가 흥행 메이커가 아니어도 관객은 자신의 방식대로 영화를 재구성해 소비했다. 연기력은 뛰어났지만, 무색무취의 용모 때문에 지금껏 주목받지 못했던 재연 배우들이 스크린을 누비며 전성시대를 열었다. 영화 속 배우들이 1차 판타지를 만든다면, 필터는 관객들이 시각 정보를 자신의 뇌로 보내기 직전에 2차 판타지를 투과시키는 셈이었다. 이중으로 설탕을 덧입힌 사탕은 두 배로 달콤했다. 영화의 사후 연출은 관객의 몫이 되었다. 영화 감상법이 필터를 사용한 사람 수만큼 다양해졌다.

올해 초, 콩깍지 앱의 세 번째 대규모 업데이트는 센세이셔널했다. 콩깍지 개발사의 CEO가 유저 커스터마이즈 기능을 들고 업데이트 발표회를 열었다. 유명인이 아닌 지인이나 가족의 사진을 필터로 등록해 사용할 수 있는 획기적인 기능이었다. 남자들은 다시 한번 설렜다. 불륜 시뮬레이션, 필터 스와핑 놀이가 유저들 사이에 스며들었다. 활용 사례가 무궁무진했다. 콩깍지 개발사의 시대를 앞서는 도덕적 도량을 과연 일개 유저들이 가늠할 수 있겠느냐며 사람들은 혀를 내둘렀다. 나는 콩깍지 개발사의 주식을 샀고 CEO의 SNS를 팔로우했다.

어느 날 식탁 위를 보니 엄마의 스마트폰이 빛나고 있었다. 우연히 들여다본 엄마의 폰 속에 콩깍지 앱이 펼쳐져 있었다.

"하이고, 우리 장숙영 여사님 늦바람이신가?"

나는 호기심에 엄마의 앱을 살펴보다 어리둥절해졌다. 중학교 때 내 모습이 필터로 설정되어 있었다.

"뭐 하러 나를 필터로 만들어? 그것도 중학교 때 사진으로. 설마 계속 이 모습으로 나를 보고 있었던 거야? 나 이미 성인이라고, 장 여사님."

엄마는 못마땅하다는 듯 내 손에서 스마트폰을 뺏었다. 그러곤 소중한 추억을 다루듯 화면 속 필터를 어루만졌다.

"윤성아, 너는 말이지. 중학교 다닐 때 제일 듬직하고 멋졌어. 고등학교 때부터 친구를 잘못 사귄 바람에 밉상이 됐지만."

"엄마, 나의 전성기는 고1 때부터였다니까. 엄마만 인정을 안 해."

엄마는 내가 현성이 때문에 망나니가 되었다고 믿고 있지만 순박했던 현성이를 꾀어 망하는 인생의 길목으로 이끈 건 나였다. 그건 현성이 엄마와 내가 깔끔하게 인정하는 바였다. 우리 엄마는 자기가 믿고 싶은 것만 보고 있는 거다.

그래도 나는 엄마의 판타지를 이해하려 노력한다. 고등학교 시절 엄마가 운영했던 카페가 망했을 때 엄마는 돈을 꾸러 백방으로 뛰어다녔다. 하지만 기업 경영은커녕 개인 생활 관리도 야무지지 못했던 철없는 중년은 구원받지 못했다. 하느님마저도 그녀를 시련과 고난의 시기 속에 내버려 두었다. 그 당시 엄마 눈엔 나뿐 아니라 주변 사람들이 다 밉상으로 보였을 것이다. 내가 듬직하고 멋졌다고 엄마가 회상하는 시절, 철없던 엄마는 두 번째 결혼으로 제2의 신혼을 누리고 있었다. 새아빠가 바람이 나 집을 떠나기 전까지, 그 3년이 엄마 인생에서 가장 반짝이는 시기였다. 지금이라면 남자 대 남자로서 새아빠에게 성적 선호를 묻고 슬쩍 콩깍지 필터를 선물할 수도 있을 텐데, 안타깝게 되었다.

한편, 반년 전부터 우리 집에 얹혀살고 있는 외할아버지도 얼마 전 노인복지관에서 콩깍지 얘기를 듣게 되었다. 전화받는 데만 쓰면 된다던 골동품 핸드폰을 최신 스펙 스마트폰으로 바꿨다. 콩깍지 개발사가 노년층의 연금마저 새로운 수입원으로 노리기 시작한 것이다.

'콩깍지 개발사가 세계를 정복할 생각이로군. 다들 주머니 탈탈 털리겠어.'

무릇 돈을 벌려면 사람을 홀딱 빠지게 만들어야 하는 법이다. 녀석들이 다음번 업데이트 땐 무슨 필터로 내 주머니를 털어 갈지 벌써 콧구멍을 벌름거리며 기다리게 되는 것이었다.

할아버지는 경로당 동지들과 노인복지사들, 급식소 당번들은 물론이고 길 가다 버스 정류장에서 만난 애들에 이르기까지 아무나 붙잡고 닥치는 대로 스마트폰 활용 강좌를 무료 수강했다. 혼신의 자율 학습 후 콩깍지 앱을 자유자재로 이용하게 되던 날, 할아버지는 콩깍지 앱과 연동한 돋보기안경을 구매해 비장하게 착용했다. 할아버지가 도대체 어떤 필터를 사용할 것인지가 내겐 초미의 관심사였다. 인간의 욕망이란 나이를 초월한다. 사랑하는 상대를 보며 설레는 것은 인생의 어느 시점에서든 중요한 의미인 거다.

할아버지가 떠나 버린 할머니의 젊었을 적 모습을 필터로 설정한 것을 알고 나는 적잖이 실망했다. 할머니와 사별이라도 했다면 옛 추억에 잠겨 사는 할아버지를 순정파로 묘사할 수도 있겠으나 실상은 전혀 그렇지 않았기 때문이다.

할아버지는 결혼 전에도 결혼 후에도 할머니 이외의 여러 연인에게 당신만의 남자가 되겠노라고 공언했고 자신의 남성적 매력을 발휘하느라 온 정력을 다해 젊음을 탕진했다. 그리하여 원래도 가난했던 자가 최대치의 채무를 창출하곤 완벽하게 파산했다. 자신의 결혼이 실패일 수 있다는 걸 결혼 직전에 희미하게 깨달았던 할머니는 결혼 직후, 신랑이 돌아오지 않을 탓이라는 걸 또렷하고 강력하게 깨달았다. 그 후 딱 30년이 지나고 파산한 할아버지 주위에 아무것도 남지 않았을 때 할머니는 과감히 그를 버리는 복수극을 감행했다. 빌딩을 청소하며 고생해서 번 월급, 생활비를 아껴 모은 저축, 허름하나마 자가였던 연립의 명의를 할머니 앞으로 깔끔하게 돌려 둔 것은 물론이었다.

"엄마, 하정역에서 할머니 봤어! 완전 꽃 중년이 되셨던걸!"

할머니가 황혼 이혼 후 화려하게 데뷔하신 것을 엄마와 나는 반겼다.

"이순옥 여사님은 해낼 줄 알았지. 인간적으로 정말 존경해. 나도 그런 노년을 준비해야지."

할머니의 갑작스러운 변신이 조금 어리둥절했지만, 엄마는 출가한 당신의 어머니를 존경하고 동경했다. 우리 집은 대대손손 세포 속에 자유로운 DNA가 박혀 있어 큰일이다. 나를 포함해.

할머니는 옆 동네에서 가장 세련되고 젠틀하고 부유한 중년 남자를 만나 새로운 삶을 시작했다. 처음엔 할아버지 보란 듯이 복수극을 펼치는 거라 생각했지만, 정말로 제2의 인생을 즐기고 있었다. 가끔 길에서 만나면 10년 정도 회춘한 듯 활기찬 모습이었다. 할머니는 떠나기 전 옛날 물건들을 소각하면서 자신의 옛날 사진을 싹 다 불태웠다. 할아버지와 헤어지면서 과거의 자신과도 작별한 것이다.

할아버지는 소각장으로 직행할 뻔했던 할머니의 젊은 시절 사진을 한 장 발견했다. 직접 내색은 안 했지만, 할아버지는 할머니의 사진을 들여다보며 우리 할멈이 이렇게 고왔던가, 라는 반성 어린 재발견을 함과 동시에 지난 시절을 한탄했던 것 같다. 할머니에게 버림받고 이혼한 딸 집에서 눈칫밥을 먹고 있는 할아버지는 콩깍지 연동 돋보기를 쓰고 할머니를 훔쳐보기 위해 자주 옆 동네를 어슬렁댔다. 콩깍지를 그런 식으로 쓰다니, 필터 값이 아까울 지경이었다. 할아버지가 좋아했던 80~90년대 여배우 심은아, 이영에 같은 배우 필터도 있다고 정중하고도 넌지시 알려 드렸으나 할아버지는 거들떠보지 않았다.

할아버지를 보고 있으면 자신과 친밀한 사이라고 믿는 상대일수록 소중하게 다뤄야 한다는 교훈을 깨닫는다. 그래서 나는 내 여자친구를 위해 일주일에 한 번쯤은 비싼 돈 들여 콩깍지 필터를 갱신하는 것이다. 여자친구가 조금 통통하고 용모가 평범하긴 하지만, 그녀를 소중하게 대하기 위해서라도 그 정도 노력은 계속해야 한다.

"오빠, 나 성형할까? 왕태리도 쌍꺼풀 수술했잖아. 나도 조금만 돈 들이면 100미터 태리가 아니라 3미터 태리 느낌 날 텐데…."

지유가 거울을 들여다보며 자신의 용모에서 느껴지는 결핍을 한탄했다. 요즘 들어 한숨 쉬는 빈도가 잦아졌다. 왕태리는 애초부터 내 관심의 대상이 아니었다. 섹시한 전 세계 처자들을 내 눈으로 섭렵한 마당에 왕태리의 눈이 쌍꺼풀이든 외까풀이든 아무런 상관이 없었다. 솔직히 필터 없이 지유의 맨얼굴을 마지막으로 본 게 언제였는지조차 기억나지 않았다.

"한때 화장하듯 성형하던 시절이 있었지. 세상의 시선에 자신을 맞추기 위한 자학에 가까운 행위였다고 생각해. 수많은 사람이 그 시대의 희생양이야."

나는 눈꺼풀을 살짝 눌러 렌즈 초점을 맞춘 뒤 지유의 어깨를 붙잡고 단단히 타일렀다. 지유가 수영복 차림의 러시아 미녀로 보였다.

"반면 콩깍지는 세상을 보는 우리 자신의 시선을 자유롭게 바꿀 수 있는 혁신이야. 남들에게 애써 나를 맞출 필요가 없어. 우린 그냥 자신의 필터로 세상을 보면 돼."

"콩깍지로 보는 게 세상의 전부가 아니잖아…? 오빠가 콩깍지 그만 이용하고 날 봐 줬으면 좋겠어."

지유가 자신 없는 투로 말했다.

"무슨 소리야. 난 널 계속 보고 있어."

나는 힘주어 열변을 토했고, 지유는 얕게 한숨을 쉬었다.

"콩깍지로 보는 대상이 실재가 아니라고 나랑 밤샘 토론이라도 하자는 거야? 상대에게서 더 보고 싶은 부분을 확장해서 볼 수 있으니 콩깍지가 본질에 가까울 수도 있어. 심지어 보기 싫은 상대를 필터 한 장으로 견디게 되기도 하잖아. 무능하고 비겁한 우리 회사 대머리 박 부장을 정우섭 필터로 보니 그럭저럭 견딜 만하더라고 내가 얘기했잖아. 너도 재수 없는 여자 선배, 토끼 캐릭터 필터로 보니까 귀엽게 느껴졌다며? 콩깍지의 서비스 방침은 불교 사상과도 맞닿아 있다고 할 수 있지. 세상은 원효대사 해골물이라니까."

지유는 고개를 저었고 그 후 콩깍지에 대한 토론도, 성형하겠다는 말도 하지 않았다. 요즘은 누구 필터를 사용하는지 알려 달라고 내게 채근하지도 않았다. 드디어 연인 사이의 에티켓에 대해 깨달음을 얻은 모양이었다.

타인이 억지로 만든 시선을 입지 않았으므로 콩깍지 필터를 이용하는 나의 선택은 능동적이다. 원하지 않을 때는 언제든 필터를 제거할 수 있기에 나의 선택은 주체적이다. 관객들이 배우의 유명세에 휘둘리지 않고 영화 자체를 재해석해 즐기게 된 것처럼, 콩깍지는 삶을 대하는 태도를 더욱 자발적으로 만들었다. 특히나 시선에 약한 우리 남자들은 콩깍지를 통해 자유로운 영혼으로 새로 태어나는 것이다. 콩깍지는 해방이자 구원이다. 아멘.

내가 그런 신념에 따라 내 믿음을 콩깍지 제작사 주식 매입으로 증명하고 있을 즈음, 지유는 점점 살이 찌기 시작했다. 지유가 필터에 의존한 나머지 자기 관리를 너무 안 하는 것 아닌가 싶었지만, 굳이 언급하지 않기로 했다. 콩깍지가 남자들에게 너그러움 주입 훈련을 시킨 걸지도 모른다.

콩깍지를 이용하는 방식은 사람마다 제각각이지만, 나는 한 번에 한 사람에게만 한정해 필터를 사용했다.

콩깍지 앱은 래핑할 대상을 한 번 등록하면 꽤 정확하게 대상을 포착했다. 지정한 대상을 특정 필터로 래핑해 보여 주는 것도 중요하지만 지정하지 않은 사람들을 필터 처리에서 제외하는 기술도 중요했다. 엄마나 할머니가 포르노 여배우로 보이면 곤란하니까. 래핑 대상을 한 번 등록시키면 콩깍지 앱은 안면 인식과 체형 인식 기술을 통해 내 시선 안의 대상을 정확히 포착해 필터를 투과시켰다.

한편, 어떤 사람들은 종종 길을 걸을 때도 콩깍지를 켜고 수많은 필터를 동시에 작동시키곤 했다. 주위 사람들이 모두 할리우드 스타로 보이는 곳에서 생활하는 사람도 있다던데 그런 방식은 내가 갈구한 시선의 자유와는 거리가 있었다. 불특정 다수의 여자들이 모두 섹시하게 보이면 가장 곤란해지는 건 나였다. 할아버지처럼 반성과 회한에 휩싸여 노년을 고독하게 보내고 싶진 않았다.

2.

그즈음, 담당했던 프로젝트 하나가 완료됐다. 밥 먹듯 야근하면서 연속으로 누적된 피로가 쉽사리 풀리지 않아선지 조금 이상한 일을 겪었다. 지유 아닌 사람들이 이상하게 보이기 시작한 것이다.

전철에서 내려 줄곧 스마트폰을 굽어보고 있던 차였다. 개표구를 빠져나오다 누군가와 어깨를 부딪혔다. 덩치가 크고 험상궂은 표정을 한 낯선 아저씨가 나를 노려보고 있었다.

"앞 좀 보고 다녀!"

"아, 네…."

험상궂은 표정을 짓고 있었으나 아저씨의 얼굴에는 민보흠이 덧씌워져 있었다. 아저씨는 오늘 안 좋은 일이라도 있었는지 화풀이할 대상으로 나를 점찍고는 너 오늘 잘 만났다고 외칠 기세였다. 만약 내가 똑같이 대거리한다면 구경꾼도 없이 싸움이 벌어질 찰나였다. 하지만 싸울 마음보다 의아한 감정이 앞섰다.

'와, 민보흠 얼굴이면 난폭해도 진짜 잘생겨 보이네…? 근데 지유가 내 앱에 손댄 건가? 왜 아저씨가 민보흠으로 보이지?'

분개하는 아저씨는 안중에도 없이 나는 골똘히 생각에 잠기고 말았다. 홀로 분노 게이지를 높이던 험상궂은 민보흠 얼굴의 아저씨는 전의를 상실하고 자리를 떴다.

그날 이후 이상한 일이 종종 발생했다. 한때 정우섭 필터를 씌워서 보았던 박 부장이 마리노로 보이기 시작한 것이다. 나는 렌즈 초점을 맞추려 눈을 비볐다. 양복 재킷을 벗는 박 부장이 하얀 슬립 끈을 어깨에서 벗어 내리는 이케쓰마 마리노로 보였다. 마리노로 보이는 부분은 상체뿐이고 하체는 박 부장 그대로였다. 끔찍한 혼성 괴물을 눈앞에서 본 나는 역겨움에 휘청거렸다. 서둘러 화장실로 달려가 앱을 강제 종료시켰다.

'이게 어떻게 된 거지? 앱 버그인가? 아니면 요새 잠을 잘 못 자서 헛것을 보는 건가?'

화장실에서 찬물로 세수를 했다. 요즘 좀처럼 피로가 가시지 않는 건 사실이었다. 조퇴를 고민하며 거울 속의 나를 들여다보다가 그만 깜짝 놀라 스마트폰을 떨어트리고 말았다. 거울 속에는 추하게 표정이 일그러진 우글쭈글한 늙은 남자가 나와 똑같은 감정을 보이며 반사되고 있었다.

'뭐지, 할… 할아버지?'

어딘지 낯익은 얼굴이 동거 중인 외할아버지로 보였다. 할아버지 사진으로 필터를 커스터마이즈한 적이 없는데 이상한 일이었다. 내가 늙으면 할아버지를 닮을 테니, 그건 어쩌면 내 미래의 모습일지도 몰랐다. 그렇게 생각하니 아주 못마땅했다.

'쭈글쭈글해진 미래를 이런 식으로 엿보고 싶진 않다고!'

나는 초조함을 떨치려 현성이를 비롯한 지인들이 있는 그룹 방으로 메시지를 보냈다. 남중 졸업식 때 만들어 아직도 쓰고 있는 꽤 광범위한 그룹이었다.

— 완전 쇼킹. 요즘 박 부장 상반신이 마리노로 보인다. 요즘 콩깍지 앱 버그 났냐?

그룹 방에서 애들이 낄낄댔다.

— 헤비 유저 아니랄까 봐. 완전 중독이네, 중독이야.
— 콩깍지 앱 없이도 애용 가능하단 얘기잖아. 필터값 굳었네.
— 뇌에 각인됐나 보군. 상상력과 창의력이 의외의 곳에서 발휘되는 거 아님?

— 윤성이 취향 폭이 생각보다 넓구나…. 감동했다.

심각한 문제도 그다지 심각하게 이야기하지 않는 녀석들. 친구를 걱정할 때도 걱정하는 티를 내지 않는 것이 사내 녀석들의 대화법이란 건 진즉 알았지만, 오늘은 좀 짜증이 났다. 킬킬대다 보니 불안함이 조금 가시긴 했으나 근본적인 해결책은 결국 혼자 찾아야 했다.

"렌즈 오작동인가? 안과에 가 봐야 하나?"

나는 콩깍지 앱을 재인스톨한 뒤 꼼꼼히 앱 설정을 살폈다. 앱 기동 전 잠금장치에도 문제가 없는지 면밀하게 들여다보았다. 비밀번호 설정, 얼굴 인식, 눈동자 인식, 3중 잠금장치도 완벽했다. 보고된 버그가 있나 싶어 각종 커뮤니티까지 샅샅이 검색했다. 콩깍지 앱 버그, 필터 오작동, 콩깍지 에러 등등 그 어떤 키워드로 검색해도 딱히 부정적인 뉴스나 가십은 뜨지 않았다.

콩깍지 이용 후기, 같은 제목의 각종 블로그 및 SNS 게시물에서 사람들은 여느 날과 다를 바 없이 콩깍지에 열광하고 있었다. 협찬을 받은 것인지 딱 봐도 홍보하는 뉘앙스의 글이 많았다. 최근 업데이트된 커스터마이즈 기능에 대한 반응이 특히 좋았다. 짝사랑하던 여자애 사진을 비밀리 입수해 필터로 만든 뒤, 데이트 시뮬레이션을 하고 데이트 울렁증을 극복했다는 이야기가 화제였다. 엄마를 래핑해 데이트 대화를 연습했다는 그 유저는 결국 짝사랑하던 여자애와의 연애에 성공했다는 훈훈한 소식을 전하며 글을 맺었다. 여자애가 만약 고백을 받아 주지 않았다면 이야기는 어떻게 끝났을까? 스토커들이 활용하기에 쉽겠다는 생각이 들었지만, 악용 사례는 눈에 띄지 않았다.

앱 문제였다면 앱 리뷰나 SNS에서 난리가 났을 것이다. 아무리 뒤져 보아도 인터넷은 여느 날처럼 조용했다. 아무래도 렌즈나 나의 심리가 문제인 모양이었다.

나는 습관처럼 스크롤을 내리며 포털 사이트의 뉴스를 훑었다.

곧고 반듯한 이미지로 호감도가 높았던 차세대 정치 리더의 정치 생명이 혼외자 의혹 때문에 끝났다는 뉴스가 탑에 걸려 있었다.

'우와, 이 사람 이미지 진짜 좋았는데. 인생 호되게 끝났네.'

그가 게임 산업 및 4차 산업을 규제하는 법안을 주로 상정하던 리더였다는 설명이 기사 끝에 달려 있었다.

몇 년 전에 비하면 이혼율이 소폭 상승했다는 뉴스를 클릭했다. 콩깍지 앱의 이용자 수가 상승했을 때 이혼율도 잠깐 주춤했다는 기사가 보였고, 단락 사이엔 콩깍지 앱의 광고가 걸려 있었다.

A 대학가에서 벌어진 묻지 마 폭행 사건이 최다 댓글이 달린 기사로 메인 뉴스란에 픽업되어 있었다. 기사 안에 삽입된 영상을 재생하자 30초 광고가 떴다. 분노 조절이 힘들 땐, 필터를 이용해 상대를 사랑스러운 존재로 바라보는 공익광고 풍의 콩깍지 앱 CF였다.

단 하나의 문제점도 발견되지 않았다. 부정적 영향이나 악용, 오남용 사례가 있을 법도 한데 어디서도 찾아낼 수 없었다. 콩깍지 서비스 초기엔 우려의 여론이 항상 따라다녔건만 요즘은 아무것도 보이지 않았다. 다양한 키워드를 넣어 검색해 보아도 옛날 기사들만 조금 보였고, 최신 기사일수록 비판적 목소리는 아예 존재하지도 않았다. 최신 빅데이터를 활용했다는 포털 사이트의 검색 결과는 어째 콩깍지 개발사에게 우호적인 콘텐츠뿐이었다.

언제나 그랬다. 세상은 언제나 문제투성이고, 문제는 늘 구정물 속 침전물처럼 걸쭉하게 가라앉아 있다. 바닥을 헤집지만 않는다면 고요한 구정물은 맑아 보이기도 한다. 멸균된 듯 깔끔한 인터넷을 보고 있자니 어쩐지 소독약 냄새가 풍기는 것 같았다. 알고 싶은 현상은 단순한데 너무 많은 서술이 넘치고 있다. 실체적 애매함이 세상의 본질이라고 주장하는 것 같다. 애매하고 흐릿한 것들은 우리의 숙고를 막는다. 소독약이 외친다. 너무 깊이 생각하지 마.

샤워를 마치고 평소보다 이른 잠을 청하려 눈을 감았다. 습관처럼 자꾸만 스마트폰으로 손이 가는 걸 억눌렀다. 조용히 눈을 감고 있노라니 평소에 필터로 이용했던 여배우들의 실루엣이 눈꺼풀 안쪽에 어른거렸다. 마치 각막에 음각이라도 한 듯, 날카로운 끌로 뇌리에 새기기라도 한 듯, 감은 눈 속에서 그녀들의 영상이 또렷이 떠올랐다. 매번 지유를 통해서 출현했지만, 오늘은 기억 속에서 모습을 드러낸다. 고맙지만 오늘은 정중히 사양합니다. 나는 눈을 감은 채 손을 휘휘 내저었다. 천천히 실루엣이 사라졌다.

불현듯 내 상태가 한심했다. 이 상태 그대로 나이가 들면 나는 과거를 한탄하던 할아버지처럼 되는 것 아

닐까. 할아버지가 젊음을 탕진한 것을 후회했듯이 나
도 지금 이 시절을 언젠가 후회막심한 심정으로 떠올
릴까. 인생을 반추할 때, 왕성한 혈기를 주체하지 못해
정력적으로 사랑했던 콩깍지 필터들을 떠올리게 되는
건가. 그때 나는 지유를 먼저 떠올릴 것인가, 필터들을
떠올릴 것인가. 혹시 지유의 옛날 사진을 계속 빤히 내
려다보며 회한에 잠기는 게 아닐까. 누추한 미래를 상
상하니 갑자기 짜증이 치솟았다.

　그 순간 스마트폰이 자지러지게 울렸다. 평소에 주
로 앱에서 제공하는 무료 통화를 이용했는데 지유가
스마트 프로젝터로 영상통화를 걸어 오고 있었다.

　"오빠, 사람들이 이상해. 난리 났어!"

　스마트렌즈 속 화면에서 지유가 숨 가쁘게 달리며
외쳤다.

　"무슨 일이야, 거기 어딘데?"
　"오빠네 아파트 앞 거의 다 왔어. 빨리 나와 줘, 누가
지금 날 따라와… 아악!"

　지유의 목소리가 멀어지고 화면 너머로 비명이 울
려 퍼지더니 통화가 끊어졌다. 나는 스마트폰을 손에
쥔 채 허겁지겁 뛰어나갔다.

　아파트 로비를 나섰다. 거리가 엉망이었다. 여기저
기서 사람들이 서로 멱살을 잡고 쌍방 폭행하고 있었
다. 영문을 몰라 주변을 두리번거리던 사이, 누군가 내
뒷머리를 낚아챘다.

　"아악, 이거 놔! 뭐야!"

"이 새끼!"

상대에게 머리카락이 잡히자 허리가 무력하게 활처럼 구부러졌다. 낯선 남자가 붉으락푸르락한 얼굴과 핏줄 선 눈으로 나를 노려보고 있었다. 남자의 시선이 어딘지 어슴푸레해 보였다. 나와 정확하게 눈을 마주치지 않은 그는 내 눈앞 허공을 노려보고 있는 것 같았다.

"빌린 돈 떼어먹고 무사할 줄 알았어? 딱 걸렸어!"

남자가 이해할 수 없는 말을 내뱉고 있었다.

"뭔 소리야! 사람 잘못 봤어!"

나는 남자의 억센 팔 힘에 끌려 아파트 놀이터 어둠 속으로 질질 끌려갔다. 남자의 반대편 손에서 스마트폰이 깜빡이고 있었다. 남자의 눈빛은 정말이지 살의로 번쩍였다. 이대로 끌려가다간 처음 보는 사람 손에 사망하게 생겼다. 무기라도 찾으려는지 머리칼을 잡은 남자의 팔 힘이 아주 조금 약해졌다. 그 틈을 본능적으로 인지했다. 나는 남자의 몸 쪽으로 머리통을 힘껏 들이박았다. 남자가 벌렁 뒤로 자빠지며 욕설을 퍼부었다. 나는 뒤도 안 보고 냅다 뛰었다. 스스로 생각해도 놀랍도록 빠른 속도로 도망쳤다. 남자의 얼굴을 다시 한번 똑똑히 기억해 두고 싶기도 했지만, 지유를 찾는 게 급했다. 머리칼이 반쯤은 뽑힌 듯 뒤통수가 욱신거렸다.

놀이터를 간신히 벗어나자마자 또 다른 적의와 오해가 달려들었다.

"왜 이렇게 많은 거야! 다 죽어!"

고등학생으로 보이는 여학생이 가위를 들고 내게 돌진해 왔다.

"이봐, 정신 차려! 난 너 누군지도 몰라!"

휘청거리는 여학생 손에서 가위를 빼앗아 화단에 던졌다. 그러자 여학생이 방향을 바꾸며 소리쳤다.

"아주 떼로 몰려드네? 우글우글 몰려다녀 본들 파리 떼지. 내가 겁먹을 것 같아?"

여학생은 같은 교복을 입고 있는 또 다른 여학생에게 달려들었고 두 학생은 전속력으로 질주해 나로부터 멀어졌다.

"이게 도대체 어떻게 된 거야…?"

어디서 떼어 왔는지 몇 발짝 앞에서 소화기를 휘두르며 한 아저씨가 돌진해 오고 있었다. 사람들이 집단적으로 착시 현상을 겪는 것 같았다. 일일이 상대할 여유는 없었다. 지유가 먼저였다. 나는 자세를 낮춰 쓰레기 더미 뒤에 몸을 숨겼다. 대책 없이 돌진하는 아저씨의 뒷주머니에서 스마트폰이 깜빡였다.

몸을 일으키자 그림자 속에서 또 다른 남자가 모습을 드러냈다. 남자는 눈에서 피를 흘리며 울고 있었다. 말 그대로 피눈물이었다. 남자의 눈 속에서 렌즈가 찢어져 튀어나온 것 같았다. 가로등에 반사된 그의 눈이 시퍼렇게 빛났다. 지유의 스마트폰으로 통화를 계속 시도했지만 연결되지 않았다.

"뭐가 어떻게 돌아가고 있는 거야…. 지유야, 어디 있어!"

사람들은 포악해 보였지만 동시에 슬퍼 보였다. 누군가를 도저히 용서할 수 없는 사람들이 분노의 불꽃 속에 갇혀 있었다. 나는 천천히 몸을 360도 돌려 주위를 돌아봤다. 사람들의 실루엣이 서서히 깜빡이며 바뀌기 시작했다. 폭행하고 폭행당하는 사람들이 하나둘씩 여자로 변모했다. 모두 벌거벗고 있는 모습이었다. 나는 머리를 쥐어뜯으며 조심조심 사람들의 얼굴을 확인했다. 그녀들은 이케쓰마 마리노를 비롯해 내가 지금까지 사용했던 필터들이었다. 중간중간, 박 부장과 지인들의 모습으로 변모하는 사람도 보였다. 주변 사람들이 동시다발적으로 래핑되고 있었다.

　"젠장. 이게 무슨 일이야…."

　나는 스마트폰을 열었다. 콩깍지 앱이 멋대로 카메라를 구동시키더니, 내 사진 앨범에 마음대로 액세스하고 있었다. 앱은 앨범 속 엄마, 할아버지, 현성이를 비롯해 사진 속 지인들을 필터로 등록하는 중이었다. 곧 내 스마트렌즈를 통해 사람들이 변신하기 시작했다. 이름 모를 청년이 우리 할아버지로, 아빠 손에 이끌려 울면서 달려가는 어떤 아기가 우리 엄마로 보였다. 놀라서 도망가고 있는 길고양이 얼굴은 분명 현성이 얼굴이었다.

　"미친…. 이게 어떻게 된 거야! 앱이 발광하고 있잖아!"

　아무리 버튼을 눌러도 콩깍지는 강제 종료되지 않았다.

　"오빠! 어딨어!"

가까운 곳에서 지유의 목소리가 들려왔다. 하지만 나는 지유를 알아볼 수 없었다. 세상 사람들 모두가 필터로 래핑되어 보였으니까.

스마트폰을 꺼야 했다. 하지만 아무리 조작을 해 봐도 전원이 꺼지지 않았다. 렌즈를 눈에서 뽑고 싶었지만 불가능했다. 나는 화단의 돌을 들어 스마트폰 위로 내리쳤다.

"젠장! 할부 안 끝났는데!!"

퍽퍽

액정에서 가루가 튀며 스마트폰이 휘고 꺾이자 그제야 필터 래핑이 멎었다. 아수라장 속에서 사람들이 누군가에게 품었던 은밀한 분노를 폭발시키고 있었다. 분노의 대상이 된 사람들은 하나같이 가해자를 향해 당신 도대체 누구냐고 물었다. 모르는 사람들끼리 물어뜯고 상처받고 보복을 결심하며 휘청였다.

"지유… 지유야! 어디야!"
"오빠! 살려 줘!"

지유 목소리가 들려오고 있는 곳을 보니 한 여자가 몸을 웅크리고 있었다. 광분한 어떤 여자가 무거워 보이는 가방을 들어 올려 주저앉은 여자를 향해 내리치려 하고 있었다. 난폭한 여자가 외쳤다.

"이제 와 나타나서 어쩌자는 거야!"
"지유야!"

나는 가방을 빼앗아 던진 뒤 여자를 떼어냈다. 주저앉은 여자가 고개를 들었다. 필터 래핑은 멎었지만 맞고 있던 여자의 모습은 이케쓰마 마리노였다. 나는 머리를 좌우로 세게 흔들었다.

"어? 지유 아니세요?"

꽤 오래 이케쓰마 마리노 필터를 사용했기에 혼동이 가중됐다.

"오빠! 나 여기야! 어딨어?"

등 뒤에서 지유 목소리가 들렸다. 나는 여자를 잡은 손을 허둥지둥 내려놓고 가방을 휘두르던 여성에게 외쳤다.

"당신 콩깍지 앱이 지금 발광하고 있어. 그걸 꺼요! 안 되면 아예 스마트폰을 부수라고!"

지유 목소리를 찾아 다시 두리번거리기 시작한 순간, 학원 가방을 들고 있던 초등학생 여자아이가 코앞에서 비명을 질렀다. 덩치 큰 아저씨가 아이를 향해 다가가고 있었다.

"엄마!"

아저씨는 어린애를 보고 이상한 소리를 하며 달려들었다.

"야, 김 사장님, 너 지명수배하려고 사진 다 확보해놨다고. 수십 명 월급 떼어먹고도 당당하게 활보하네? 오늘 딱 걸렸어!"

저건 너무하다. 급하게 어린이 쪽으로 몸을 날렸다. 가까이에서 나를 부르던 지유 목소리가 조금 멀어졌다.

"아저씨, 정신 차려! 꼬맹이잖아!"

여자아이에게서 떨어진 아저씨는 골목 벽화 속에 그려진 얼굴 쪽으로 몸을 확 돌리더니 벽을 치기 시작했다. 그러고는 김 사장 이름을 부르며 욕을 퍼부었다. 울고 있는 아이를 재촉해 집으로 곧장 뛰어가라고 떠밀었다.

주위를 둘러보았다.

용서하지 못할 사람들을 다들 이렇게나 많이 가슴에 품고 있었구나. 보고 싶어서가 아니라 잊지 않으려고 꼭꼭 기억하고 있었구나. 그러다 한순간에 다 튀어나왔구나. 슬퍼 보이는 사람들 사이로 몇몇 사람들이 안경을 벗어 부수거나 스마트폰을 내던졌다. 나는 한숨을 쉬고는 다시금 외쳤다.

"지유야!"
"나 여기야!"

도움을 청하는 지유 목소리가 바로 앞에서 울려 퍼졌다. 헝클어진 머리를 한 지유가 어떤 남자의 스마트폰을 뺏어 박살 내고 있었다.

"정신 차려! 이 바보야, 난 네 엄마가 아니라고! 똑바로 좀 보고 살아!"

나는 남자를 밀어내고 지유의 손을 잡아 무작정 달렸다.

"지유야, 아파트까지 그냥 뛰어!"

지유를 잡은 손은 자꾸 미끄러졌다. 둘의 발걸음이 자꾸 엉켜 기우뚱했다.

"이게 도대체 뭔 일이야! 오빠 내가 바로 옆에 있는

데 딴 데로 뛰어 가더라? 안 보였니?"

"꼬마가 위험했다고! 나중에 설명할게!"

영화에선 이런 때 모르는 사람끼리도 서로 잘 돕던데, 진짜 재난이 닥치면 없던 오해도 증폭되나 보다. 영화 주인공처럼 멋지게 활약해 사태를 진정시키는 건 불가능했다. 엑스트라처럼 허둥지둥 숨는 것조차 맘처럼 쉽지 않았다.

현관 비밀번호를 누르고 아파트 로비 안으로 들어서자 그제야 한숨 돌릴 수 있었다. 나는 겨우 지유의 얼굴을 들여다보았다.

"뭐 하다 이렇게 늦었어!"

"미안해. 어디 다친 데 없…?"

나는 머리칼이 헝클어진 지유의 얼굴을 쓸어내리던 손을 멈췄다.

"누… 누구… 세요?"

목소리는 분명히 지유였지만 얼굴은 내가 아는 지유가 아니었다. 그 순간 나는 필터 없이 지유를 보는 게 얼마 만인지 떠올려야 했다. 반년, 아니 1년이 다 되어 가나?

지유의 등 뒤, 아파트 로비에서 티브이 광고가 흘러나오고 있었다.

"세상을 보는 당신의 시선을 바꿔 보세요."

재연 배우였다가 최근에 영화계 톱스타로 일약 발돋움한 여배우의 콩깍지 앱 최신 CF가 흘러나오고 있었다.

나는 현기증을 느끼며 뻑뻑한 눈을 빠르게 깜빡였다.

'내 시선이 바뀐 사이에 실재도 변했다면? 그때 난 뭘 보게 되는 거지?'

멍한 내 눈빛을 보고 지유가 어처구니없다는 표정을 지었다.

"오빠! 아니, 야! 정말 어이가 없네. 너 이 상황에서도 필터 작동시키고 있니? 지금 나는 누구로 보이니? 또 포르노 배우니? 인간 좀 돼라!"

지유는 바로 대꾸하지 못하는 나를 뒤로하고 아파트 밖으로 뛰쳐나갔다.

스마트폰을 박살 냈고, 내 앱과 렌즈의 작동은 멎었다. 지금 내가 보고 있는 것이 세상의 실체이다. 근데 세상이 이런 색깔이었던가? 왠지 샛노랗다.

3.

이틀 늦게 긴급 재난 문자로 경보가 울렸다. 그 전날, 콩깍지 개발사는 서버를 닫았다고 발표했다. 며칠 후 콩깍지 앱과 증강 렌즈는 이번 폭주 사태로 인해 불법 콘텐츠로 신고되어 앱 스토어에서 사라졌다. 나는 안과에 들러 스마트렌즈를 뺐다. 렌즈가 너무나 누렇게 변해서 마치 컬러 렌즈 같았다.

SNS는 한발 늦게 아수라장이 되었다. 콩깍지 앱 개발사는 즉각 파산 신청을 진행했다. 앱 폭주 사건은 해킹 피해라는 보도와 함께, 개발사 책임을 물을 수 없어 피해 보상이 어렵다는 관측이 이어졌다.

또 다른 소문도 있었다. 콩깍지 앱 폭주 사건이 사내 양심적인 개발자가 시스템을 망가트리려 일부러 벌인 일이라는 이야기였다. '콩깍지 개발자의 양심선언'이라는 제목의 익명 게시물이 회자되었다. 콩깍지 개발사가 서비스의 윤리성을 등한시하면서 유저의 악용을 적극적으로 조장하고 있었다는 고발이었다. 그 게시물 끝에는 아기자기한 디자인의 '키즈뷰퓨처'라는 신규 서비스 런칭 광고가 따라붙어 있었다. 내부 고발을 한 개발자는 증강 현실 기술을 활용하되 이번엔 어린이를 대상으로 기술을 선용하겠다며 사람들의 관심과 응원을 호소했다. 콩깍지 개발자들은 대부분 키즈뷰퓨처 개발사에 그대로 흡수됐다는 소문이었다. 이쯤 되니 콩깍지 앱의 폭주 사건이 해킹인지 사고인지, 아니면 관계자들이 합법적으로 도망가기 위한 자작극인지, 그것도 아니면 서비스 리뉴얼을 위한 이벤트인지 분간이 가지 않았다. 아이들의 안경에 증강 현실을 심어 교육용 교재로 이용하겠다는 키즈뷰퓨처는 누가 봐도 콩깍지 버전 2였다. 한국 사회에서 벌어지는 많은 일이 그렇듯 이번 사건도 책임자 처벌 없이 흐리멍덩히 뒷걸음질 쳤다.

연관 여부는 불확실했지만, 콩깍지 개발사가 파산한 직후에 세련되고 인자한 이미지의 정치 지도자가 악랄하고 꼼꼼하게 국고를 모두 털어먹고 망명했다. 추진력 있는 리더라는 평을 받아 온, 자수성가형 사업가 출신의 전직 국무총리였다. 얼굴은 평범한 편이었지만 슈트 핏이 좋았고 패션 센스가 있었다. 콩깍지 앱 서비스가 정지된 직후, 도망치듯 망명했다는 속보 속 그의 얼굴은 몹시도 비굴한 너구리 같았다.

나는 결국 지유에게 차였다. 누렇게 변색한 렌즈를 빼고 보니 그녀는 이전보다 살이 쪘고 전보다 자신감을 상실한 모습이었다. 아니, 살은 좀 쪘을지언정 그녀는 이전과 다를 바 없었는데 필터를 사용하면서 지유의 본모습을 보지 않은 건 나였다. 나는 솔직하게 반성했고 지유에게 다시 시작하자고 제안했다.

"너, 전 세계 포르노 배우들 필터들은 한 차례 다 사 봤지? 내가 모를 줄 알았어? 아시아를 다 도는가 싶더니 계속 서쪽으로 진출하더라? 혼자 서유기 찍었니? 발정 난 원숭이 같으니라고!"

지유는 모든 것을 다 알면서도 삼장법사처럼 나를 내려다보고 있었던 모양이다. 하지만 원숭이라니 이젠 인간 취급도 포기했나.

"야, 그러는 너는? 민보흠 새 드라마 나올 때마다 필터 업그레이드했잖아?"

나는 우리의 욕망이 피차일반이라는 점을 강조하려다 지유의 살벌한 눈빛을 보고 곧장 말투를 바꿨다.

"너에게 점점 익숙해져 가던 내 시선을 바꾼 것뿐이야. 너를 더욱 소중하게 생각하려고 내 나름대로 노력한 거야. 남자들이 시각에 약한 거 잘 알잖아? 멍청한 발상이었지만, 애초의 내 마음만 믿어 줘."

지유는 나와 다시 시작해 볼 마음이 일절 없었다. 마

지막 맺음말을 하듯 지유가 속마음을 털어놓았다.

"이제 와 이런 말 해 봐야 믿을지 모르겠지만, 난 콩
깍지 앱 처음 며칠 사용해 보고 안 썼어. 내 남자친
구를 계속 다른 사람으로 여기면서 만나고 싶지 않
았거든. 내가 민보흠 필터를 꾸준히 사용하는 줄 알
고 오빠가 계속 민보흠 대사 흉내 내는 게 왠지 귀여
워 보이더라고. 난 그냥 오빠 그대로가 좋았어. 바보
같이…."

문득 예전에 민보흠 드라마를 섭렵한 뒤 대사를 흉
내 냈던 순간이 떠올랐다. 지유가 숨을 못 쉴 정도로
깔깔댔던 게 민보흠을 좋아해서가 아니라 내가 민보
흠 흉내 내는 걸 좋아해서였다니. 겸연쩍었다.

"고… 고마워."
"됐어. 이젠 끝이야."

고맙다는 말은 진심이었지만, 지유에게 닿지 못하고
튕겨 나왔다. 이별을 결심한 그녀 입장에서는 아무짝
에도 쓸모없는 말이었다.

"넌 내가 갖고 있지 않은 걸 계속 나한테 투영시키
면서 나를 끔찍하게 목 졸랐어. 너한테는 게임이었
을지 몰라도 나한테는 폭행이었다고. 알아듣겠니?"

나는 지유를 똑바로 볼 면목이 없었다.

"미, 미안하다."
"너랑 같이 있으면 나는 그냥 도구가 되더라. 사랑받
지 못한다는 스트레스가 나를 망치고 있다는 걸 깨
달았어. 이제 더 이상 너와 같이 지낼 수가 없어. 네

시선이 나 자신마저 견디기 힘들게 만들었으니까. 난 내가 죽어 가는 걸 계속 두고 볼 수 없어."

지유는 뒤도 안 돌아보고 후련하게 떠났다. 염치가 없어 나는 그녀를 잡을 수가 없었다.

그 후, 지유는 살을 빼고 한동안 도서관에 틀어박혀 지내더니 '한남 필터로 살았던 3년'이라는 자극적인 제목의 연애 상담 블로그를 개설해 젊은 에세이스트로 데뷔했다. 그리고 이내 책 출판 계약을 맺었다는 공지가 올라왔다. 지유와 다시 만나려면 그 블로그에 묘사된 무식하고 더럽고 추악한 옛 남자친구가 나라는 것을 온 세상에 공개해야 한다는 각오가 필요해졌다. 실제보다 부풀려진 개그 묘사는 연출적 과장이라 이해하려 해도 억울했다. 하지만 그녀가 자신의 목소리로 자기를 표현해 내는 게 대단해 보이고 부러웠다. 지금까지 누군가가 만든 것을 소비하기만 한 나에게, 나 자신만의 목소리를 낼 능력이 있을까?

욕망에 솔직하자고 말하면서 멍청이 회로만 돌리고 있었다. 필터로 만들어진 여자들의 허상을 소비하며 남의 인생을 하찮게 여겼고, 진짜와 가짜는 구분할 수 없다면서 사랑하는 사람을 난도질하고 있었다. 넘치도록 화려하고 빛나는 것들 사이에서 가장 아둔한 대상을 선택하고 있었다. 종류가 너무 많아서 다 맛볼 수도 없는 맛있는 것들을 눈앞에 두고 똥을 퍼먹고 있었다.

나는 콩깍지 앱의 후유증에 상당히 오래 시달렸다. 상실감과 자괴감이 나를 꽤 좀먹었다. 세상 남자들이 모두 나 같이 괴로울 거라 생각했는데, 후유증에 시달리는 사람이 생각보다 많진 않은 것 같았다.

— 콩깍지 히트 쳤을 때도 난 사용 안 했거든.

현성이가 그룹 채팅방에서 콩깍지를 한 번도 사용하지 않았다는 걸 고백했을 때, 우린 정말 경악했다. 그러면서 잘도 맞장구를 쳤던 거다. 모두들 남자는 어쩔 수 없다고 말할 때 그 말을 거부하는 남자도 있었다니.

옛날에는 돈 있고 시간 여유 있는 자들만 누렸을 자유롭고 짜릿한 연애놀음을 우리 세대는 콩깍지 앱을 통해 대리 체험했다. 그리하여 언제부턴가 우리는 콩깍지 세대라고 불리고 있다. 결혼도 거부하고 마음이 통하는 진짜 사랑마저 거부하며 사는 세대라는 의미다. 스스로 이름 붙인 게 아니다. 누군가에게 그렇게 불리는 바람에 명예롭지 못한 이름을 얻게 되었다. 콩깍지 세대라니, 단어가 주는 얄팍한 이미지 하며 도무지 자부심을 느낄 수 없는 이름이다. 이름 지은 자들의 의도가 뻔하다. 자기들의 점잖은 구역에 우리를 결코 끼워 줄 수 없다고 선언하는 것처럼 들린다.

한심하지만 아직도 섹시한 연예인들을 향해 저절로 눈이 돌아간다. 콩깍지 앱은 시장에서 자취를 감췄지만, 사람들은 여전히 보고 싶은 것만 본다.

엄마는 요즘도 여전히 내게 딱 중학교 때까지만 귀여웠다고 불평한다. 할아버지는 결국 할머니의 옛날 사진을 꼭 끌어안고 눈을 감으셨다. 할아버지의 장례를 치른 날, 우리는 그 사진을 할아버지의 수의에 넣어 함께 화장해 드렸다. 할머니는 그 사진과는 전혀 다른 모습으로 요즘도 하정역 근처 세련된 카페에서 우아하게 커피를 마신다.

앱과 렌즈를 버렸지만, 아직도 사람들은 누군가의 시선을 빌려 상대를 본다. '성공했으니까, 돈이 많으니까, 권력 있는 자리에 올랐으니까'라는 타인의 판단 속에 숨은 제삼자의 콩깍지를 주저하지 않고 자신의 몸 안에 들인다. 내 눈으로 직접 보고 판단하려는 순간에도 타자의 시선을 뒤집어쓴다. 뭐가 제대로인지 판단해 낼 자신이 없다. 자발적인 선택이라 부를 만한 게 아무것도 없다. 최종 선택은 나의 자유의지로 했다지만 어쨌든 타인의 유도에 이끌린 것이 아닌가.

엊그제부터 그룹 채팅방에서 어떤 녀석이 신이 나 떠들어 대기 시작했다.

"콩깍지는 구시대 유물이 됐지. 요즘 '자각몽 섹스'라고 화젠데 알아? 꿈꾸는 동안 뇌파를 증폭해서 꿈 속에서 원하는 상대와 섹스하는 VR인데, 만족도가 엄청나더라고."

콩깍지를 대체할 또 다른 시각적 비아그라는 금방 또 출현했다. 많은 남성 소비자들이 순식간에 콩깍지 이용자에서 자각몽 섹스 이용자로 옷을 갈아입었다. 나는 이번엔 현성이를 본받아 남들의 방식을 고요하고 격렬하게 거부하겠다 결심했다.

요즘은 그만 봐야지 하면서도 지유의 블로그를 꼼꼼히 읽고 있다. 가끔 전화를 걸어 항의할까, 아니면 다른 사람인 척하며 남자도 불쌍하다고 댓글을 달까 심각하게 고민했다. 한편으로는 지유의 필력에 감동했다. 문득 지유와 사귀고 싶다고 처음 느꼈던 순간이 떠올랐다. 지유가 아무렇지 않게 농담을 던졌을 때, 별생각을 다 하는 애, 이상한 표현을 구사하는 애라고 생각했다. 그때 지유가 무척 귀엽고 사랑스럽다고 느꼈다.

지유를 회상하고 있는 이 순간에도 허상의 여자들이 조소하듯 나를 내려다보고 있다.

'어차피 네가 관심 두는 건 우리같이 헐벗은 여자들 뿐이잖아?'
"아니거든."

나는 정색을 하곤 빈 공간에 서 있는 실루엣을 향해 쏘아붙였다. 나는 요즘 손을 휘휘 저어도 사라지지 않는, 전 세계 최고 섹시 미녀들에 둘러싸여 살고 있다.

원치도 않았던 기적이 일어난 것이다. 필터였던 그녀들이 눈꺼풀 안쪽에서 종종 보이더니 급기야 눈을 떠도, 앱과 필터 없이도 입체적으로 눈앞에 재생되는 현상이 일어났다. 콩깍지 앱처럼 누군가의 형상에 래핑되는 게 아니었다. 그녀들은 아무도 없는 빈 공간에 당당히 서서 나를 향해 묘하게 얄궂은 웃음을 흘리고 있었다. 실체는 존재하지 않았으나 형태는 완벽하게 3D였다. 자각몽 섹스의 뇌파 증폭기가 비사용자의 시각에까지 영향을 미치고 있다는 소문이 돌았다.

자각몽 섹스 제작사는 뇌파 증폭기의 영향 범위에 대해 연구 용역 조사를 실시하기로 했다며, 반년 후 연구 결과가 나온 뒤 서비스 존속 여부를 판단하겠다고 밝혔다. 문제점은 계속 지적되었지만, 서비스 이용자는 폭발적으로 늘고 있다. 위험성을 경고하는 독은 처벌받기 전까진 유혹적이니까.

청순하면서도 섹시한 미녀들, 낮엔 가련해도 밤엔 난폭하다는 누나들, 개성 있고 주관이 뚜렷하면서 동시에 백치미를 가졌다는 여동생들, 원숙함과 미숙함을 동시에 지녔다는 그녀들, 지적이면서 사차원이라는 여자들이 천천히 내 주변으로 모여든다. 두 눈을 부릅뜨고 허공을 응시하고 있는 내 얼굴을 향해 다가오던 그녀들은 유령처럼 내 몸을 통과해 등 뒤로 사라진다. 벌거벗은 여자들이 나에게 속삭인다. 아니 그녀들의 입을 빌려 장사치들이 속삭였다.

남자의 시선은 본능이야. 욕망은 자연스러운 거야.

예쁜 것에 눈이 가고 소유하고 싶은 마음은 당연한 거야.

헬조선은 마스터베이션까지도 정치적으로 올바르게 해야 한다고 참견하네.

돈 내고 산 거야. 누군가 합법적으로 팔았던 상품이라고.

걱정하지 마. 남들도 다 그래.

그 소리들을 향해 일갈하듯 지유의 블로그가 갱신됐다.

'자본주의는 개인의 선호를 조작하면서까지 상품을 판매하려 든다. 각자의 취향을 일일이 맞춰 주기 힘들다는 이유로 미의 기준을 획일화하는 것이다. 얼핏 다양해 보이지만 실은 한정된 패턴이 준비되어 있을 뿐이다. 패턴 외의 것을 찾는 사람은 숫자가 너무 적어 소비자로 인정되지 못한다. 한 가지 상품을 한꺼번에 팔아먹어야 편하니 다양함은 용납할 수 없다는 뻔한 상술.'

눈앞의 미녀들은 날이 갈수록 늘어났다. 이제는 실재의 인물과 가상 인물이 구분되지 않는다. 실재와 필터를 구분하는 것은 무의미하다고 믿었던 시절을 비웃는 것 같다. 어떤 이가 내게 말을 걸었지만 그가 사람이 아닌 줄 알고 무시했다. 어느 날은 실재하는 인간인 줄 알고 허상에게 예의를 차렸다. 미쳤다는 소리가 매번 날아와 귀에 꽂혔다. 부작용의 원인은 아직도 특정되지 않고 있다.

나는 그룹 채팅방에서 자각몽 섹스 이용 후기를 적극적으로 떠들었던 녀석이 누구였는지 찾아봤다. 채팅방을 살살이 살펴봤지만 아무런 대화 이력도, 그 누구도 검색되지 않았다. 워낙 불특정 다수를 대상으로 느슨하게 운영되던 그룹이라 동창이 아닌 애들도 방 안에 있었을 거라는 데에 생각이 미쳤다. 아마 단체 대화 속에 특정 정보를 슬며시 확산시키는 바이럴 기법이었을 것이다.

뇌파 증폭기가 시장에서 사라지면, 혹은 일차원적 욕구에 매 순간 사로잡혀 있는 호르몬 과잉 시절이 지나면, 나는 밀실에서도 올바르게 나다울 수 있을까? 수십만, 아니 수천만 소비자들은 지금 어떻게 부작용을 견디고 있는지 궁금하다. 나는 수많은 실루엣에 둘러싸인 채, 아무도 없는 방 안에서 나직이 읊조렸다.

내가 자발적으로 선택했다고 믿게 만드는 너, 넌 도대체 누구냐.

작가 후기

섬너울

작가 후기 · 300

많은 사람들이 영화 내의 특수 효과가, 그리고 컴퓨터 그래픽 자체가 지수적으로 발달하는 것을 목격하고 있다. 〈니모를 찾아서〉가 개봉될 때만 해도 이미 충분히 감탄사가 나올 만한 그래픽이 나왔다고 여겨졌는데, 요즘의 비디오 게임에서 실시간으로 렌더링되는 그래픽은 〈니모를 찾아서〉를 가볍게 압도한다. 기술의 발달로, 영화 같은 게임이라는 식상하기 그지없는 비유가 이제 건조하고 담백한 사실 진술이 되어 버린 것이다.

몇 년 전에 근미래의 디스토피아를 그리라고 하면 대부분이 전체주의와 환경오염을 묘사했던 것 같은데, 요새는 강인공지능과 자동화 기술이 인간의 일자리를 완벽하게 대체해 버리는 것에 대한 공포도 끼어들었다. 급속도로 변하는 기후처럼, 급격하게 감소하는 일자리가 피부로 느껴지기 시작했기 때문이겠지. 나는 〈대리자들〉을 쓰면서 '일자리 없는' 디스토피아의 또 다른 한 갈래를 그리고자 했다. 로봇에 의한 대체는 이제 진부하니, 컴퓨터 그래픽 기술을 한번 활용해 보았다. 나는 만족스러운데, 독자분들의 감상은 어떨지.

이 소설의 초고를 열 명 가까이 되는 사람들에게 먼저 보여 주고 피드백을 많이 받았다. 첫 독자분들께 몹시 감사드린다. 나는 초고를 완성할 때마다 트위터나 페이스북의 뒤틀린 황천을 떠돌며 독설을 남길 사람들을 찾는다. 혹시 관심 있으시면 트위터로 나를 관찰하시길 바란다. 별다른 일이 없는 이상 내 트위터 계정은 @neoulneoul일 것이다.

2018년 가을, 안전가옥에서 주최한 '남정일 공모전' 본심에 올랐을 때 세상을 다 가진 것처럼 기뻐했던 기억이 난다. 믿기지 않아서 심사평을 읽고 또 읽어 달달 외울 정도였다. 내가 만들고 창조한 세계가 누군가의 머릿속에 남는다는 건 행복하고 신기한 일이었다. 내가 글을 써도 되는 걸까, 쓰고 싶은 이야기를 쓰면 읽어 주는 사람이 있을까, 오랫동안 이어왔던 고민에 대한 답을 얻은 계기이기도 했다. 그때의 기억을 떠올리며 한 줄을 썼다가 지워 버리고, 그 한 줄조차 쓸 수 없어 괴로워하고, 텅 빈 워드 창을 한 시간 내내 바라보고…. 그러한 우여곡절 끝에, 돌고 돌아 〈스타 이즈 본〉까지 오게 되었다.

스타라는 존재는 나에게 항상 단순한 스타 그 이상이었다. 동경의 대상이자 나를 살아가게 하는 힘이었고, 모든 걸 놓고 싶을 때 딱 하루를 더 버티게 해 주는 이들이었다. 어떻게 보면 내 인생은 내가 스쳐 지나간 수많은 스타들로 이루어져 있다고 해도 과언이 아니다. 지금은 그땐 그랬지, 하고 웃어넘길 수 있어도, 당시의 나는 순간순간 진심이 아니었던 때가 없었다.

나를 살게 했던, 그리고 지금도 나를 살게 하는 스타들에 대해서는 항상 복잡한 마음이 든다. 그들이 없으면 살아갈 이유가 없어질지도 모른다는 두려움, 혼자 바라보고 혼자 사랑할 때 딸려 오는 외로움, 한없이 반짝이는 그들에 대한 질투, 설렘과 사랑 등등. 이 모든 감정들에 대한 이야기를 써 보고 싶었다. 동시에 그들이 나에게 구원이었던 것처럼, 나 또한 그들에게 한 순간만이라도 구원이었으면 좋겠다는 작은 바람을 담으려고 노력했다.

한 사람이라도 내 글을 읽고 한때 자신의 구원이었던 누군가를 떠올린다면 더할 나위 없이 기쁠 것 같다. 부족한 글을 읽어 주신 모든 분들께, 그리고 글을 계속 써도 된다는 희망을 안겨 준 안전가옥에게 깊은 감사를 전하고 싶다.

이경희

'하버드 가면 내 자식, 아니면 남의 자식.'

어디선가(아마도 〈스카이 캐슬〉인 것 같습니다.) 우연히 이 문장과 마주친 순간, 저는 어떤 장면을 떠올렸습니다. 생명 공학의 산물로 태어나 엄청난 부자가 된 아이 앞에, 그간 코 빼기도 비추지 않던 수십 명의 부모들이 나타나 잔뜩 생색을 내는 장면을요. 현실에도 종종 있죠. 무책임하고 뻔뻔한 주제에 바라는 것만 많은 가짜 부모들. 그런 못된 부모들을 괴롭힐 방법이 없을까 고민하던 차에, 저는 TV 속에서 펑펑 우는 아이들을 보았어요. 네. 아이돌이 되기 위해 온갖 모욕을 견디는 101명의 아이들을요. 그렇게 이 이야기의 로그라인이 완성되었습니다.

'아이의 재산을 노리는 101명의 부모들이 경쟁하는 서바이벌 쇼 〈Parent 101〉 촬영 현장에서 아이가 죽은 채 발견되고, 사건은 점차 미궁 속으로 빠져든다.'

하지만 저는 이내 깨닫습니다. 이 설정만으로는 이야기를 끌고 갈 수 없다는 사실을 말예요. 일단 서바이벌 게임이 줄거리의 중심이 되면 별로 재미가 없습니다. 미션을 수행하고 누군가 이기고 지는 일의 반복일 뿐이니까요. 살인 사건을 끼워 넣어 보아도 뻔해요. 평범한 밀실 살인 이야기를 반복할 필요는 없죠.

그렇게 한참 동안 메모장 속에 잠들어 있던 이야기는 어느 날 갑자기 생명을 얻게 됩니다. '대스타'라는 주제어와 만나면서요. 주인공인 아이가 만약 '대스타'라면? 처음부터 끝까지 대중의 주목을 끌기 위한 쇼 비즈니스였다면? 'χ Cred/t'라는 캐릭터는 그렇게 태어났습니다. 날 때부터 슈퍼스타인 아이. 유명한 것으로 유명한 최고의 인플루언서. 그러나 속으로는 잔혹한 복수를 꿈꾸는, 부모에게 버림받은 외로운 아이.

유명함 그 자체인 카이는 meme과 hype♣의 화신과 같은 인물입니다. 단지 재미있다는 이유로 실체를 왜곡당하고, 화제

♣ hype: 강한 소유욕을 불러일으키는 물건 또는 사람, 혹은 그러한 대상이 지니는 매력적인 특성.

성과 희소성을 통해서만 가치를 부여받는 존재. 세상에 100족뿐인 한정판 스니커처럼 미디어에 되팔리고 되팔리는 사이에 점차 영혼의 밑창이 마모되어 가는 아이돌. 누구도 카이의 진짜 모습에는 관심이 없습니다. 그는 사람이 아니라 추잡한 망상의 도구일 뿐이니까.

에밀리에 대해서도 말해 보고 싶어요. 카이의 모티브 중 하나였던 '킴 카다시안'은 최근 대리모를 통해 아이를 낳았다고 해요. 아이는 분명 카다시안과 카니예 웨스트 부부의 유전자를 이어받았을 거예요. 하지만 정작 힘겹게 열 달을 견뎌 아이를 낳은 사람은 이름 모를 대리모였죠. 그렇다면 이 아이는 대체 누구의 아이죠? 유전자가 정말 그렇게 절대적인 혈연의 기준인가요? 이 아이가 대리모와 사랑에 빠져도, 혼인을 하게 되어도 아무런 상관이 없는 걸까요? 모르겠어요. 잘 설명할 순 없지만, 뭔가 아닌 것 같아요. 저는 이 찝찝한 마음을 함께 나눠 보고 싶었어요.

분위기를 바꿔 우리의 귀여운 탐정들 이야기를 해 볼까요? 진강우와 주혜리는 원래 제 장편소설 《테세우스의 배》의 주인공이었어요. 두 사람이 '금룡'에서 만나는 도입부가 사실은 전혀 다른 이야기의 첫 번째 챕터였던 거죠. 하지만 아시다시피 결국 주연배우는 교체되었고, 이들은 단역으로 밀려나 아주 잠깐만 등장하게 됩니다. 마치 카메오 배우처럼요. 두 사람에게 미안해진 저는 결국 이렇게 스핀오프 이야기를 구상하게 되었답니다. 진강우와 주혜리에게 앞으로도 더 많은 이야기를 만들어 주고 싶어요. 더 많이 티격태격할 수 있게.

마지막으로 결말에 대해서. 원래 이 이야기는 카이의 자살로 끝날 예정이었어요. 하지만 집필 기간 동안 두 번의 안타까운 일이 벌어졌고, 그 과정을 지켜본 저는 어떻게든 해피엔

딩을 맺어야 한다는 의무감 같은 걸 갖게 되었습니다. 그 덕에 이야기를 처음부터 끝까지 전부 뜯어고쳐야 했지만, 그래도 옳은 선택이었다고 생각해요. 카이에게 더 좋은 결말을 줄 수 있었으니까.

음침한 이야기를 끝까지 따라와 주셔서 감사합니다. 그리고,

카이 사랑해!

늘 그렇듯 하나의 소설을 완성하고 나면 제가 왜 이런 이야기를 했는지 설명하기 어렵습니다. 소설 속에 다 녹아 있으니 더할 말이 없다고 생각하는지도 모르겠습니다.

누군가 죽었다고 선언하며 이야기를 시작하자!

그 첫 발상 하나만큼은 기억납니다. 이어 영화 촬영 현장을 배경으로 이야기를 만들고 싶다는 평소의 생각이 더해졌고, 대스타라는 주제가 있으니 큰 설정도 비교적 쉽게 떠올랐습니다. 그렇게 생각들이 꼬리를 물었습니다. 출퇴근하는 버스와 지하철 안에서 저는 살인 사건이 일어난 촬영 현장으로 향했고, 그렇게 하나씩 모은 단서들을 주말마다 사건을 해결하는 형사의 심정으로 맞추어 가며 이 소설을 완성했습니다.

그동안 소설을 쓸 때, 자신을 너무 믿거나 때론 너무 믿지 못해 힘들었습니다. 격렬하게 쓰다가도 덜컥 멈춰 버리는 일이 잦았습니다. 그럴 때마다 이야기를 만드는 제 방식에 어떤 근본적인 문제가 있는 건 아닐까 걱정했습니다. 가뜩이나 쓸 시간도 부족하다고 생각하는 와중에 그런 고민을 하며 보내는 시간들이 그저 아깝다고만 생각했습니다. 이 소설을 다 쓰고 나서야 비로소 받아들이게 되었습니다. 그 고민이 앞으로 제가 이야기를 만들 때마다 계속 마주해야 할 하나의 자연스러운 과정이라는 걸요. 앞으로도 자신을 믿고 때론 또 의심하기를 기꺼이 거듭하겠습니다. 쓰다가 멈추기를 묵묵히 반복하겠습니다.

먼저 제 소설을 끝까지 보아 주신 독자분들에게 감사합니다. 저에게 한 단계 성장할 계기를 준 그 이름도 멋진 안전가옥에 감사합니다. 소설의 디테일에 도움을 준 정현과 이진호 감독에게도 고맙습니다. 제가 만든 이야기에 늘 따뜻한 조언을 해 주는 이창수 작가에게도 고맙습니다.

끝으로, 바쁜 와중에도 제게 주말마다 쓸 시간을 내어 준, 평생 내 이야기의 첫 독자가 되어 줄 아내와 제가 앞으로 그 어떤 위대한 소설을 써낸다 해도 그녀에 비하면 터럭만도 못할 나의 딸 서우에게 이 면을 빌어 사랑한다 말하고 싶습니다.

대학 졸업 후에도 취업이 되지 않았습니다. 기준을 확 낮췄는데 도무지 끼어들 만한 곳이 없었습니다. 정말 막막했습니다. 첫 직장으로 사장님을 포함해 직원이 고작 세 명인 영세한 개인 사무실을 선택했습니다. 월급은 최저임금 수준이었고 한 명이 기본적으로 두 사람분의 일을 감당해야 했습니다. 세상이란 바다에 다이빙하고 싶었는데 동네 웅덩이에서 허우적거렸습니다. 적잖이 실망했습니다. 그래도 생각해 보니 졸업 반년 후, 전 어딘가에 소속되어 있었습니다.

통계에 따르면 청년 실업률은 제가 졸업했던 해 이래 개선된 적 없이 쭉 나빠졌습니다. 제가 구직 활동을 할 때도 주변 친구들이 취업이 안 되어 무척 괴로워했는데, 요즘 상황을 상상해 보면 숨이 막힙니다. 그래서 10대와 20대가 사회에 불만을 표출하는 이유도 정치적으로 보수적인 까닭도 어느 정도는 짐작이 갑니다.

20대 남자가 주인공인 작품을 쓰면서 많이 고민했습니다. 묘사와 대사에 비현실적인 요소는 없을까? 주인공들의 인식과 현실 사이에 괴리는 없을까? 몇몇 지인들에게 보여 주고 의견을 들었습니다. 신중하게 접근하고 싶었습니다. 성별로 보나 연령으로 보나 타자인 존재를 1인칭 화자로 삼아 서술했기 때문입니다. 내가 대변해도 될까? 하고 조심하면서요. 최대한 남성적 시선을 이해하면서 이야기를 시작해 보자고 마음먹었습니다.

그런데 n번 방 사건을 목격하고 나서 생각이 달라졌습니다. 불만 표출도 좋고 정치적 보수성도 이해할 수 있습니다. 하지만 그 방의 26만 명 중 아무도 신고하지 않았다는 사실이 견딜 수 없도록 화가 나고 슬픕니다. 결코 이해할 대상이 아닌 사람들을 잠정적인 독자로 고려할 필요는 없겠다는 결론에 이르렀습니다.

앞으로는 10대, 20대 남자들을 묘사할 때 리얼리티를 깊이 고민하진 않을 생각입니다. 상상을 어마어마하게 뛰어넘는 초라한 현실을 이미 보았기 때문입니다. 제가 이해하고 싶고 묘사하고 싶은 세계는 범죄자들이 당당한 세계가 아니니까요. 애매하고 복잡하고 고통스러운 현실 속에서도 서로를 이해하려고 애쓰는 사람들의 세계니까요.

대스타 안전가옥 앤솔로지 05

지은이	심너울·배예람·이경희·정재환·황모과
펴낸이	김홍익
펴낸곳	안전가옥

기획	안전가옥
프로듀서	박혜신·윤성훈·이은진·이지향·정지원
편집	이혜정
디자인	금종각 Golden Bell Temple Graphics
마케팅	최다솜
사업개발	이기훈
경영지원	홍연화

출판등록	제2018-000005호
주소	(04779) 서울특별시 성동구 뚝섬로1나길 5, 헤이그라운드 성수 시작점 203호
대표전화	(02) 461-0601
전자우편	marketing@safehouse.kr
홈페이지	safehouse.kr
ISBN	979-11-90174-81-7
초판 1쇄	2020년 7월 1일 발행

이 도서의 국립중앙도서관 출판예정도서목록[CIP]은 서지정보유통지원시스템 홈페이지[seoji.nl.go.kr]와 국가자료종합목록 구축시스템[kolis-net.nl.go.kr]에서 이용하실 수 있습니다.
CIP제어번호: CIP2019043710